ABANDONED
by Cody McFadyen
translation by Migiwa Nagashima

遺棄 上

コーディ・マクファディン

長島水際［訳］

ヴィレッジブックス

父、デイヴィッドにささげる。
わたしを育て、一人前の男になれるように教えてくれた。
父がいなければ、わたしは岸に引きかえせなかっただろう。

目次

遺棄

ABANDONED

上

おもな登場人物

スモーキー・バレット	FBI国立暴力犯罪分析センター(NCAVC)ロサンゼルス支局捜査チームのリーダー。小柄な体に優秀な頭脳と不屈の魂を秘める
キャリー・ソーン	捜査チームの同僚。美貌を誇る才女
アラン・ワシントン	捜査チームの同僚。強面の下にやさしさを隠し持つ大男
ジェームズ・ギロン	捜査チームの同僚。常に冷静なチームのブレーン
ジョーンズ	FBIロサンゼルス支局長。スモーキーの上司
ラスバン	FBI長官
カービー・ミッチェル	謎多きボディーガード。スモーキーの友人
レオ・カーンズ	コンピューター犯罪課の捜査官
アール・クーパー	地理的プロファイリングの専門家
ダリル・バーンズ	ロサンゼルス市警殺人課のベテラン刑事
トミー・アギレラ	スモーキーの恋人。セキュリティ・コンサルタント
ボニー	スモーキーの養女
ヘザー・ホリスター	ロサンゼルス市警の元刑事
ダグラス・ホリスター	ヘザーの元夫
エイヴリー ディラン	ヘザーとダグラスの双子の息子
デイナ・ホリスター	ダグラスの再婚相手
ジェレミー・アボット	ヘザーの不倫相手

第一部　太陽

1

現在

人はだれしもひとりきりで生きていく。これは年を重ねていくうちにわかったことだ。

誤解しないでほしい。わたしはひとりの男を愛している。夜中に目をさまし、彼がとなりにいて彼にふれられるときや、彼を起こしてにおいを嗅《か》いだりファックしたり、汗をかいてわたしの体をまさぐる彼を自分のなかに感じたりするときは、ありがたいと思う。ほんの数人（ゼロではないが、ほんのひと握り）しか知らないことを、わたしは知っている。わたしの体に密着する彼の体、ベルベットにおおわれた鋼《はがね》のような体の感触を。わたしたちだけがたてる音、分かちあい、求めあって声をあげるときの音も知っている。自分だけ、自分しか知らないと思うと、ある種の利己的なうぬぼれを感じる。そんなときのわたしは、秘密を知っている。人の知らない情報をつかんでいる気分になる。

だからといって結局のところ、真実が変わるわけではない。暗いなか、わたしが心の奥底でなにを考えているか、彼は知らないし、わたしも彼の本心を知らない。それが真実。わたしたちはみんな孤島なのだ。

いまはそう考えて納得している。たぶんみんなと同じように、そんなことはないと考えていた時期もある。わたしたちはパートナーのことをなにからなにまで、微細《びさい》にわたって知りたがる。相手の考えを読みたいと思い、自分の考えを読んでほしいと思う。たがいをへだてる距離をなくし、一心同体になりたがる。

しかし、どんなにがんばっても一心同体にはなりえない。どんなに接近しても、ある程度の距離はかならず残る。愛は分かちあうことのなかにあるのではなく、けっして分かちあえない部分にやすらぎをおぼえることのなかにある。これもまた、年をとるにつれてわかったことだ。

わたしは寝返りを打ち、横をむいて頬杖《ほおづえ》をつき、彼の顔をながめた。美しい。女性のもつはなやかな美しさではない。〝男らしい〟美しさ。たくましく、物静かな美しさがある。いまは深く眠っている。口を閉じて眠っている。いつまでも彼を見つめつづける気にはなれない。わたしの視線を感じて目をさましてしまうおそれがある。それほど敏感な男なのだ。彼もわたしと同じように、死を身近なものとしてとらえているからだ。死はいつ訪れてもおかしくない。わたしたちのしてきたことをして、わたしたちの見てきたものを見れば、どんな人でも眠りが浅くなる。

わたしはあおむけになって、開け放ったバルコニーのドアに目をやり、そのむこうにひろがる夜空をながめる。波の音が聞こえるように、ドアは開けておいた。そんなことができるのはあたたかいからだ。わたしたちは五日間の休暇旅行でハワイに来ている。わたしにとって、こんなに長い休暇をとるのは久しぶりだった。

わたしたちは火と氷の島、ビッグアイランドに滞在している。ハワイ島のヒロ空港を車で出発するなり、トミーとわたしは顔を見あわせ、この島を選んだのは大誤算だったのではないかと考えた。見わたすかぎり、黒々とした火山岩におおわれていたからだ。殺伐《さつばつ》とした月面に着陸したような気分だった。

リゾートホテルに近づくにつれ、希望がわいてきた。はるかかなたに、雪をいただく四千二百五メートルのマウナケア山が見えた。ハワイで車窓から外をながめ、雪を見るのは奇妙な感じがしたが、たしかに雪だった。岩肌から樹木や草がまばらに生えはじめ、なんとか生き延びようとがんばって、地質学的に今後どんな変貌を遂げるのかを伝えようとしている。いつかきっと、あの草が岩に打ち勝って山を緑でおおいつくし、ふたたび変化が訪れるにちがいない。トミーもわたしも子孫たちもとっくに世を去っているはずだが、変化はかならず起こる。命はつねに奮闘している。命とはそういうものなのだ。

リゾートホテルのロビーに入ると、ふたりとも思わず息をのんだ。目の前に果てしない海とすばらしいビーチがひろがり、やわらかな風が流れてきて、わたしたちを歓迎するかのようにキスをしていった。「アロハ」と、フロント係の若者が声をかけた。陽に焼けた肌に白い歯が、そよ風に似つかわしい。

これといってなにもしないまま、リゾートに来て四日になる。ハワイはわたしたちの手についた血には頓着《とんちゃく》せずにやさしく迎え、その景観をことばとして使い、しばらく休養しなさいと語りかけてきた。わたしたちの部屋は三階にあり、バルコニーは海から五十メートルと離れていない。わたしたちはビーチで寝そべったり愛しあったり、夜の浜辺を散歩してからまた愛しあったり、太古のむかしから空に輝く満天の星に目をみはったりして毎日をすごしていた。そして、月が夜空を海に呼びよせるまで夕陽をながめていた。

つかのまの平穏にすぎない。わたしたちはまもなくカリフォルニアにもどることになっていた。わたしはそこで国立暴力犯罪分析センター――NCAVC――ロサンゼルス支局の主任をつとめている。NCAVCの本部はヴァージニア州クワンティコにあるが、各都市のFBI支局にはNCAVCコーディネーターが配置されている。ひとりの捜査官がほかの仕事と兼務し、NCAVCコーディネーターとして職務を遂行する機会がほとんどない支局や事務所も多い。ロサンゼルスではフルタイムで任務にあたる必要があり、わたしは十二年あまり前から主任をつとめ、自分をふくめ四人のメンバーからなるチームを牽引《けんいん》してきた。

わたしたちは最悪の事件を担当する。男性、女性、そして子ども（頻繁《ひんぱん》に）を殺す男や女たち。連続レイプ犯。わたしたちが追跡する犯罪者のなかに、ものはずみで犯行におよぶ人間はほとんどいない。彼らの犯行は、魔が差してとった行動ではなく、欲求を満たすための策なのだ。彼らは喜びを求めて凶行におよぶ。人の命を奪ってからっぽにすることで自分たちは満ちたり、なにものにもかえがたい充足感を味わえるからだ。

わたしはそういった人間がまきちらす闇《やみ》をのぞきこんで生きている。闇といっても冷たく、かぼそい泣き声やあたりを駆けずりまわるもの、けたたましい笑い声、口にするのもはばかられるうめき声にあふれている。わたしは悪人たちを殺したことも、彼らに狙われたこともある。自分で選んだ仕事だし、生きがいでもある。目をさますと仕事に出かけ、仕事から帰宅し、愛する男と寝て、また目をさまして仕事にむかう。

そんなわけで、顔をあげて真剣に星をながめるなどということはめったにない。わたしたちはみんな星空のもとで生き、星空のもとで死んでいくが、わたしの場合は、死んでいくという部分になによりも興味を引かれる。わたしは被害者たちの夢をよく見る。あおむけになり、無情な光を放つ星を見つめながら息を引きとっていく被害者たちの夢を。

ハワイに来てからは、時間をかけて星を見ている。毎晩、夜空を見あげて星をながめては、あの美しいものはどんな人間の汚らわしさよりもはるかに長いあいだ燃えつづけているのだと、くりかえし自分にいいきかせている。

わたしはしばらく目を閉じて耳を澄ました。外では波が浜辺に打ちよせ、偉大な人物が絶え間なく息をしているような音をたてている。神を信じていれば、あの音は神の鼓動《こどう》だと思っただろう。しかし、神とわたしの関係は揺らいでおり、数年前にくらべて距離が縮まったとはいえ、いまでも口をきくことはほとんどない。

それでも、外にはまちがいなくなにかがいる。否定しがたく、際限のないなにかが波に乗り、地球のメトロノームのリズムに合わせて何度も何度も浜辺にやってくる。ここの海は果てしなく広い。音と色はどこまでも清らかで、偶然にしては耐えがたいほどすばらしい心地よさがある。それがなんであれ、人間のことを気にかけているかどうかはわからないが、わたしたちがそれぞれの道を選んでいるあいだじゅう、世界をまわしつづけてくれているのかもしれないし、わたしたちが求められるのは、せいぜいそれくらいしかないのかもしれない。

わたしは目を開き、音をたてないように気をつけてトミーからゆっくり離れていった。バルコニーに出ていきたいのだが、トミーを起こしたくない。シーツが肌にまつわりつき、すべり落ちる。カーペットを敷いた床に足をおろす。月が部屋を照らしているので、バスローブ（チェックアウトするときに失敬《しっけい》していこうと思っている）はすぐに見つかる。身をくねらせてバスローブを着ただけで、ベルトは結ばない。最後にもう一度トミーに目をやり、バルコニーに出ていく。

つねに無関心な目撃者でありつづける月が、今夜は明るく輝いていて、やわらかい銀色とぬくもりのある琥珀《こはく》色の光で世界をつつんでいた。月はあばたのある真珠のように海の上に浮かんでおり、わたしは驚きをおぼえながら無言で見つめる。冷たい光を投げかける岩のかたまりにすぎないのに、空が暗くなると瞠目《どうもく》すべき威力を発揮する。わたしは腕を伸ばし、月の光を指で梳《す》く仕草をしてみる。一瞬、光にふれているような気がした。なめらかな光の濁流が感じられる。

こういう仕事をしているせいで、月は太陽と同じくらいわたしの進む道を照らしてくれるが、同時にモンスターたちの通る道も照らしていると思う。モンスターたちは、あたりを照らしながらも闇を追いはらいはしない月が大好きなのだ。わたしも大好きだが、月は友でもあり敵でもある。

外の気温は快適で、わたしは夜空に視線をさまよわせる。ロサンゼルスで見る星は、黒い海に散らばる小さな光にすぎない。ハワイの星は光り輝き、闇を相手に互角の勝負をしている。わたしは頭上に輝くオリオン座の三つ星を見つけると、そのまま視線を移動して北斗七星をさがしあて、そこからさらに北極星へと目を転じる。

「ポラリス」小声でいい、父を思い出して笑みをこぼす。

世の中にはありとあらゆることに夢中になって、結局どれもものにならない人がいるが、父もそんな男のひとりだった。ギターを弾き、かなりいい線いっていた。短篇小説を書き、わたしは大ファンだったが、出版されたことはない。父は夜空も星にまつわる話も大好きだった。

ある日の夜、父が北極星を指さしていったことばを思い出す。〝ポラリスとか、道しるべとなる星と呼ばれることもあるんだよ。いちばん明るい星だと思っている人が多いけれど、じつはちがうんだ。いちばん明るい恒星はシリウスなんだよ。でも、ポラリスはとっても重要な星のひとつなんだ〟

当時、わたしはまだ九歳で、ほんとうに星に興味をもっていたわけではないが、父のことが大好きだったから、熱心に耳をかたむけ、さも驚いているように目をまるくしてみせた。いまはそんなふうにしてよかったと思っている。父を喜ばせることができたのだから。父はわたしが成人する前に他界し、わたしは思い出のひとつひとつを大切にしている。

「なにを考えているんだい？」背後から眠そうな低い声が聞こえてくる。

「父さんのこと。天文学に夢中だったの」

トミーが近づいてきてわたしの体に腕をまわす。裸体があたたかい。わたしは頭をそらし、彼の胸にもたせかける。背丈が百四十七センチしかないものだから、トミーはうしろにそびえたっており、わたしはそんなところが気に入っている。

「眠れないの？」と、彼がたずねる。

「眠れないわけじゃないのよ」と、わたしはつぶやく。「その表現は正確じゃない。目ざめているのが気持ちよく感じられるの」

トミーがにっこりする音が聞こえてきそうな気がして、ほかのことと同じように、ふたりの関係が深まっていくのがわかる。わたしたちはたがいに相手のちょっとした合図を見逃さずに、心の機微《きび》を察することができるようになった。トミーとは三年近く前からつきあっていて、あせらずに心地よい関係を築いてきた。この思いがけない恋愛に、わたしはいろんな意味で救われてきた。

三年半あまり前、わたしはジョセフ・サンズという連続殺人犯を追っていて、その男がわたしの家に侵入した。サンズはわたしの目の前で夫のマットをいやというほど痛めつけ、それから殺害した。わたしをレイプして顔や体を傷つけ、十歳の娘アレクサが命を落とす原因をつくった。

その後半年間、わたしは耐えがたい苦悩にさいなまれた。そのときの苦しみはもうおぼえていない。頭には残っているが、わたしたちには防衛機制《きせい》というメカニズムがそなわっていて、そういった苦痛の感覚的記憶を消してくれるらしい。おぼえているのは、本気で死にたいと思い、もう少しで命を絶ちそうになったことだ。

トミーとつきあいだしたのは、そのあとだった。彼は元シークレット・サービス捜査官で、わたしに借りがあっていつでも力になるといっていた。わたしはある事件を捜査しているときにトミーに協力を求め、どういうわけか、気がつくとベッドをともにしていた。思いも寄らないことだった。マットの死を嘆き悲しんでいたからでもあるし、トミーが悩ましいほどハンサムなラテン男だからでもあるが、それだけではない。わたしがされたことのせいだった。

ジョセフ・サンズは大型ナイフでわたしの顔を切った。神経を集中させ、激怒し、歓喜して切りつけた。血と鋼の烙印《らくいん》を押し、自分の痕跡《こんせき》を残したのだ。

傷痕《きずあと》は途切れることなくつづいている。額の中央、生《は》えぎわを起点にしている。そこから真下に走り、眉間の上まで行って、左へほぼ直角に曲がっている。左の眉はない。サンズがわたしの顔にナイフをふるったときに削ぎ落とされたのだ。傷はさらにこめかみを横切り、ゆるやかな曲線を描きながら頬をおりていく。つぎに鼻のほうへ勢いよく進んで鼻梁《びりょう》をかすめると、そこで急に気が変わったかのように左の小鼻を斜めに走り、最後にもうひと伸びしてこれ見よがしに顎《あご》と首を通過し、鎖骨《さこつ》に達している。

切り終えたときに、サンズが動きをとめたのをおぼえている。わたしが悲鳴をあげていると、サンズが顔を近づけ、わたしを見おろしてうなずいた。「これはいい」と、サンズはいった。「みごとなできばえだ。こんなにうまくいったのははじめてだよ」

わたしは自分を美人だと思ったことは一度もないが、自分のありのままの姿にむかしから満足していた。だが、事件の夜からは、オペラ座の怪人さながらに鏡を恐れるようになった。自殺しないとしたら、人目にふれない場所に閉じこもって生涯をすごすしかないと思っていた。

だから、トミーが口づけをして――そのあと、ベッドにつれていって傷痕にキスをすると――なんていうか……キスというより、彼がごく自然にわたしを求めてくれたおかげで、心のわだかまりがすっかり解けた。トミーは男、それも超がつくほどいい男で、そんな彼がわたしを求めてくれた。わたしが傷ついていたからではない。わたしを慰めるためでもない。かねてからわたしを抱きたいと思っていて、ようやく抱けるようになったからだ。

時が流れ、そんなつきあいが深い関係になっていった。いまはいっしょに暮らしている。わたしたちは愛しあっていて、その気持ちをたがいに打ちあけた。養女のボニーはトミーになついているし、彼もボニーを大切にしている。なによりもすばらしいのは、わたしたちに罪の意識がなく、過去の亡霊たちに祝福されていることだろう。

「なんてきれいなんだ」と、トミーがささやく。「なあ、スモーキー、きれいだと思わないかい？」

「この世のものとは思えない」

「それも悪くないね。いや、すごくいい表現かもしれない」

わたしはにやりと笑う。「調子に乗らないで。いい判断だけど、これからもそれで大目に見てもらえると思ったら大まちがいよ」

彼がわたしの体に手を這《は》わせ、バスローブのなかにすべりこませる。「大目に見てもらうには、セックスに頼るしかなさそうだな」

「それなら……うまくいくかも」わたしは低い声をもらして目を閉じる。

トミーが首にキスをすると、あたたかいのに身を震わせたい思いにかられる。「どうする？」と、彼がたずねる。

わたしは彼のほうをむき、返事をするかわりに顔をあげる。月が見守るなか、トミーが唇を重ねてくる。口づけをかわしているうちに、彼が興奮し、わたしの体のなかがうずきだすのがわかる。

「ここでして」わたしはそうつぶやき、両手で彼の髪をつかむ。

トミーがひと息ついて、けげんな顔をする。

「ここって、〝ここ〟？　バルコニーで？」

わたしは長いリクライニングチェアを指さす。「というか、あそこで」

トミーが眼下の草地をじっと見ているのがわかると、わたしは彼の頭をつかんでもう一度自分のほうに引きよせる。

「そんなに考えなくてもいいじゃない。午前三時なのよ。ここにはわたしたちしかいないんだし、見ているのは月だけなんだから」

力説する必要はない。わたしは月と北極星を背にして彼の上に乗った。海が低い轟音《ごうおん》をたてて語りかけ、トミーは飢えよりも愛情にあふれた表情を浮かべてわたしを見あげている。終わりに近づくと、わたしは身をかがめ、マット以外の男にはどうしてもいえなかったことばをささやく。トミーが返そうとしていることばは、彼の目を見ればわかる。わたしたちはバスローブにつつまれてバルコニーで眠りについた。


ベッドで目ざめたときはぼんやりしていたが、よく休んで気分がよかった。まだ暗いうちにトミーが部屋のなかに抱いていってくれたのは、うっすらとおぼえている。いまはもう夜が明け、太陽がのぼりはじめていた。どういうわけか、わたしたちはハワイに来てから六時前に起きるようになった。文句をいっているわけではない。部屋のバルコニーは西むきで、夕陽をまともに見ることができ、日暮れどきのほうが絶景を楽しめる。しかし、朝いちばんの陽光が水平線からのぼってくるときのながめも、けっしてあなどれない。

わたしはお気に入りのバスローブを引っかけて、バルコニーに出ていった。トミーはもうコーヒーをいれ、バルコニーのテーブルにポットをおいている。身につけているのはジーンズだけで、わたしはそんな姿を見てまた少しそそられる。トミーはまさしく男らしい男で、背丈は百八十五センチほど。黒い髪と黒い瞳はいかにもラテン系らしい。彼のまなざしは屈託がなく、それでいて用心ぶかい。誠実な男が人を殺してきた結果だろう。容貌はいかつい顔立ちと美形の中間といったところで、左のこめかみに小さな傷痕がある。

「けさのあなた、とってもおいしそう」と、わたしはトミーにいう。

「どうも。コーヒーは？」

トミーは口数が少ない。無口というのではない。いいたいことを少ないことばで表現できれば、それに越したことはないと考えている。

「いただくわ」

彼がコーヒーをついでくれると、わたしは腰をおろして膝を顎まで引きあげた。差しだされたカップを受けとってひと口飲み、すばらしい味と香りに目をぐるりとまわす。

「まったく、ここの人たちときたら、どこに行けばこのコーヒーが買えるか、まだ教えてくれないの？」

「うん。ホテルのハウスブレンドとしかいわないんだ」

「少し持ち帰って、科捜研で分析してもらおうかしら」

トミーがほほえみかけ、わたしたちは心地いい沈黙につつまれる。海をながめているうちに時間が流れるが、いちいち気にとめる必要はない。ここにいると、時計がうとましいものに思えてくる。

「なにを考えているの？」と、トミーがたずねる。

彼に目をやって、わたしをじっと見ていたことに気づく。「ほんとのこと？」

「当然」

「マットとアレクサのことを考えていたの」

「話して」

トミーはテーブルのむこうから腕を伸ばすと、わたしの手にふれてからすぐに引っこめ、自分のコーヒーカップにもどす。ちょっとした仕草だが、どんな話を聞かされてもかまわないと伝えようとしているのがわかる。

わたしはカップの縁《ふち》から彼を見て目を細くする。「ほんとうはいやな気分になるんじゃない？」

彼は一度だけ首を振って否定する。「そんな男には一生ならないよ、スモーキー。きみが前の家族を愛していたからといって、嫉妬するような男にはぜったいにならない」

トミーのことばを聞いて、胸に熱いものがこみあげてくる。涙ではない――近ごろはもう流さなくなった。「ありがとう」

「それで？　なにを考えていたの？」

わたしはコーヒーを口にふくんで海を見わたし、ため息をつく。「いつかハワイに行こうって、マットと話していたことを思い出してたの。でも結局、実現しなかった。ハネムーンはマウイですごそうかなんて相談してたこともあるんだけど……」肩をすくめる。「ふたりともまだ若くて、仕事をはじめたばかりだったし」

「アレクサは？」

わたしは弱々しい笑みをもらす。「あの子は海が大好きだったの。こんな景色を見たら、アレクサがよくいってたように〝ぶっ飛んだ〟でしょうね」

わたしのいったことを考えているらしく、トミーは黙りこんでいる。「だったら、思い出すといい」ややあって、彼がいう。「そうすれば、ふたりをここにつれてきてあげられるんじゃないか？」

またしても熱いものがこみあげてくる。トミーのほうに腕を伸ばすと、彼が手を差しだす。「ええ。そうね」

わたしたちは時間を気にせずに海をながめる。

わたしは首を振る。「ここのところ、ふたりともなんとなく感傷的になっていると思わない？」

トミーがわたしの手を口に近づける。コーヒーを飲んでいたせいで、唇があたたかい。

「そういう時期を迎えているんだよ」

朝食がすむと、彼がふたたび例の問題をもちだした。ハワイでの至福のひとときを脅《おびや》かすのは、その問題だけだった。

「みんなに話すかどうか、あれからまた考えてみた？」と、彼が訊《き》く。

「考えは変わっていないわ、トミー」と、わたしはいう。「あなたが不満に思っているのはわかっているけど、当分のあいだはふたりだけの秘密にしておく必要があるのよ。これについてはわたしの意見を尊重してもらわないと。あなたしか知らないことなんだから、だれにもいわないで。秘密を守ってくれるって信じているのよ」

わたしのことばを聞いているうちに、トミーの目が曇っていく。わたしはいらだちをおぼえると同時に不安になる。自分がこんな幸せを味わえるなんていまだに信じられず、この喜びがどこかに飛んでいってしまいそうな気がしてこわい。わたしはトミーの瞳の奥をのぞきこみ、そこに宿る真実をさがしだそうとする。目は心の窓といわれているが、そのことばをいったのは警察官ではないはずだ。警察の人間は、そんなことばを口にするほど世間知らずではない。化けの皮が剝《は》がれるまでは、殺人犯たちだってわたしたちと同じ目をしている。

「おれには理解できない」と、トミーがいう。

「わかってる。残念だけど」

トミーが視線をそらすのを見て、彼のいらだちがおさまっていくのがわかる。やがて、彼がため息をつく。

「いいだろう」と、彼がいう。「この先もずっと隠しつづけるわけじゃないと約束するなら、それでかまわない」

「約束する」

トミーはそれで納得したらしい。緊張がゆるみ、見るたびにぞくぞくするようなゆがんだ笑みが口もとに浮かびはじめる。トミーがわたしにむかって首をかたむけると、胸がときめく。なんてセクシーな男なんだろう。

「で、どう？」と、彼が訊く。

わたしはあきれた顔をしてみせる。「いやあね、トミーったら。せっかくハワイに来ているんだから、天井以外のものも見たいわ」

「シャワーのなかは？」

「経験ずみよ」ほんとうだった。二度。

トミーは〝しょうがないじゃないか〟というように肩をすくめる。「せまい部屋なんだからさ、スモーキー」

わたしは低い笑いをもらす。「いいわよ、絶倫男さん。でも、きょうの午後はコナでショッピングをさせて」

トミーは片手をあげ、もう一方を胸にあてる。「約束する」

ベッドにむかおうとすると、携帯電話から小鳥のさえずりのような音が聞こえ、メールを受信したことがわかる。

「ありえない」と、トミーがぼやく。

「ちょっと我慢して。すぐに行くから」

わたしは携帯電話を手にとってメールを開く。読みはじめて、思わず笑みをもらす。


こっちは雨なのに、そっちはパラダイス。あなたのことが大嫌いになりそうだけど、セックスしまくってるはずだから許してあげるわ。

つづきを読むうちに笑みが消えていく。

ここからはまじめな話。わたしたちは例の大悪党をつかまえたところなの。子どもを殺しては携帯便器につめこんで持ち運んでいた男よ。意外でもなんでもないけど、そいつは大男でも悪党でもなかったわ。名前はティモシー・ジェイクス――友だちからはティム・ティムと呼ばれている（本人がいっているだけで、友だちがいるとは思えない。すっごく気持ち悪い男なんだもの）。手錠をかけられると、赤ん坊みたいに泣きじゃくっておもらしをしたのよ。いい気味だわ。

太陽を楽しんできてね、ハニー。思いっきり遊んで、ティム・ティムのために乾杯してやって。あの男、ババだかだれだか忘れたけど、このところ刑務所内レイプ歓迎委員会を仕切っているメンバーに、はじめて経験する刺激的なことの手ほどきをうけるはずだから。

体じゅうを安堵《あんど》の波が流れるのを感じ、わたしはいったん目を閉じた。ロサンゼルスを発ったときはまだあの事件を捜査している最中で、死体のつまったよけいなスーツケースのようにわたしたちについてきた。ここは息をのむほど美しい場所なのに、殺された子どもたちが遠くにたたずみ、星をながめ月と心を通わせるわたしをじっと見ているような気がしてならなかった。いま、その子どもたちが背をむけて、色あせた海に入っていくのを感じる。

「どうかしたの？」背後のベッドからトミーが声をかける。なにかを感じとったのだろう。

わたしは携帯電話を閉じてひとつ深呼吸をすると、ちょっぴり好色そうな笑みを浮かべてむきなおり、バスローブを開いて床にすべり落とす。

「キャリーよ。わたしたちがセックスしまくっているかどうかたしかめたかったみたい」

トミーには事件のことをくわしく説明するつもりだが、いまここで話す必要はない。わたしはこういった仕分けを得意としている。まともな人生を送る気のある人なら、早い時期に身につけるスキルのひとつなのだ。わたしは、レイプされて手足を切断された十二歳の少女の遺体を見て、その一時間後には娘の頬にキスをしたこともある。

トミーが大きな笑みを浮かべる。「その点はたしかめるまでもないと思うけど、念には念を入れておこう」

「あした帰らないといけないなんて残念だわ」わたしはぶつぶついって、彼の上に乗る。

「だったら、もうしばらくここでゆっくりしようか？」

「わたしはキャリーの結婚式で花嫁付添人をつとめるのよ。すっぽかしたりしたら、まずあなたが殺されて、そのあとわたしも殺されるわ」

「たしかに」

わたしは腰を曲げて彼の耳に息を吹きこむ。「もういいから黙って、わたしを喜ばせて」

トミーはいうことを聞いてくれ、太陽はのぼりつづけ、波は浜辺に打ちよせ、わたしはこのひとときをあますところなく慈《いつく》しむ。だが、こうしてたがいに体を探《さぐ》りあっているあいだも、このやすらぎが短命なのはわかっている。ここは、光に満ちあふれたこの場所は、わたしたちの居場所ではない。わたしの帰りを待つ子どもたちの姿が脳裏に浮かぶ。

トミーがキスをしてわたしが声をあげると、島が別れを告げた。

2

一九七四年

「わたしが〝人生〟になる」

男は少年にそういった。少年は声の調子をととのえ、答える準備をした。

「はい、お父さん」

「おまえはおまえに、わたしは人生になる」

「わかりました」

ふたりはロールプレイングをしていた。

父親が手のひらを上にして片手を差しだした。大きな手。力強い手でもある。少年は経験から知っていた。その手で何度もたたかれていたのだ。

「一ドルよこしなさい」

父親が少年を見つめると、少年も父親を見つめ、つづきを待った。獣《けだもの》の頭だ、と少年は愛情をこめて考えた。頭も顔も、コンクリートか鉱滓《こうさい》金属のかたまりを粗《あら》く削ってつくられたような頭蓋骨《ずがいこつ》や手と釣りあっている。目はアイスブルーで氷みたいに冷たく、哲学者と殺人者の目をたして二で割ったようだった。

父親に育てられるうちに、少年の目もそっくりになってきた。

「一ドルなんてもっていません」

「そうか」と、父はいった。テーブルを見おろし、物思いにふけっているように、太い指で天板をコツコツたたいた。「そうか。それでは、もう一度いう」息子の顔に目をもどした。「一ドルよこしなさい」ふたたび手を差しだして握っては開き、要求し催促する仕草をした。

「さっきいったはずです。一ドルなんてもっていません。もう一度いわれても、やっぱりわたせないんです」

父親の目が満足げにきらりと光るのがわかった。口答えするのは危険だが、勇敢《ゆうかん》なことでもある。勇敢なのはいいことだ。

「わたしは人生になるといったはずだ」父は低く辛抱《しんぼう》強い声で、節《ふし》をつけていった。「人生に一ドルよこせといわれたら、いうことを聞くか、さもなければ、いわれたとおりにするまで人生に懲《こ》らしめられる」

テーブルは小さく、父親の腕は長い。父の手が少年の左頬に振りおろされ、雷鳴のような音がした。一瞬にして目の前が真っ暗になった。気がつくと、椅子がひっくりかえっていて、少年は腹ばいになり、両手を床について体をささえていた。耳鳴りがして、血の味がする。頭のなかを蜂が飛びまわっているような鈍い音が聞こえた。

「立ちあがれ」

めまいがする。少年は必死になってことばをさがした。

「はい、お父さん」

少年は感謝していた。

まだ十歳だったが、ある程度は世の中を見ており、父がなにかに目をつけているのはわかっていた。人生はつづく。自分がいようといまいと関係ない。弱い子なら、いないほうが好都合だろう。父は強い子になってほしいと思っている。父親が息子に示せる愛情はほかにない。

少年は苦心して立ちあがった。よろけそうになったが、なんとか踏みとどまった。弱々しいのはいちばん重い罪で、臆病はつぎに重い。

「やられっぱなしはいけない」と、父親がいった。「やられたら、かならずやりかえせ。戦いに負けるにしても、なぐられた回数だけなぐりかえすんだ」

「はい、わかりました」と、少年はいった。こぶしをあげたものの、父が振りあげてかためている大きなこぶしにくらべて、なんて小さいんだろうと思った。

「人生は一ドルよこせといっている」と、父がいった。

少年は一発もなぐらなかったが、意識を失うまで父親になぐられるあいだじゅう、泣かずに口を閉じていた。

意識を取りもどしたときは自分のベッドにいて、体が震えてずきずきしていた。うめき声をもらしそうになったが、なんとかこらえた。横をむくと、ベッドの端に父親が腰かけていた。カーテンごしに銀色の月明かりが流れこみ、暗がりに巨体がぼんやりと浮かびあがっている。

「わたしは人生で、人生が一ドルを求めているんだ。おまえが一ドルをよこすまで、今後は毎週一ドルわたせといいつづける。わかったか?」

「はい、わかりました」裂《さ》けた唇を動かし、力強くはきはきした口調でいおうとした。

父親は窓の外に目をむけ、息子とふたりでなにかに対して哀悼《あいとう》の意を表しているように月をながめた。もしかしたら、ほんとうに弔意《ちょうい》を表すべきものがあったのかもしれない。

「喜びとはなにか、知っているか?」

「いいえ、知りません」

「喜びは、逆境に耐え抜いて生き残ったときにこそ得られる」

少年はそのことばを胸に刻《きざ》みつけ、大いなる真実をたくわえている心の奥深くにしまいこみ、つづきを待った。話はまだ終わっていない。少年にはわかっていた。

「この人生で、目的はたったひとつしかない。つぎの息をすることだ。それ以外はなにもかも体裁よく脚色されたでたらめにすぎない。生きていくには食料も必要だし、雨風をしのぐ屋根も、寝床も便所も必要だ」大きな男はベッドの上でむきを変え、息子をまともに見すえた。

少年は父親をほんとうにこわいと思ったことはない。日々の訓戒《くんかい》は厳しく、痛みをともなうこともあったが、自分に命をあたえた男はいつでも守ってくれると信じて疑わなかった。そのときまでは。いまはちがう。少年は息をつめて口をつぐみ、死んでいく星のように輝く目で見つめられたまま待った。

「一ドルを受けとるのはなぜなのか？　金はすべての根底にあるからだ。人生は一ドルを求めている。毎日一ドルずつ、おまえが地中に埋められる日まで。払えなければ、食べられない。食べられなければ、生きていけない。それだけのことだ。理解できるか？」

「はい」

「ほんとうに理解できるかどうかわからないが、そのうちわかるだろう。これはテストなんだ。チャンスはあたえるが、いつまでたっても一ドルをもってこない場合は、おまえを叱りつけて最初からやりなおすことになる」

とてつもなく長く感じられる一分がすぎると、父親は顔をそむけ、月との語らいを終えた。

「神は存在しない。魂などというものもない。存在するのは血と肉と骨だけ。おまえは至高の力をもつ神につかわされて生まれてきたわけじゃない。この世に生まれてきたのは、わたしがおまえの母親の体にあるものをつっこみ、おまえという肉がべつのものに育っていったからだ。肉には食料をあたえる必要があり、食料をあたえるには金がいる。わたしたちはそういうもので、この先もずっと変わらない」

大きな男は立ちあがると、なにもいわずに出ていった。少年はベッドにあおむけになって月をながめ、父親にいわれたことを考えた。訓戒に疑問をいだいていたわけでも、痛い目にあわされたことを恨《うら》んでいたわけでもない。疑問や恨みを積んだ船は、とうのむかしに出航し、沈没していた。腹を立てたり悲しんだりしていたときがあるのはおぼえているが、いまとなっては記憶というより夢のように感じられる。父はこぶしをふるい、ハンマーで金属板のくぼみをなめらかにするように、息子の弱々しさをたたきだしてくれた。少年にとって父は神で、その神は逆境に耐え抜いて生き残るすべを教えようとしていた。

どうしても一ドルを手に入れる必要がある。もっていかなかったら、死んでしまう。大切なのはそれだけで、少年は一ドルを調達することに専心した。眠りに落ちるころには、うまい手を考えついていた。

少年は五年生になったばかりだった。学校は必要不可欠なものだからと、父の命令で通っていた。

「肉に食料をあたえるには知識が必要なんだ。学校は無料で知識を提供してくれる。そんな割のいい取引に応じないのは愚か者だけだ」

少年は教室にすわり、終業のベルが鳴るのを待った。友だちはひとりもいなかったが、ほしいとも思わなかった。他人はみんな敵だ。ひとりでいるのがいちばん。だから、だれともつきあわなかった。

少年はいじめっ子のマーティン・オブライアンがにらみつけているのに気づいた。マーティンは大柄で乱暴な子だった。茶色の目は表情がなく、茶色の髪はいつでも家で雑に切ってもらっているようにしか見えなかった。スニーカーははき古されてぼろぼろになっているし、ブルージーンズは膝に穴があいていることもあった。マーティンは目のまわりに黒いあざをつくってきたり、歩くたびにぎくっと縮みあがったりして登校することがあり、そういうときはいじめられっ子たちにとって最悪の日になった。そんなときのマーティンはまさに雷雨みたいだった。

みんなに恐れられ、六年生たちでさえびくびくしていた。狙いをつけた相手をいじめて苦しめるときのマーティンは、目に殺気立った光を宿しており、どこかまったくべつの場所にいるようだった。相手をどこまでぶちのめすつもりなのか予測がつかない。それがいろんな意味でマーティンの武器でもあった。大柄な子はどこにでもいる。恐ろしい子はそうはいない。

マーティンは相手の腕を背中にまわしてねじあげ、自分の母親を売女《ばいた》と呼べと命じる。いうことを聞かないと、眉《まゆ》をつりあげ、彼のある部分が失われていく。そうなったら最後、もう歯止めがきかなくなる。相手の子の腕をへし折ったこともある。

マーティンの仕打ちは残忍きわまりなく、どこの親も、十歳の子どもの仕業《しわざ》とは思えないといった（あるいは素性《すじょう》を疑って、知らないふりをしていただけかもしれない）。そんなわけで、マーティンは叱られて自宅謹慎か停学処分になるだけで、それ以上厳しく処罰されることはなかった。小さな村に解き放たれた象のごとく、好きなだけあばれまわることができた。大人たちは村が燃えあがるのを目にしながらも、煙のにおいを嗅ごうとしなかった。

少年は煙に気づいていた。まちがいなく。マーティンがひとりの子どもをいたぶっているときに、彼の目がぎらぎら輝きだすのを見たこともある。マーティンは逆上した人間の目をして、おかしくて笑っているのではなく、涙を見て喜んでいるような熱っぽい笑みを浮かべていた。

マーティンはそういう子で、だからこそ、少年のかかえている問題を解決するための道具だった。

終業のベルが鳴ると、少年はロッカーにむかった。教科書をロッカーにしまいこみ、その日は持ち帰らなかった。両手を使えるようにしておきたかったから、宿題は授業中に片づけておいた。その日の朝ロッカーに入れておいたものをつかむと、一度も振りかえらずに校舎を出た。

校庭をあとにし、住宅街の通りの縁石に腰をおろして待った。天気のいい日だった。陽光が降りそそぎ、背中がぽかぽかした。せっかちな風が吹きつけて近くの木の葉を揺らし、少年の頰に気のないキスをすると、どこかわからないけれど行き止まりにむかって流れていった。

十分近くたって、ようやくマーティンがやってきた。口笛を吹きながら、なにやら考えてほくそえんでいた。その一方で無意識のうちに腹を立てているのか、こぶしをかためたり開いたりしている。少年はマーティンが通りすぎるのを見とどけると腰をあげ、少し距離をおいてあとをつけはじめた。

マーティンは五分ほど通りを歩きつづけてから、脇道に入っていった。あと二回曲がると家に帰りつく。

少年はロッカーから取りだしてきたものを握りしめて走りだした。心臓はペースを乱すことなく、ゆっくりと鼓動していた。十歩でマーティンに追いつき、いきなり襲いかかった。

少年は授業がはじまる前に箒《ほうき》の柄《え》を切っておいた。柄の先端が鈍い音をたててマーティンの左の腎臓にあたった。マーティンはしばらく凍りついていたが、やがて痛みに顔をゆがめて叫びだした。彼が背後に腕を伸ばすと、少年は箒の柄でその手もたたいた。

マーティンはむきなおって立ちむかおうとしたが、みぞおちをひとつきされてがっくりと膝をつき、苦しそうにあえぎはじめた。もう一度強打され、鼻が折れる。少年は喜びを感じたりせずに、落ちつきはらって手ぎわよく攻撃した。サディストではなかった。これは終わらせるための手段にほかならない。なにがなんでもマーティンを屈服させなければ。マーティンが降参したら、やめるつもりだった。

マーティンは歩道に倒れこむと、体をまるめて両手で顔をおおい、攻撃にさらされる面積をできるだけ小さくしようとした。箒の柄はあいかわらず振りおろされてくる。何度も、何度も。腕に、脚に、背中に、尻に。骨が折れたり内臓が破裂したりするほど激しいわけではないが、ものすごく痛いし、光や黒点のまざった赤い波が押しよせてきて目がちかちかする。

マーティンが子猫みたいにかぼそい声で泣きだすと、少年は攻撃の手をゆるめた。

「マーティン、こっちをむけ」

マーティンは返事をしない。胎児みたいに体をまるめ、震えながら泣き叫び、恐怖におののいてつづけざまにおならをしている。

「マーティン、こっちをむけ。いうことを聞かないと、またたたいてやる」

やっと伝わったらしい。マーティンは不安そうにぎこちなく動き、のろのろと体を伸ばしはじめた。目を大きく見開いて、あたりをきょときょと見まわしていた。ねばねばした鼻水が、血や涙とまざりあってたれている。片方の頬にはこぶができていた。唇は縫ってもらう必要がありそうだ。逃げだしたい衝動を抑え、しゃくりあげている。

「マーティン」少年はうつろな目をして辛抱強く呼びかけた。呼吸は少しも乱れていない。

「これから、あることをしてもらう。いうとおりにすれば、手出しはしない。いうことを聞かない場合は、制裁をくわえる。わかったか？」

マーティンはなにもいわずに相手を見あげた。少年は箒の柄をもちあげた。

「わかったよ！　わかったってば！」と、マーティンは叫んだ。「いうとおりにする！」

少年は箒の柄をおろした。「ならいい。これから週に三ドルずつもってこい。それくらい、どうってことないだろ？　ずっとおまえを監視していたんだ。おまえがかつあげをしているのは知っている。ランチ代とか、小遣いとか。そうだよな？」

しく震えだす。

「そ……そうだけど……」マーティンは消え入りそうな声でいった。抑えがきかないほど激しく震えだす。

「つまり、いまやっていることをつづければいいという意味さ。たったひとつちがうのは、毎週三ドルずつわたさないといけないってことだ。わかるだろ？」

マーティンはうなずいた。もう口がきけないのだろう。歯がガチガチ鳴っている。

「ここからがいちばん重要なことなんだ、マーティン。だから、しっかり聞け。きょうここでされたことや三ドルのことを――ただの一度でも――だれかに告げ口したり、約束の金をもってこなかったりしたら、夜中におまえのうちに行く。おまえの両親を殺し、それからおまえを殺してやる。それも、じっくり時間をかけて」

そのことばを聞いたとたん、マーティンは時間がとまったような気がした。なにもかも非現実的な感じがして、それでいてはっきりしてきた。現在と未来が見え、気が動転して恐怖が消えていく。

雲ひとつない空に太陽が輝いていた。歩道のコンクリートはあたたかいけれど、熱いというほどではなく、五分も歩けば家につく。うちに帰って、コーラと母さんお手製のブラウニーをもって自分の部屋にこもってもいい。テニスシューズを脱ぎ捨て、コミック雑誌『バットマン』の最新号を読もう。夕食（たぶん、ミートローフだと思う）の支度ができたら、母さんが呼んでくれて、父さんはセールスの仕事で出張しているから、ふたりで食事を楽しむ。父さんがいないと、ふたりとも〝げんこ〟（マーティンは父親の握りこぶしをそう呼んでいた——〝げんこ〟など）でぶんなぐられなくてすむ。食後はいっしょに『ハッピーデイズ』を見ようか。母さんは声を立てて笑うかもしれない。

マーティンはそんなことを考え、つかのま——ほんの一瞬——相手のいったことがばかげているように思えた。殺す？　まさか。ふたりともまだ十歳じゃないか！　空には太陽が出ているっていうのに！

相手はマーティンを見ており、彼も相手の目を見た。その瞬間、それまで経験したことがないくらい鮮明に、あることがわかった。いちばん重要なこと。

マーティンは利口ではなかったが、自分が悪い子だとわからないほどばかではなかった。学校の生徒たちにけがをさせ、金を巻きあげ、威嚇《いかく》してきた。脅《おど》された子どもたちは許してほしいと訴え、すすり泣き、おもらしをした子も何人かいる。なにをしようと、マーティンはたいして気にしなかった。いじめると溜飲《りゅういん》がさがるからだ。子どもたちが泣いているときに彼だけがにやにやしているのはなぜなのか、その理由は〝げんこ〟だけでは説明しきれない。マーティンは悪い子だった。心を入れかえる能力がないのを認めると同時に、悪い子だということを甘受していた。

相手はマーティンを見つめていた。ながめまわし、無情な約束をするような目つきで待っているのがわかったとたん、太陽も歩道も、ふたりがまだ十歳だということも、重要ではないと悟った。重要なのは、ひとつだけ——相手のことばはひとつ残らず約束で、約束はどれも守られるということを理解しなければならなかった。

「わかった」と、マーティンは小声でいった。

相手はほんとうかどうか探るような目で見つめており、マーティンはなんとか信じてほしいと思い、待っているうちに泣きだした。だいぶたってから、少年はうなずくと、腰を伸ばして箒の柄を投げ捨てた。

「一回めの支払いはこんどの金曜だ」と、少年はいった。

それから背をむけて歩み去った。

少年は満足して帰宅した。マーティンとちがって、口笛を吹いたりほくそえんだりはしなかった。どれも不要なもの、人間の装飾にすぎない。それでも、少年は満足していた。当面の問題が解決しただけではない。問題のあらゆる面が解決した。

たとえば、父親がいずれ金額を引きあげたら？　一ドルじゃなくて、もっともってこいといったらどうしよう？　ゆうべ、ふとそんな考えが頭に浮かび、暗がりのなかで思案しているうちに、いてもたってもいられなくなった。可能性はじゅうぶんにある。人生は一ドルよこせといった。だとしたら、つぎは二ドルよこせといいだすんじゃないだろうか？　それが三ドルになったとしても不思議じゃない。

手っとりばやいのは、金をもっている相手から奪うことだが、そうなるとまたべつの問題が出てくる。どうすればつかまらずにすむか？

すべての道はマーティンに通じていた。マーティンに仕事をさせ、まずいことになったらあいつに罪を着せればいい。万一、マーティンが告げ口したとしても、あの悪ガキのいうことなんか、だれも信じないだろう。

あとは正しい判断をくだし、綿密に計算すればいい。どれくらい痛めつけるか、どれだけ恐怖を植えつけるか、どの程度の確実性があるか。人間を相手に計算するのは、こつさえ知っていれば、数学のなかでもいちばん簡単なのだ。その日少年は、自分はこつを心得ていると確信した。

すべての悪が偶然の産物というわけではない。暗い太陽のもと、暗い地下室で芽を出し、骨でできた鍬《くわ》を手にした暗黒の庭師に育てられる悪もある。

現在

3

右手に握る拳銃が恋しい。愛用しているのはグロック9ミリ。わたしにとっては、ハンドバッグをもったり足にぴったり合う靴をはいたりするのと同じくらい手になじむ。

わたしは射撃の名手なのだ。父も母も銃が嫌いだったところをみると、遠い先祖のDNAを受けついでいるらしい。はじめて銃の手ほどきをうけたのは八歳のときで、教えてくれたのは父の友人だった。彼は銃マニアで、その日からわたしも銃に魅了された。銃を手にしてみて、なんとなく……しっくりした。自分の一部のようだった。

わたしは最初から抜群にうまかった。競技会に出たことはないが、全世界で百位以内には入ると自負している。仕事柄、絶えず役に立ってくれるスキルで、いまも銃を手にしていたい。

「このドレス、くそ暑い」と、わたしは文句をいう。

二月末のロサンゼルス。ビーチのすぐそばで、キャリーの結婚式がとりおこなわれようとしていた。外気はひんやりしているのに、なんともいまいましいことに、風はそよとも吹かないし、ふつうの服装なら心地よく感じられるはずの陽射しのせいで、いま着ている花嫁付添人のドレスはミニサウナと化していた。

「お尻までじっとり汗ばんじゃってる」マリリンがささやきかえし、クスクス笑う。

マリリンはキャリーの娘で、キャリーとは数年前に再会し、以来仲よくしている。キャリーは十五歳のときに妊娠し、両親に説き伏せられて娘のマリリンを手放したものの、そのことをずっと後悔していた。あるとき、わたしたちの追っていた男がその情報を探りだし、それを使ってキャリーを脅迫した。その結果、キャリーとマリリンは必然的に再会し、母娘の強い絆《きずな》で結ばれることになった。

「静かにしてよ、スモーキー・ママ」と、ボニーがたしなめる。「あなたもね」と、マリリンにいう。

わたしはボニーに目をやる。花嫁付添人の真っ黄色のドレスを着て、となりに立っている。まわりの女性たちと同じように、髪はアップにして黄色いリボンを結んでいた。とてもきれいだ。わたしはボニーにほほえみかける。

ボニーは十三歳になり、ブロンドの髪といい、明るいブルーの瞳といい、母親にそっくりだった。真っ白な歯も同じ。ちがうのは目の奥にあるものだろう。体は十三歳だが、ボニーのまなざしには年齢にふさわしくない静けさが感じられる。あまりに多くのことを見たり経験したりしたせいだと思う。

母親のアニー・キングは、高校時代の親友だった。アニーはある男がわたしに追跡されたいと願ったために殺されて切り裂かれ、その男は凶行の一部始終を無理やりボニーに見せた。

アニーは娘のボニーをわたしに託した。なぜなのかはいまでもわからない。

わたしにとってアニーの敵討ちは、ジョセフ・サンズに襲われたあとの最初の命綱になり、ボニーはつぎの命綱になった。ボニーは母親が殺害されるところを目のあたりにして口がきけなくなったが、やがて苦難を乗りこえて立ちなおった。十三歳になったいまは口がきける。わたしはボニーを愛している。ありとあらゆる意味で、わたしの娘になっていた。

ボニーが笑みを返すと、彼女の瞳の奥にただよっていた用心ぶかい表情が、陽射しに追いはらわれる霧のように跡形もなく消えていく。

「ねえ、暑くないの？」と、わたしはボニーにたずねる。

ボニーが肩をすくめる。「あたしは我慢できる。じきに終わるし」

わたしはキャリーの結婚相手、サム・ブレイディに目をむける。ブレイディはＦＢＩロサンゼルス支局特別機動隊《ＳＷＡＴ》の隊長で、黒いタキシードに身をつつんでいても、見るからにＳＷＡＴらしい。百九十センチを超える長身。黒い髪はほかのＳＷＡＴ隊員たちと同じ――短く刈りこんで軍隊スタイルにととのえている。

「サムは悠然としているわね」わたしは声をひそめてマリリンに話しかける。

「あの人にはこわいものなんてないのよ」と、マリリンがささやきかえす。「キャリーはべつにして」

わたしは笑いを嚙み殺す。キャリー・ソーンは大切な友人であり、十数年にわたるチームのメンバーでもある。赤毛で背が高く、ほっそりしていて脚が長い。法医学の修士号をもっていて、副専攻は犯罪学。不遜《ふそん》な言動で有名になっているが、有能だからという理由で、無礼なふるまいもたいていは大目に見てもらえる。真相を究明するためなら、彼女は相手がだれだろうと容赦《ようしゃ》しない。

キャリーの結婚には、だれもがいまだに驚き入っている。サム・ブレイディと出会うまでのキャリーは、いわゆる〝恋多き女〟で、あまたの男性とつきあっていた。

サムのとなりにはトミーが立っている。トミーがわたしの視線に気づいてウィンクする。お返しに舌をつきだすと、ボニーがまたもや眉をひそめて肘《ひじ》で小突く。

「いつからそんなに小うるさい子になったの?」と、わたしはボニーに小声でいう。

「カービーに指名されて副司令官になってから」と、ボニーが答える。

こんどはわたしが眉をひそめる。

カービー・ミッチェルは殺し屋で、キャリーのウェディングプランナーの役目をおおせつかっている。見た目もふるまいも、カリフォルニアの浜辺をぶらつくビーチバニーそのものだが、彼女には暗黒の過去があるらしい。キャリーのためとはいえ、業者に脅しをかけたり拳銃をちらつかせたりして値引きさせたとか、たしかではないが、そんなうわさも聞いている。ボニーがカービーと親しくしていると知って、わたしは複雑な気持ちになる。

それについては、ほかのことと同じように、考えないようにする。どうせ、自分にどうこうできる問題ではない。わたしは自分とよく似た人たちにかこまれている。目に見える傷痕や目に見えない傷痕のある人たち、人間を殺したことがあり、これからも殺す人たち。子どもを育てるのに理想的な環境とはいえないが、これが自分で選び、いまの自分を取りまく環境なのだ。

トミーのとなりには、わがチームの残りのメンバーふたりがいる。アラン・ワシントンとジェームズ・ギロンだ。アランはチームの最年長メンバーで、五十歳近くになる。ラインバッカーのごとく大柄なアフリカ系アメリカ人だ。動くたびにタキシードが危なっかしく引きつって、縫い目がほころびそうになる。体の大きさに目を奪われていると、アランの本性は見えてこない。こまかいことによく気がつき、信じられないくらい粘《ねば》り強く、だからこそきわめて有能な捜査官なのだ。

ジェームズが腕時計をちらっと見て、苦《にが》りきった表情を浮かべる。わたしはあきれて目をぐるりとまわす。ジェームズは三十一歳で、チームではいちばん若い。厭世《えんせい》家でもある。人間を憎んでいるとはいわないまでも、好いていないのはたしかだと思う。社交上のたしなみなんかおかまいなしで、この場に集まっている人たちをふくめ、会う人全員の神経を逆なでする。ジェームズには人に好かれる要素はまったくないものの、それをおぎなってあまりある頭脳をもっている。天才なのだ。十五歳で高校を卒業すると、四年後には驚異的なスピードで犯罪学の博士号を取得し、それからＦＢＩに入った。

捜査官を志望したきっかけからも、ジェームズの人間性がそれとなくわかる。彼にはローザという姉がいて、彼女はジェームズが十二歳のときに殺害された。当時、ローザは二十歳だった。溶接に使われるブロートーチで焼かれ、くりかえしレイプされ、三日後にようやく息を引きとった。ジェームズは姉の葬儀でFBIの一員になろうと決心したという。

彼はわたしと同じ能力ももっている。闇のものを理解する力を。わたしと同じく、蛇みたいな音をたて、ずるずる這いまわり、ねばねばする闇のものたちに近づいていって、においを嗅ぎ、味をたしかめ、変化させられながらも無傷のまま離れていくことができる。わたしはジェームズのことが大嫌いになるときもあるが、殺人犯の心理について話しあえる相手が必要になると、彼はきまってかけがえのない相棒になる。

わたしはプラスチックの折りたたみ椅子にすわる出席者たちをながめた。たいした人数ではない。キャリーの両親の姿はない。招待されなかったのだ。キャリーはマリリンを無理やり手放させた両親をいまだに許していない。アランの奥さん、エレイナの姿が見える。エレイナが目尻にしわを寄せてわたしにほほえみかける。わたしは笑みを返す。根っからの善人と呼べる相手はほんのひと握りしか知らないが、エレイナはそんな人のひとりだ。

わたしは世の大半の人を不信の目で見る。人びとが良識という仮面や美しい笑顔の陰に秘密を隠していることを、いやというほど知っているからだ。エレイナはちがう。非の打ちどころのない女性でも、ポリアンナのような底抜けの楽天家でもない。わたしたちと同じように、怒ることもあれば、判断を誤ることもある。けれども、わたしがサンズに襲われて病院に運びこまれたあと、ショックをうけて苦しみにさいなまれながらベッドに横たわり、天井の白いタイルを見つめて医療機器の冷たい信号音や耳ざわりな音を聞いているとき、見舞いにきてくれたのはエレイナだった。制止しようとする看護師を押しのけて病室に入ってくると、わたしを腕につつみこんで強引に泣かせ、それから思いきり泣かせてくれた。わたしはエレイナにしがみついたまま泣きじゃくっているうちに気を失ったが、意識を取りもどしたときも、彼女はまだつきそっていた。

わたしはエレイナを愛している。彼女は母親のような存在なのだ。

エレイナのとなりには、わたしの上司、ジョーンズ支局長がすわっている。義理で出席しているだけ。そんなふうにしか見えない。結婚と離婚を二度経験すると、そうなるのかもしれない。本人は笑みをたたえているつもりらしいが、あれはどう見てもしかめっ面だし、やたらと腕時計にちらちら目をやっている。ジョーンズ支局長は長いあいだわたしを指導してくれ、わたしにとっては仕事上のうしろ盾《だて》のような存在といえる。尊敬している人物だけに真の友人にはなれないが、最高の上司であることはまちがいない。

出席者はまだほかにもいる。十九歳になったサラ。幼いころからある男につきまとわれ、愛する人をことごとく殺されていった。となりには、同じ里親に引きとられてサラが姉と慕うテレサがいる。ふたりともまだ若いのにわたしよりもつらい経験をしており、そう考えるとなるほどと思う。ボニーがサラとテレサに強い親近感をおぼえるのは、おそらくそのせいだろう。

会場の席は、元被害者や追跡者、その両者が入りまじった人たちで埋めつくされている。苦しみと死を相手にする人びとだ。わたしはもう一度ボニーに目をやり、ため息をこらえる。

これがわたしの人生。完璧ではないけれど、これがわたしの人生なのだ。そして、ボニーは愛されている。

わたしはそのことばをくりかえし、信じこもうとする。おおむね信じている。

携帯電話が鳴り、メールを受信したことを知らせる。

「電源を切っておかなきゃだめでしょ！」ボニーが怒って小声でいう。

「無理よ、ボニー」わたしはつぶやき、手にしているブーケにつっこんでおいた携帯電話を抜きとる。ボニーがぶつぶつ文句をいい、こわい目でわたしをにらみつける。

わたしは携帯電話を開き、メールを読むなり凍りつく。

バレット捜査官、おまえにあるものを送る。

わたしは顔をあげてあたりを見まわす。人や周囲に視線を走らせているうちに、浜辺を散歩していて結婚式を見ようと立ちどまったカップルの姿が目に入る。海は凍りつきそうなほど冷たいはずなのに、パドリングで沖へ出ていくひたむきなサーファーがひとり。近くに建つホテルからも人が出たり入ったりしているが、その場に静止している人はひとりもいない。

あるものを送る？　なにを？　いますぐ？　あとで？

腹が立つより不安に襲われる。相手はわたしの携帯電話番号――簡単に手に入る番号ではない――を知っていて、いまこうしているあいだもわたしたちを監視している可能性がある。わたしたち、つまりボニーも。彼女に目をむけると、わたしをじっと見すえ、例の不相応に大人びたまなざしでわたしの心中を推《お》しはかっている。

「だいじょうぶ？」と、ボニーが訊く。

そろそろ仕分けをしないといけない。ここにたたずんで、自分にはどうにもならないことを考えて心配するか、自分の役目を果たすか。

わたしはブーケから片手を離し、ボニーの頬にふれる。「だいじょうぶよ、ボニー。それにしても、キャリーったらいったいどこにいるの？」

わたしたちはほんの十分前までキャリーといっしょにいた。ウェディングドレスを身につけ、メイクも完璧に仕上がっていた。あとは靴をはいて、音楽が流れだすのを待つばかりだった。

「カービーがなにかしでかしたとか？」と、マリリンがささやく。

たしかに、キャリーだけでなくカービーの姿も見あたらないというのは気にかかる。わたしはイエーツ神父に目をむける。神父がにっこりする。忍耐を絵に描いたような人だ。イエーツ神父とは、ある事件を捜査している最中に出会い、それからずっとつきあいがつづいている。わたしは元カトリックで、はるかむかしに信仰を捨てていたが、神父は信仰心を取りもどさせようとして、それを楽しんでいるようだった。イエーツ神父もとびきり背が高く、百九十五センチくらいある。

わたしはそのことをマリリンに話す。「ねえ、あの人たちを見てよ。バスケットボールチームをつくるべきだと思わない？」

マリリンがまたクスクス笑いをこらえているのを見て、わたしがまた笑いだしそうになると、ボニーがまたこわい目でにらみつける。やがて音楽が鳴りだし、わたしたちはなんとか笑いを嚙み殺す。カービーが小走りに廊下を進んで、いちばん前の位置につく。怒った顔をしている。

「これって、カービーが選んだ曲じゃないわ」と、ボニーがささやく。

流れているのはビートルズの『レット・イット・ビー』で、ポール・マッカートニーがピアノを演奏して歌っているオリジナルバージョンだ。わたしはすてきな曲だと思う。

「カービーはなにをかけたかったの？」と、わたしは訊く。

「『結婚行進曲』」

無理もない。慣行にならった式典なんて、キャリーの好みには合わない。

本日の主役があらわれると、心のなかのおしゃべりが静まっていく。携帯電話に送られてきた不可解なメールのことも、背中をしたたり落ちる汗のことも忘れる。キャリーは息をのむほど美しい。

白いサテンのシンプルな長いウェディングドレスに身をつつんでいる。赤い髪をおろし、花のリースをつけていた。午後の陽射しを浴びて、炎でできた馬が彼女の背中を疾駆《しっく》しているように見える。わたしが見とれているのに気づくと、キャリーがウィンクした。胸がきゅんとなる。

わたしはかねてから、キャリーは一生独身を通すことになるだろうと思っていた。わたしは四十一歳で、キャリーもだいたい同じくらいの年になっている。ふたりとも円熟期を迎えているが、わたしには将来が見えたことがある。人生の転換期が、全盛期をすぎてしわが深くなりはじめるときが見えた。わたしたちが身をささげてきた仕事、凶悪犯の追跡も、いずれ幕を閉じるときがくる。老けこんで狩りができなくなり、ライフルをおく。もしかしたら、新入りの若いハンターたちに狩猟を教えることになるかもしれない。孫たちを膝に乗せてあやし、家庭で年を重ねていくことになるかもしれないが、どんなかたちにせよ、老年期はかならず訪れる。二十一の未熟者だったころよりも、いまはその蹄《ひづめ》の音がはっきりと聞こえるようになった。

親友がひとりぼっちで年老いていくのを心配していただけに、いまは安心して胸がいっぱいになっている。キャリーはサムを愛している。サムもキャリーを愛している。これからはなにがあろうと、ふたりはいっしょにいる。

不意にべつの光景が脳裏をよぎり、喜びが薄らいでいく。結婚式をあげた日のマットと自分の姿が目に浮かぶ。わたしもサテンの白いウェディングドレスを着ていた。マットもわたしも、信じられないほど若かった。思い出せないほど若いころだった。おぼろげな記憶しか残っていないが、鮮明におぼえていることが三つだけある。わたしたちの愛、笑い声、そして喜び。あんなかたちで終わるとは、だれひとり夢にも思わなかったはずだ。

キャリーが歩を進めてサムのとなりに立つと、彼がうれしそうに笑いかける。少年の笑みで、ふだんは寡黙《かもく》な男によく映《は》える。にっこりすると、十歳は若がえる。キャリーの返した笑みははにかんでいるようで、彼女らしくないとはいえ、すばらしい笑顔であることに変わりはない。イエーツ神父がキャリーの書いた文章で式をはじめる。宗教と誓いのことばがまざっていて、ユーモアのかけらもない。ちょっと意外な感じがする。

わたしはいまの生活について——自分自身と真実のさまざまな面のあいだにつくった仕切りについて考える。まず、なにがなんでも守ってほしいとトミーに頼んだ秘密。つぎに、いうまでもないが、最大の秘密、ごく最近のショッキングな秘密がある。隠しごとをどうするかは自分でもわからない。恐ろしいからという理由ではなく、愛のために隠しているものもある。好むと好まざるとにかかわらず、これがわたしの人生なのだ。わたしは首に陽光を感じながら、友人が幸せに浸っていくのをながめる。

「花嫁に口づけを」イエーツ神父がにこにこしていうと、サムがキャリーにキスをする。待ちわびていたそよ風がようやく吹きはじめ、肌寒いけれども気持ちいい。太陽はこの日を祝福しようと、全力をつくしてさんさんと輝いている。

わたしはトミーと目を合わせ、大きな笑みをかわす。

「それでは、おふたりの結婚が成立したことを――」

イエーツ神父のことばがさえぎられる。窓ガラスにフィルムを張った黒いマスタングが、轟音をたてながら走ってくる。十五メートルほど先の駐車場に入ると、エンジンの音を響かせてとまった。ドアが開き、アスファルトの上に女性が放りだされる。ドアが閉まり、マスタングが猛スピードで走り去る。ナンバープレートはついていない。

女性が立ちあがる。頭を剃《そ》られ、白いナイトガウンを着ている。よろめきながらこちらに歩いてくる。五メートルほど手前まで来ると、両手を頭にあてて立ちすくみ、天をあおいで悲鳴をあげはじめた。

4

病院にいるわたしたちは、奇妙きてれつな一団に見えたにちがいない。キャリーはまだウェディングドレス姿なのに、テニスシューズをはいている。わたしは花嫁付添人のドレスを、トミーとサム、アラン、ジェームズはタキシードを着ていた。

車から放りだされた女性が悲鳴をあげて倒れこむと、わたしたちはすぐさま動きだした。キャリーとわたしは応急処置をするために女性に駆けよった。トミーとサムは競いあうようにして警察に通報しにいった。カービーは花嫁付添人の衣装にハイヒールで走りだし、どういうわけかドレスの下に隠しもっていた拳銃を抜いて、黒いマスタングのあとを追った。

女性は救急車が到着するまで意識を失っていたも同然で、まぶたを震わせ、ときおりうめき声をもらしていた。

痛ましい姿だった。衰弱しているというほどではないが、かなりやつれていた。唇がひび割れ、脱水症状を起こしているようだった。目の下は黒ずんでいたが、暴力をふるわれたせいではない。何日も、ことによると何週間も眠っていない人の目だった。

肌は恐ろしく蒼白で張りがなく、真っ白な紙のように見えた。暗がりで生まれ、一度も光にあたることなく育てられるという、色素のない白ネズミを彷彿《ほうふつ》させた。

「手首と足首、首に傷があるわ」キャリーがそういって顎で示した。

自分で調べてみて、キャリーのいうとおりだとわかった。ただし、傷ではなく、傷痕だった。手かせ足かせをはめられ、何年も拘束されていたようだ。

「ねえ、なにがあったの？」わたしが小声で女性に話しかけているうちに、救急車が到着した。救急医療隊員たちが飛びだし、すぐに駆けよってきた。「この人につきそっていく」と、わたしはいった。

「ボニーはわたしがつれて帰るわ」と、エレイナがいってくれた。

ボニーが不満そうにいった。「あたしも病院に行く」

「だめよ、ボニー」わたしの口調を聞いて、いい争っても無駄だとわかったらしい。納得したわけではないが、ボニーは文句をいわずにエレイナといっしょに離れていった。

「病院で落ちあおう」と、アランがいった。「それにしても結婚式でこんなことになるとは、とんだ締めくくりだな」

「あなたたちとはまたこんど」わたしはキャリーとサムにいった。「ボラボラ島でハネムーンをすごすんでしょ？　もう結婚したんだから、さっさと出発して」

「チッチッ」キャリーが首を振って舌打ちした。「なにをいまさら。わたしの性格はわかっているはずよ」

それ以上ことばをかわすことはなかった。医療隊員たちが大急ぎで女性を救急車の後部に運びこみ、一刻も早く走りだしたがっていたからだ。わたしの背後で救急車のドアが閉まるころには、女性は点滴をうけていた。

「ひどく脱水してる」サイレンの音にかき消されまいと、医療隊員のひとりが声を張りあげてわたしにいった。「心拍が異常に速い」

ほかに伝えるべき情報はなく、医療隊員もわたしも黙りこんだ。救急車が幹線道路を疾走するあいだに、わたしは女性をじっくり観察した。

年齢は四十代前半、背丈は百六十五センチほど。面長で、容色は十人並み、体つきはほっそりしている。唇はふっくらしているわけではないが、薄くもない。これといって特徴のない顔立ち——こんな顔の中年女性が百人くらいいたとしても不思議ではない——なのに、どこかで見たおぼえがあるような気がしてならなかった。

爪はやや伸びていて、垢《あか》がたまっている。足の爪も足も汚れている。うしろにさがってよく調べてみて、足の裏の皮膚が分厚くなり、たこができているのがわかった。

「靴をはかずに生活していたみたい」わたしはひとりごとをいった。

足首の傷痕は思いのほか太く、不規則な輪状のあとがいくつもついていて、傷口が開いては癒《い》えるということを何度もくりかえしてきたように見えた。おそらく、そのとおりなのだろう。

いま、わたしたちは病院にいて、医師や看護師が女性の手当てをするのを見守っていた。女性が意識を取りもどしてあばれだす。悲鳴をあげている。目が血走っている。

「拘束しろ」医師が命じると、女性はますます取り乱す。

わたしは急いでそばにいき、医師の腕に手をおく。邪魔をされてむっとしたらしく、医師が横目でわたしをにらみつける。わたしはＦＢＩのバッジを見せ、自分の考えを伝える。女性の手首と足首の傷痕を指し示す。

「拘束はやめて、鎮静剤を投与してもらえません？」と、わたしはいう。

「どこが悪いのかわからないんですよ」と、医師がいう。「心拍は安定していないし、なんらかの薬を投与されている可能性もある。拘束するのがもっとも安全な方法なんです」

「拘束なんかしたら、激昂して取りかえしのつかないことになるわ。害になるおそれはあっても、効果はないはずよ。信じてください。こんな状態の人は前にも見たことがあるんです」

ＦＢＩのバッジなのか、わたしの顔の傷痕なのか、確信に満ちた口調なのか、それとも三つぜんぶなのか、なにが効いたのかわからないが、どうにか理解してもらえたらしい。医師が一度うなずく。

「アティバンを四ミリ、筋肉注射」と、彼が大声でいう。「拘束はしない」

医療チームはまごつくことなくスムーズにギアを切りかえ、あらたな指示にしたがう。わたしは作業の妨げにならないようにうしろにさがる。医師たちが女性を押さえつけて腕に注射針をつきさしたとたん、彼女がわめきだす。しばらくもがいていたが、やがて体の力が抜けはじめる。そのうち、医師たちが手を離す。女性の呼吸がゆるやかになり、まぶたが閉じていく。

「ドクター」わたしはあらためて医師に声をかける。「すみませんが、もうひとつ。性的虐待の痕跡があるかどうか調べてもらいたいんです。なにからなにまで検査してください」

医師は承諾すると、ふたたび患者のほうをむく。その瞬間、わたしはストレッチャーの下になにかが落ちていることに気づく。医療チームのあいだに割って入り、かがみこんで拾いあげる。レターサイズの白い紙で、四角く折りたたまれていた。紙を開く。タイプされた黒い文字で、つぎのように書いてある。


約束どおり、配達した。手順にしたがうこと。おまえがいずれ口にする質問に答えておこう——そう、ほかにもまだいる。そう、おまえたちがわたしを追跡すれば、彼らを殺す。あたえたものだけで満足しろ。


わたしは女性のナイトガウンを調べ、腰のところにひとつだけポケットがあることに気づく。メッセージはそのポケットから落ちたにちがいない。わたしは紙を折りたたんでジャケットの内ポケットに入れる。

ゲーム。彼らの大半はゲームを好む。

わたしは医師たちが女性の処置をするのをながめながら考える——捕食者《ほしょく》たちのなかに人の命を奪って快感をおぼえる連中がいるのは、いったいどういうわけだろう？　レイプするだけでは気がすまないのだろうか？　どうしてここまで徹底的に破壊する必要があるのだろう？

ことばにしているだけで、意味のない愚問だ。答えはわかっている。はっきりとは答えられなくても、心の奥底ではわかっている。

比例の問題。数学的なことといっていい。むごたらしいことをすればするほど、性的興奮は高まる。そういう意味では、覚醒剤やヘロインの常用者と変わらない。レイプ犯や連続殺人犯のほとんどは、最初のレイプや殺人がいちばん気持ちよかったという。はじめての恍惚感が最高なのだ。つぎからは、そのときの絶頂感をもう一度味わいたくて犯行をくりかえす。

行動分析課《BAU》では、逮捕された犯罪者たちと面接をしており、わたしも連続殺人犯の話を聞きにいくことがある。殺人犯と接触し、なんとか質問表に記入させ、面接のやりとりを録音させてほしいといって同意を求める。興味を示さない者もいるが、大半は食指を動かされる。なにしろ、ほとんどがたちの悪いナルシストなのだから——すげなく断れるわけがない。

わたしが面接した男のひとりは、被害者たちの悲鳴を録音していた。それだけ。写真を撮っていたわけでも、レイプや殺人のシーンを録画していたわけでも、記念品をとっておいたわけでもない。被害者たちの悲鳴に耳をかたむけ、そのときのことを頭のなかで再現し、欲望を満たしていたのだ。

　ビルという名のずんぐりした男だった。五十代前半で、時代遅れの角縁眼鏡をかけていた。わたしは彼が収監される前の写真を見たことがある。当時のビルは家庭的な男で、凶悪犯のなかにもたまにいるタイプだった。そのうちの一枚に、ちょっと内気そうな妻といっしょに写っている写真があった。ビルは妻の腰に腕をまわし、カメラにむかってにっこりしていた。カリフォルニアらしい天気のいい日に前庭で撮った写真で、ビルはシャンブレーシャツにブルージーンズを身につけ、テニスシューズをはいていた。ジーンズはサスペンダーでつっていた。

　その写真には、はっとさせられる点が三つあった。ひとつは日付——ビルが最後からふたりめの被害者をとらえているときに撮影されていた。彼は被害者たち（胸が大きく、黒っぽい髪の中年女性ばかり）を拉致《らち》してくると、防音トランクに閉じこめ、そのトランクを自宅の敷地の奥に建てた防音倉庫にしまいこんでいた。数年前にアップルバレーに土地を買っており、そこは四千平方メートルほどあった。

　ふたつめは彼の笑顔だ。やさしい笑みにしか見えない。写真のビルには、（伏し目がちに妻を見るまなざしはべつとして）この男には用心しなければならないと思わせるところがまったくなかった。ビルは警戒を要する隣人ではなかったのだ。頭の禿げかかった中年男で、最大の欠点は時をわきまえずにちょっぴり下品なジョークをいうことだが、口にするなりくどくど弁解しそうな感じに見えた。

三つめは腹だ。太鼓腹《たいこばら》というほどではないが、かなりせりだしていて、体のほかの部分とバランスがとれていなかった。顔はまるまるとしているわけではなく、腕も脚も太くはない。腹だけは、北欧のおとぎ話に出てくるトロールの腹を思わせた。ビルがどんなことをしたか知っていたものだから、わたしは彼の腹を見ているうちに胃がむかむかしてきた。

最後の被害者、メアリー・ブースは窮境《きゅうきょう》を切り抜けた。ビルを刑務所に送ることができたのは、なによりもメアリーの証言のおかげだった。ビルの写真を見たとき、わたしは彼女の証言を思い出さずにいられなかった。メアリーの事情聴取はデジタル録音されていて、わたしはビルの面接をする前の週に聞いていた。ビルの笑顔とせりだした腹をながめているうちに、頭のなかでメアリーの声が聞こえてきた。

メアリーの事情聴取を頼まれたのは、アランだった。ビルをつかまえたのはわたしたちではないが、相手が被害者だろうと犯罪者だろうと、アランは事情聴取の達人だし、メアリーの証言はきわめて重要だった。

「メアリー」と、アランはおだやかな声で話しかけた。「これからゆっくり事情聴取をしていくからね。あせることはない。いいね？　ひと息入れたくなったら、遠慮なくいってくれ。休憩をとって、必要なだけ休もう」

アランの巨体を見て、レイプ被害者の事情聴取には不利に働くのではないかと思う人もいる。ところが、彼は自分のサイズを逆手《さかて》にとるすべを心得ていた。大きさをうまく使うと、相手は威嚇《いかく》されるのではなく、守られている気分になる。彼の巨大な体は、なにより安心感をあたえるものになるのだ。

「わかったわ」と、メアリーはかぼそいけれどもしっかりした声でいった。あとでわかったことだが、メアリー・ブースはじつに気丈《きじょう》な女性だった。ビルに暴行されて動揺しながらも、正気を失うようなことはぜったいになかった。

「おれたちにとっては、きみからくわしく話を聞くことがとても重要なんだよ、メアリー」と、アランはいった。「できるだけ具体的に話してくれるとありがたい。抽象的な話は相手に攻撃されやすいんだ。わかるね？」

「ええ」

「彼に癖はなかったかな？　よく使っていたいいまわし、口ずさんでいた歌、ほくろやタトゥーといった身体的特徴、なんでもいい。おぼえていれば助かるんだがね。その手のことを思い出すのはつらいだろう。それはわかっている。でも、きみがあの男を刑務所に送りこみたがっているのもわかっている。だからこそ、無理を承知でくわしく話してほしいと頼んでいるんだよ」

「刑務所になんか送りこみたくないわ」と、メアリーはいった。

アランは間をおいた。「送りこみたくない？」

「ええ」と、彼女は答えた。そういったときの声は、もはやかぼそくはなかった。歯切れがよく、落ちついていた。「死んでほしい」

さすがはアラン、メアリーの答えを冷静に受けとめた。彼の表情が目に浮かんだ。驚いて目をまるくすることはない。わかるとばかりに、一度だけうなずく。アランはそうしたにちがいない。「そうか。それじゃ——質問にもどってもいいかな？」

「身体的特徴なら、こんなのはどう？」メアリーはアランがなにもいわなかったかのように訊いた。「あいつね、あそこがめちゃくちゃ大きいの」

アランがことばにつまっていることから、驚いているのがわかった。

「えっ？」彼はやっとの思いでそれだけ口にした。

「ビルのあそこよ」と、メアリーはいった。口調はいぜんとしてしっかりしていたが、心ここにあらずといった響きがこもっているのを聞いて、彼女が遠い目をして思い出しているのがわかった。「あんなに大きいのは見たことがなかった。三十センチ近くあって、信じられないくらい太いの。はっきりおぼえているわ。でっぷりした白い腹の下からつきだしていたのよ」

「なるほど」と、アランは落ちつきを取りもどしていった。「やつはペニスがでかい。ほかには？」

「右の太ももの内側に傷痕がある」

「いいぞ。その調子だ、メアリー。あとは？」

こんどは彼女が間《ま》をおいた。その間の性質というか雰囲気から、あとにつづくのは恐ろしいことばにちがいないと思った。

「あいつ、下っ腹にタトゥーを入れているのよ。わたしに……口で喜ばせろといって、たるんだ贅肉をつかんでもちあげたの。〝おい、見ろ!〟っていわれて見たら、アルファベットがふたつ入っていた」

「ふたつというと?」

「SとOよ」

「なんの頭文字なのか、やつはいっていたかい?」

「ええ。奴隷使い(Slave Owner)の略だって」

それだけではない。話はまだまだつづいた。何時間も。アランは彼女をうながしてむごい行為をひとつひとつ振りかえらせ、終始変わらぬおだやかな調子で語りかけ、おぞましい仕打ちをくわしく聞きだした。メアリーは何度か泣きだしたものの、たいていはしっかりした口調で話していた。

陪審員たちは検察側の論告に耳をかたむけ、身体検査の結果をはじめとする数々の証拠とメアリーの証言をもとに評決をくだした。

話をもどすと、わたしがビルの写真を見たときにはっとした三つめの点は、シャンブレーシャツの下の腹だった。被害者にしかわからない略号のタトゥーが彫りこまれ、汗ばんでたれさがった腹が、メアリーの頭上で揺れている光景を目に浮かべずにいられなかった。それと笑顔、かぎりなくいんちきくさい笑顔を。

わたしが面接室に入っていったとき、ビルは両手を重ねて腹にのせていた。例の笑みもたたえていた。彼の素顔を物語っているのは目だけだった。飢えた男が肉汁たっぷりの分厚いステーキを見つめるように、ビルはわたしの顔の傷痕をじっくりながめまわした。手錠はかけられていなくて、面接室にはわたしたちしかいなかった。そこにいるかぎり、不安は感じなかった。できるものなら、ビルはわたしの悲鳴を録音したかったにちがいない。だが彼にとって、人目がないことと同様に重要なのは場所で、面接室は彼の求める条件にあてはまらなかった。

わたしはデジタルレコーダーをテーブルにおいた。

「ミスター・キーツ、同意いただいたとおり、この面接の模様を録音します」

「どうぞ」と、ビルはいった。

わたしが型どおりの質問をいくつかすると、ビルは素直に答えていった。彼の母親は子どもたちを虐待していた。娘を身体的に虐待し、ビルを性的に虐待した。彼に姉を性的に虐待させた。やがて、ビルは姉を性的に虐待するのが好きになった。そんな気がしただけかもしれない。母親は黒っぽい髪をした胸の大きな女性で、被害者たちとよく似ていたのはいうまでもない。予想どおりだし、不憫《ふびん》でもある。そう思うとなんとなくうんざりしたが、わたしは顔に出さないように気をつけていた。

そうこうするうちに、動機は異なるものの、たがいにもっとも関心を引かれている部分に差しかかった――悲鳴だ。

「あなたにとって、悲鳴はむかしから性的興奮を誘発する原因だったんですか?」と、わたしは質問した。

面接は、ことばづかいをふくめ、なにからなにまであらたまった調子で進められる。かならず〝性的興奮を誘発する原因〟であり、〝欲情する原因〟であってはならない。意図的にそうしているのだ。客観的で専門的な表現を使いつづければ、面接官は判事でも関係者でもなく、鏡のような存在になる。犯罪者は鏡に映る自分自身をながめるのがたまらなく好きなのだ。

「いえ、そうでもありません」落ちつきがあって、感じのいい声だった。

「わかりました。どこかの時点で、悲鳴が必要不可欠な要素になったということはありませんか？」

ビルはわたしを見つめたまま逆に質問をした。彼の目つきが変わって、計算しているのがわかった。反応を求めていた。世間から隔絶され、もっとも効き目のある薬——レイプと殺人——から遠ざけられ、みずからの飢えを満たす方法を模索していたのだ。

彼は身を乗りだすと、貪欲《どんよく》な目をわたしにむけ、傷痕を遠慮なく見つめた。

「スモーキー、あの男に切りつけられたとき、きみは悲鳴をあげたのかい？」と、ビルはたずねた。

わたしはため息を押し殺した。この質問は予期していた。気にさわったわけでもなければ、嫌気がさしたわけでも腹が立ったわけでもない。なにも感じなかった。これは一種のゲームで、ビルはじっさいには出方を読まれているのに、奇《き》をてらった応じ方をしていると思いこんで、自分の役割を演じているだけだった。

「あげました」と、わたしは答えた。「当然でしょう」

彼の目が大きくなっていき、まぶたが震えそうになった。「きみの悲鳴を聞いて、やつはうれしそうにしていたんだろう？」

「ええ」

「どうしてわかったんだね？　やつが喜んでいるって」

答えたくなかったが、屈辱的な思いをしていると知ったら、ビルはますます興奮するにきまっている。彼の説明を聞くためには、この程度の代償を払わなければならないのもわかっていた。もちろん、拒絶することもできなくはない。だが、彼が女性たちの悲鳴にやみつきになっていたのはなぜなのか、どうしても知りたかった。わたしは臆することなくビルと目を合わせた。

「悲鳴をあげると、わたしのなかで彼のペニスが大きくなったから。かたくなっていったんですよ。それが感じられたんです」

医師のように客観的な口調でいった。頭のなかで〝勃起《ぼっき》〟ということばが聞こえた。ビル・キーツにとっては、どうでもいいことだった。彼は反応せずにいられなかった。はっと息を吸いこみ、無意識のうちに脚を組んだ。片目が引きつった。

「ミスター・キーツ、こんどはあなたの番ですよ」

彼はまばたきをくりかえし、そのときまでただよっていた暗い大海原から自分を引きもどした。わたしの姿を目に浮かべ、あとで思い出そうと頭の片隅にしまいこんでいるのがわかった。ビルはうなずいた。椅子に背をあずけ、両手を腹にのせた。笑みがもどってきた。

「はじめてレイプしたときは」と、彼はいった。「彼女をつらぬこうとした」

〝つらぬく〟ということばを聞いて、神経質な男だと思ったのをおぼえている。これは手がかりにもなった。

「それで？」と、わたしは水をむけた。

「まだ挿入してもいなかったのに、彼女はわたしのしようとしていることに気づいて悲鳴をあげたんだ。あんなにすばらしい音を聞いたのははじめてだった。彼女はなにをされようとしているのかわかって、避けられないのも知っていた。あの悲鳴には苦しみがこもっていて……なんていうか、あれは最高だった。わたしはこらえきれずにその場で射精した。まだ入れてもいなかったのに」顔が曇った。「彼女はもうあの悲鳴をあげなかった。わたしが首を絞めているあいだも。あの悲鳴は彼女がこわれる音だったんだ」ビルはふたたびわたしと目を合わせ、笑みをもどした。どういうわけか、先ほどよりも思いやりのある笑顔に見えた。「それ以来、わたしはあの悲鳴と同じ音を求めつづけてきた。あの悲鳴は録音できなくてね。準備していなかったんだ。痛恨のきわみだな」

「それで、聞けたんですか？」と、わたしはたずねた。「そのときと同じ悲鳴を聞くことはできたんですか？」

ビルは切なそうに首を振った。「近いのは聞けた。よく似た悲鳴は何度か聞くことができたが、けっして同じではなかった」

面接はさらに十分つづき、終わるとほっとした。求めていたものは手に入った。わたしはこれでようやく出ていけるが、ビルは――腹がせりだし、角縁眼鏡をかけ、つくりものの大きな笑みを浮かべているビルは――出ていけない。彼は檻《おり》に入れられたまま死ぬだろう。とうていじゅうぶんとはいえないが、それで我慢するしかない。

「ちょっと」背をむけて立ち去ろうとすると、ビルが呼びとめた。「わたしについてなにかいってもらいたいんだ」

わたしは顔をしかめた。「どういう意味ですか？」

彼は肩をすくめた。「わたしのことについては、なにもかも読んだり聞いたりしているはずだ。わたしはどんな質問にも答え、書類にも記入した。どういうことかって？　つまり、きみはエキスパートなんだよ。わたしについて、どんなことがわかったんだね？」

ビルの目に真の欲求が浮かんでいるのがわかった。わたしは前にもこの種の男たちの目に宿っているのを見たことがあった。わたしたちとしてはなにごとも白黒つけてはっきりさせたいのに、そのあいだには曖昧《あいまい》な灰色の部分がある。彼らにとってなによりも不可思議なのは、自分自身の悩みなのだ。〝なぜ？〟彼らは理由を知りたがる。〝自分はどうしてこんな人間なんだろう？〟

わたしはことばでビルを傷つけたかった。ぐさっとくることばを浴びせて粉砕《ふんさい》してやりたい。問題は、ビル・キーツに関してあらたに明らかになった事実がないことだった。

「あなたは母親とセックスをして興奮したが、それを深く恥じていました。奥さんはあなたの姉に似ている。だから、あなたは彼女と結婚し、おそらくそのせいで奥さんとは一度も寝なかったんでしょう。あなたが手にかけた被害者たちは、母親に似ている女性たちばかりだった。だから、彼女たちを殺したんです」わたしはそこでひと息ついた。最後にいうべきことばが頭に浮かび、パズルの断片のようにぴたりとはまりこんだ。「あなたが食べすぎるのは、自分を嫌悪していて、鏡をのぞきこんだときに嫌悪すべきものが映っているのを見ると、気が楽になるからです」

ビルにとってなによりも胸にぐさりとこたえたのは、最後のひとことだった。全身からそれが伝わってきた。ほんの一瞬だが、ビルは縮みあがった。両のこぶしをかためた。やがて、いつものように腹にのせた手の力が抜けていき、口もとにおだやかな笑みがもどってきたが、どんな笑みを浮かべようと、もはやなんの効果もなかった。

「さよなら、ミスター・キーツ」と、わたしはいった。ビルはもうひとことも口をきかなかった。

いまはこうして病院にたたずみ、ストレッチャーに横たわる身元不明の女性をながめている。彼女のことは知らない。ぜんぜん知らないが、彼女をとらえていた男のことは知っている。わたしは同じタイプの男を何度も見てきた。顔を見たことがなくても、どんな目をしているかはわかる。

割りきれない。

彼女がどんな女性なのかよりも、犯人がどんな男なのかということのほうがよくわかると思うと、どうにも割りきれない。

「あらあら、困ったことになったわ」と、キャリーが声をあげた。

サムは少し離れて携帯電話で話している。

「航空券の予約を変更しているの？」わたしはキャリーに訊き、顎でサムを示す。

キャリーが眉をひそめる。「仕事の電話よ、ハニー。あの調子だと、どんなことになるかわかったものじゃないわ」

キャリーはだれかれかまわず〝ハニー〟と呼び、たいていの人はいらいらする。サムが携帯電話を閉じてこちらにやってきた。深刻そうな顔をしている。

「ヒックマンだよ」と、キャリーに伝える。「事案がもちあがった」

「ヒックマンになにもかもまかせることになっていたはずよ」と、キャリーが文句をいう。

「わたしたちがボラボラ島に行っているあいだにその〝事案〟とやらがもちあがっていたら、彼はどうするつもりだったの？」

「けど、おれたちはボラボラに行っているわけじゃないんだよ、キャリー。おれがヒックマンに電話したんだ。あいつがかけてきたんじゃない」サムはあたりを見まわし、アランとジェームズ、トミーとわたしに目をむける。「ふたりでつぎの便に飛びのろうと思っているなんて、本気でいってるのかい？」

キャリーがふくれっつらをすると、そばで見ていたジェームズがあきれた顔をする。「そんなことといっていないわ、サム」

サムがキャリーの両手をとってつつみこみ、唇に近づける。「ただの人質事案だよ、キャリー。おかげで、きみがこの一件を片づけるまでのあいだ、暇をもてあまさずにすみそうだ」

キャリーがサムの目をのぞきこむ。「それじゃ、この一件が片づかなかったらどうなるの？ハネムーンをキャンセルせざるをえないような大事件になったら？」

サムがにっこりする。「おれたちがたがいの仕事とも結婚することになるっていうのは、最初からわかっていたじゃないか。ふたりともそういう人間なんだよ」

キャリーが口をとがらす。「ま、いいわ。あなたは仲間と戦争ごっこをしてらっしゃい。けど、撃たれないでね。それと、状況に関係なく、今夜はハネムーン並みのパフォーマンスを披露してもらうわよ」

「まかせてくれ。その点はいつだって問題ない」と、サムが低い声でいう。

「なら、いいわ。いってらっしゃい、だんなさま」

サムが、キャリーの唇に熱をこめてキスをする。「じゃ、行ってくるよ、奥さん」サムはそういい残して廊下を走っていった。

ほてりをさます必要があるとばかりに、キャリーが両手で顔をあおいでみせる。「信じられない！　あの人はわたしを燃えあがらせるすべを知りつくしているわ」

「お熱いわね」わたしはにやにやしていう。

ジェームズがわざと耳ざわりな音をたてて、いらだたしげなため息をつく。わたしは問いかけるような顔をして彼を見る。「なにかつけくわえたいことでもあるの？」

「ぼくらはなんだってこんなところにいるんだ？　キャリーの結婚式にどこかの女性が悲鳴をあげながらあらわれたからって、ぼくらの知ったことじゃないだろ？」

「おまえの思いやりのある態度には、いつもながらじーんときて目頭《めがしら》が熱くなるよ」と、アランがいう。

ジェームズはアランのことばを聞き流す。「ぼくらはなりゆきまかせに事件を扱うことを義務づけられているわけじゃない」

「これはなりゆきまかせなんかじゃないわ」と、わたしはいう。

ジェームズが眉を寄せる。「どうして？」

わたしはポケットからメッセージを取りだして三人に見せ、携帯電話に送られてきたメールについて話す。

「やれやれ」アランがつぶやき、メッセージをわたしに返す。「〝手順にしたがうこと〟か。ゲーム好きがまたひとり」

「考えてごらんなさいよ、ジェームズ。あの女性はFBIや警察の人間だらけの結婚式場に放りだされていったのよ。ただの偶然だなんて、ほんとうにそう思っているの？　彼女はメッセージなのよ」

ジェームズは肩をすくめる。「それでもだ。郵便物のなかに脅迫めいた手紙がまじってい
たからといって、ぼくらはそのたびに出動するわけじゃない」
「彼女は手紙じゃないわ、ハニー」と、キャリーがいう。「人間よ」
ジェームズはそっけなく手をひと振りする。「かたちがちがうだけで、趣旨は同じだ。ぼ
くの考えは変わらない」
「これは明らかに拉致事件だけど、わたしたちに対する直接的な脅迫の可能性があるともい
えるわ」と、わたしはいう。「そう考えれば、わたしたちの職権の範囲に入ってくるはずよ」
「そんなのは意味論だ」
わたしはにっこりする。「へえ。でも、ボスはわたしよ。その点はたんなる意味論じゃな
いわ、ジェームズ。議論する気になったら、いくらでも相手をするわよ」
ジェームズは表情をやわらげようとせず、苦虫《にがむし》を嚙みつぶしたような顔をしている。「議
論するさいに、決め手になるのは?」と、彼がたずねる。
「あの女性の話」冗談はいっさい抜きにして、わたしは真剣な口調で答える。「考えてみて
よ、ジェームズ。わたしたちはこの種のことを何度も経験してきたわ。それとこのメッセー
ジを結びつけて自問してみなさいよ。この犯人にとって彼女が最初の獲物だという確率は、
どれくらいあると思う？　あるいは、彼女が最後の獲物になる確率は?」
苦虫を嚙みつぶしたような顔が、熟考する表情に変わっていく。やっとジェームズの気持
ちを動かすことができたらしい。「わかった」彼はぼそっといって離れていった。

「わたしたちにとって、彼は彼なりに強固な礎《いしずえ》なのよね」と、キャリーがジェームズのうしろ姿をながめていう。

「どういうこと？」と、わたしは訊く。

「冷淡で無神経。つねにそうで、ぜったいに変わらない」

「なるほど」

トミーが近づいてくる。「邪魔して悪いんだけど、ボニーを迎えにいこうと思っているんだ。ここにいても、おれは役に立ちそうにないし」

「あの子をうちにつれて帰ってくれる？」

「食事もさせるよ」と、トミーがにこにこしていう。

わたしはトミーのタキシードの襟《えり》をつかんで引っぱり、顔を近づかせる。彼の唇にキスをする。「最高に助かるわ」

「じゃ、これで決まった」トミーはわたしの手をほどくと、不意に身を乗りだしてキャリーの頰に軽くキスをする。

「いまのはなんのキスなの？」キャリーがびっくりしてたずねる。

「結婚おめでとう」と、トミーがいう。「だれよりも先にいいたかったんだ。それと、忘れないで」

「なにを？」

トミーが親指を倒し、身元不明の女性が手当てをうけている部屋を示す。「きょうのできごとでおぼえておかないといけないのは、あれじゃないってことだよ」

トミーはにっこりすると、ゆったりした足どりで歩きだす。わたしはちょっぴり刺激され、残念な気持ちで彼を見送る。男性の勇ましい姿を見ると、むしょうに抱かれたくなる。

「いい男ね」と、キャリーがいう。

「そう。いい男なのよ」

トミーがボニーを迎えにいって家につれて帰り、おいしい食事をつくってくれるのはわかっている。たぶん、ふたりでテレビを見るかボードゲームをすることになるだろう。いっしょにすごす時間を楽しみながら読書をするかもしれない。

わたしは人生のパートナーがいるというのがどんな感じなのか忘れていた。トミーはずっと前からそばにいたし、ささえてくれるというのはべつだん目新しいことではないが、こうしてみると、あらためてありがたいと思う。わたしたちは惰性で暮らしている。いやだろうとなんだろうと、必要に迫られてその日その日を生きていく。目ざまし時計の音で目をさますと、子どもに服を着せて食べさせなければならない。コーヒーを何杯か飲み、眠気を払って頭をすっきりさせなければならず、人前に出られるように身だしなみをととのえる必要もあり（女性の場合はなおさら）、そうするあいだじゅう腕時計や壁の時計をチェックしている。なにからなにまで順調にいけば、余裕をもってこういった義務を果たすことができる。

しかし、目をさましてみたら、子どもが水疱瘡《みずぼうそう》にかかっていたり、犬がもどしてカーペットを汚していたり、車がパンクしていたりすることもある。わたしたち（あるいは彼）がコーヒーを買い忘れ、カフェインなしで雑用を片づけなければならなくて、しかたなくドライブスルーのまずいコーヒーを買うと、ふたりともいらいらして注意力が散漫になっていて、おまけに遅刻しそうになっているものだから、おろしたてのスカートにコーヒーをこぼしてしまう場合もある。出だしからつまずいたというのに、職場の上司の機嫌が悪かったり、自分のデスクのコンピューターが故障したりすることだってある。

 めずらしいことではない。これが日常なのだ。生活の大半はありきたりでおもしろみがなく、ところどころに喜びや苦しみがはさみこまれ、それが人生の道しるべの役割を果たす。生きていくのはたいへんだが、わたしがマットと暮らしていたときのように相性のいいパートナーがいれば、生活に一種のリズムができて、たがいの弱点をおぎないあえるようになり、朝っぱらからさんざんな目にあったとしても、一日をなんとか切り抜けられる。パートナーが面倒な雑用を一手に引きうけ、仕事に遅刻して上司ににらまれてくれたおかげで、自分はコーヒーを飲んで元気に出勤できる場合もある。そのかわり、つぎは自分が雑用を引きうける。痛い目にあうことに変わりはないが、痛みを分けられるし、一日の終わりには〝うち〟と呼んでいる避難場所に帰ってパートナーと傷を舐《な》めあえる。

わたしにもまたそんなパートナーができたようだ。

医師がやってきて、わたしははっとわれに返る。医師は疲れた顔をしているが、わたしとキャリーの姿を見て目をまるくする。はじめてじっくり見て、わたしたちの身なりに気づいたのだろう。

「結婚式の最中だったんですか？」

「あたり」キャリーがそういってにこっとする。「ありがたいことに、〝誓います〟というせりふは、ここに来る前にいわせてもらえたけど。ねえ、ウェディングドレス姿はどうかしら、ハニー？」

「美しい」疲労困憊《こんぱい》しているせいで、医師は本心をそのまま口にしたらしい。「ところで、あのなかにいる友人ですが、状態はかなり悪い。ひどい脱水症状を起こしており、それが原因で意識が混濁《こんだく》しているものと思われます。さらに、両手首と両足首に太い傷痕がいくつもついている。わたしは専門家ではありませんが、あなたがいったように」といって、わたしのほうに首をかたむける。「長期にわたって拘束されていたようですね」

「長期って、どれくらい？」と、わたしは質問する。「傷痕の状態からわかりませんか？」

「推定するにしても、きわめて不正確です。傷が治癒するのにかかる時間は、人によってまちまちなんですよ。一般的には、新しい傷の赤みが消えて白くなるまで、およそ七カ月から一年かかるといわれています。推定にすぎませんが、彼女の傷痕の色や太さからすると、拘束されて数年はたっているでしょうね」

わたしもそう考えていたが、人がいうのを聞くと、よけいに恐ろしいことのように思える。より現実的というか。

「つづけてください」と、わたしはいう。

「痩《や》せすぎなのははっきりしていますが、飢えていたようには見えません。背中をはじめ体のあちらこちらに、鞭《むち》で打たれたあとがあります。電気ショックによるやけどのようなあともありました」

「拷問をうけていたということか」アランが意見としていう。

「おそらく」と、医師がいう。「性的虐待をうけていたかどうかに関しても、ひととおり調べてみましたが、それらしい痕跡はまったくありません。膣壁にも肛門にも、新しい裂傷や古い裂傷はいっさいなし。噛み傷もない。ただし、出産経験があることはわかりました」

わたしはびっくりする。「出産？　どうしてわかったんですか？」

「帝王切開のあとがあるんですよ。それと、妊娠線。最近のものではありません」

「やれやれ」と、わたしはひとりごちる。「子どもはどこにいるのかしら？」

「ほかには？」と、キャリーがうながす。

医師は口ごもる。「肌が白すぎる」少しして、ぽつりという。

アランは眉を寄せただけで、なにもいわない。

「どういうことですか？」と、わたしはいう。

「世の中には生まれつき色白の人もいます。あの女性の場合は、肌が白いといっても、不健康な白さです。血の気がない。貧血の症状は見られませんが、まぶたは白いし、傷痕を考慮に入れると、日光のあたらないところに長いあいだ閉じこめられていたものと思われます」

「気の毒に」と、アランが低い声でいう。

「採血をしておきましたので、これからさまざまな血液検査をして、ビタミンD欠乏症についても調べてみます。いまのところ、伝えられるのはこれくらいですね」

「ありがとうございます」わたしは礼をいった。場ちがいでじゅうぶんではない気もしたが、考えてみるといつでもそうだ。

「性的暴行の痕跡がないというのは、はなはだ奇妙だな」と、ジェームズがいう。いつのまにかそばに来ていた。「政治的理由がある場合はべつとして、長期にわたって女性を監禁し拷問するケースでは、かならずといっていいほど性的な動機がからんでいるんだ」

ジェームズのいうとおりだ。犯人はまず女性をつけまわし、彼女の日課を調べる。監視し、つけ狙い、やがてさらっていく。手足に手錠をかけ、永遠に消えない傷痕が残るほど激しく鞭で背中を打つ。なのに、レイプはしない？

「むろん、挿入しないかたちで犯した可能性もある」と、ジェームズが考えこんでいう。「彼女に薬物を投与したのかもしれない。無理やり服従させた可能性もある。進んで受け入れるふりをさせたのかも」

「ありうるわね。けど、それだと拷問のあとと嚙みあわないわ。もうひとつの疑問――なぜ彼女を解放したのか？　どうしてわたしたちのいるところに遺棄《いき》していったのか？　あれはたんなる偶然だって、いまでもそう思う？」

「その可能性はまずないだろうな」と、ジェームズがいう。

「おれも同感だよ」バリーがはじめて口を開く。ロス市警の一級刑事だ。わたしたちの友人でもあり、キャリーの結婚式にも出席していた。バリーもわたしたちと同じように、救急車のあとを追って病院に来ていた。「彼女を拉致し、長いあいだ監禁していたんだ。頭の切れるやつにきまっている。なにかしら理由がないかぎり、捜査関係者がわんさといる場所で彼女を解放するなんてばかなまねはしないはずだ。〝手順にしたがうこと〟だって？　やつはおれたちがどう出るか承知していて、それを求めているんだよ」

バリーは腕ききの刑事で勘が鋭い。いろんな面をもっていておもしろい男でもある。年は四十代半ば。太っているわけではなく、大柄でがっしりしている。眼鏡をかけていて、禿げているし、ぜんぜんイケていない――といっても、見ようによってはかわいらしく見えなくもない――顔をしている。見てくれは弱点だらけなのに、バリーはいつでも若くてきれいな女の子とつきあっている。彼女たちはみんなバリーに抗しがたい魅力を感じるようで、それがなぜなのか、わたしにはわかる。バリーはいつも冗談をいって豪放にふるまっているが、まなざしは鋭く、悪人を狩る者特有の静かな光をたたえている。

わたしたちがみずから事件を選んで担当することはほとんどない。拉致、銀行強盗、連邦所有地内の犯罪など、ＦＢＩに管轄権のある特定分野もあるが、たいていは――殺人事件の場合はとくに――地元の警察に依頼されないかぎり、わたしたちは捜査を手がけることができない。警察に協力を要請される必要があるのだ。事件の捜査にとってなにがベストかということになったとき、バリーは政治的駆け引きに左右されずに行動する数少ない刑事のひとりでもある。ＦＢＩの応援が事件解決に役立つと思えば、わたしたちを呼びだす。わたしたちは幾度となく力を合わせ、難事件を解決してきた。〝だれの手柄になるか〟なんていうことは、バリーもわたしもまったく気にかけていない。

　そんなことを考えているうちに、わたしはあらたな興味を引かれてバリーを評価していた。わたしの視線を感じて、バリーが不思議そうに眉をあげる。

「なんだよ?」

「ものは相談っていうでしょ。この事件を捜査させてもらえないかと思って。見たところ拉致事件のようだから、管轄権の問題はないと思うけど、横槍《よこやり》を入れられた場合は力になってくれない?」

　力を貸したいと思えば、バリーはたいてい力になってくれる。頼みを聞き入れてくれる確率では、並ぶ者がない。バリーは頭をかいて考える。

「これは殺人事件じゃないから、おれが担当するわけじゃないんだ」

「上の人に口添えしてくれるだけでいいのよ、バリー。その気になれば、この事件を担当させてもらえるようにわたしから働きかけるのは、まったく問題ないと思うの。でも……」わたしは肩をすくめる。

「面倒な問題は、事前に処理するに越したことはない」と、バリーがわたしにかわって締めくくる。

「そういうこと」

「うちの警部に話しておくよ。拉致の点を強調して、いつものようにあんたたちにまかせるようにといえばだいじょうぶだろう」

「礼にはおよばない。だいいち、こんな事件はだれも扱いたがらないさ。遠く離れたところからでも〝迷宮入り〟のにおいがする」

「ありがとう」

「まあ、どうなるか見てみましょう」

「そうだな。いずれにしても、おれはそろそろ失礼させてもらうよ。今夜はお目あての子とデートの約束をしているんだ」

キャリーが渋い顔をする。「わたしの結婚式の日にデートの約束をしたっていうの?」

バリーが笑みをむける。「そんな顔をしても、きみはやっぱりだれよりもきれいだよ」

キャリーがグスンと洟《はな》をすする。「ならいいわ。許してあげる」

バリーはあいさつがわりに手をあげて指を倒し、ぶらぶらした足どりで歩み去る。

「ばかばかしい」ジェームズがそういって不満げに首を振る。わたしは彼を無視する。

「キャリー、彼女の指紋をとって照合して。運がよければ、どこかのデータベースに一致する指紋が登録されているかもしれないわ」わたしはキャリーのほうをむき、ウェディングドレスに気づいてまばたきをする。「着替えはもっていないの?」

キャリーが携帯電話を軽くたたいてにっこりしてみせる。「カービーに電話すればいいのよ。必要なものはぜんぶもってきてくれるわ」

「結婚式のあとでも、まだあなたのいいなりになると思っているの? 信じがたいわね」

カービーは自己の利益にもとづいて動くといっても過言ではない。

「わたしたちはカービーが必要としているものを握っているのよ」と、キャリーがいう。

「なにを?」

「彼女のことをなにからなにまで知っていて、それでも仲よくしているじゃない。殺し屋だって寂しくなるときもあるのよ、スモーキー」

「ごもっとも」わたしの携帯電話が鳴る。

「バレットです」

「スモーキー、オフィスに来てくれ」ジョーンズ支局長だ。

「いまですか?」

「いますぐ」

「わかりました。それじゃ、うちに寄って着替えてから――」

「寄り道はするな。大至急来てくれ」

わたしはうつむいて花嫁付添人の真っ黄色のドレスに目をやり、ため息をつく。

「了解しました。すぐに行きます」

5

男は画面のEメールを見つめて震えだした。震えずにいられない。メールを見るなり激しい恐怖に襲われた。

Eメールにはつぎのように書いてある。

チャンスはもうない。裏庭にプレゼントをおいてきた。

Eメールに署名はないが、そんなものは必要ない。送信者がだれなのかはわかっていた。どうしよう？　まずいぞ。なんだってやつのいうとおりにしなかったんだろう？

男は自宅の奥に目をやり、裏庭につづくガラスの引き戸をながめた。不安にかられて脈拍が速くなり、胸のなかで心臓が激しく鳴っている。動悸《どうき》に近い。

心臓発作だろうか？

もう一度Eメールを見てから、ガラスの引き戸に目をもどす。まぶたを閉じる。

〝おい、しっかりしろ〟

腰をあげ、一階の自宅オフィスのコンピューターから離れる。Eメールは開いたまま画面に残していく。一歩一歩意識しながら、クルミ材のフローリングの上を歩いていった。歩数をかぞえているといっていい。

〝このぶた、ちびすけ、こわい夢を見た。このぶた、ちびすけ、お留守番。このぶた、ちびすけ、地獄に落ちた……〟

とんでもないことになりそうだ。

まちがいない。自分がどんなやつを相手にしているか知っているからだ。いや、厳密にいうとそうじゃない。相手のことをほんとうに知っていたら、なにからなにまで知っていたら、約束を破るなんてことはぜったいにしなかったはずだ。彼は先ほどのことばを訂正した。自分がどんなやつを相手にしているか、〝いまは〟知っている。

引き戸の前にたたずみ、ガラスのむこうをのぞいてみる。昼前で、空では太陽が覇権《はけん》を握ろうとして雲と格闘している。裏庭は広く、水がたっぷりまかれ、カリフォルニアの人たちの大好きな青々とした芝生におおわれている。彼はすぐにそれを見つけて目をぐっと細めた。

あれはいったいなんだろう？

大きな黒いビニール袋に……なにかついている。ストローだろうか？　袋からつきだしているのは、透明のストロー？

ありえないことだが、胸の鼓動がますます激しくなっていく。脳のなかをなにかが這《は》いまわっている。黒いビニール袋……あの手の袋がなんて呼ばれているか、聞いたことがある。なんだっけ？　たしかに聞いたおぼえがある。そう、まちがいない。

〝死体袋〟だ。

苦いものがこみあげてくるのを感じながら、引き戸を開ける。コンクリートのパティオのむこうへ歩いていく。素足で歩いているものだから、水をふくんでひんやりした草が足の裏にあたる。彼は気にとめていない。全神経をビニール袋に集中させていた。

袋は陽光があたってつやつやしている。頑丈そうなファスナーが端から端までついていた。例のストロー（いまはもうストローだとはっきりわかる）は透明で、ビニール袋にあけられた穴からつきだしている。

〝開けるな！〟

頭のなかからびくびくした叫び声が聞こえてくる。たぶん、もっともなアドバイスなんだろう。

彼は芝生に膝をつく。カーキパンツに泥や水がしみこんでいることにも気づいていない。ファスナーに腕を伸ばす。ビニール袋の上で手をとめる。

最後のチャンスだ。いまならまだ引きかえせる。

彼はぐっと息を吸いこんでファスナーの端をつかむと、それ以上あれこれ考えられないうちに途中まで開ける。

彼女の顔が目に入ったとたん、彼は卒倒しそうになって膝をついたままよろける。

「デイナ！」

そのことばはあえぎとなって彼の口から発せられた。まるで、みぞおちに一撃を食らったかのようだった。

彼女はそこにいる。ストローをくわえさせられ、テープで口をふさがれている。目つきが恐ろしくおかしい。はっきり見えているはずなのに、うつろなのだ。理性がまったく感じられない。

「ああ、どうしよう……」と、彼は小声でいう。

デイナはきのう、泊まりがけでスパに行くことになっていた。たった二日の短い休暇だ。ゆうべは電話をかけてこなかったが、心配していなかった。ほかのことで頭がいっぱいだったのだ。

「すまない、デイナ。ほんとに悪いことをした。そのストローをはずさせてくれ」彼はわけのわからないことを口走っており、自分でもわかっていたが、どうしようもなかった。

テープをそっとはずし、口からストローを引き抜く。

デイナの口が開き、そのまま開きっぱなしになる。彼女はよだれをたらしながら、まばたきをせずに空を見つめている。袋からにおいが流れだす。なんのにおいかわからない。少ししてわかると、彼はたじろぐ。排泄物のにおいだ。

「デイナ?」呼びかけてみただけで、答えが返ってくるとは思っていない。

彼女の喉がかすかに動くと、もしかしたら反応しているのかもしれないと思う。彼は袋からただよってくるにおいをものともせずに身を乗りだす。

「デイナ?」

彼女は大きな音をたてて一度だけ長いげっぷをする。舌なめずりをして、またよだれをたらしはじめる。

なんとか彼女とその恐ろしい光景から離れようとして、彼は四つんばいになってあとずさりしていく。やがて、芝生にあおむけに倒れこみ、気がつくと空を見あげていた。空は青く、雲間から太陽が顔を出している。南カリフォルニアは天気のいい一日を迎えようとしていた。

彼は勢いよく起きあがってふたたび四つんばいになり、青々とした芝生に嘔吐しはじめた。

6

週末だろうがなんだろうが、ＦＢＩはつねにあわただしく動いている。わたしはジョーンズ支局長のオフィスに行こうとして、三人の捜査官といっしょにエレベーターに乗っていた。三人ともわたしのドレスをじろじろ見ている。にやにやする人はひとりもいない。おかしいことではないとわかっているのだろう。なにしろ、ＦＢＩの捜査官が結婚式の途中で呼びだされる理由くらい、いくらでも考えられるのだから。

エレベーター内に表示される数字があがっていって目的の階に近づくと、わたしはあの女性について考えはじめた。恐怖をにじませた目が頭から離れない。彼女の目には絶望感がただよっていた。わたしは首を振ってそのイメージを払いのけ、ジョーンズ支局長が大至急来てくれといった理由に気持ちを集中させた。支局長は緊急の対応を求める人ではない。

ジョーンズ支局長はわたしの上司で、指導者でもある。はじめて会ったときからわたしには特別ななにかがあると感じ、そのなにかを育ててくれた。それがジョーンズ流。ジョーンズ支局長はＦＢＩの幹部階層のなかでもまれな存在で、個人的利害よりも結果を重視する。

〝チン〟という音がして、目的の階についたことがわかる。わたしは深呼吸をしてから、エレベーターをおりて廊下に出ていく。右に曲がると、むかしから支局長の受付係をしているシャーリーの姿が見える。わたしよりも十歳ほど年上の小柄なキャリアウーマンで、厳格な物腰とは裏腹に、グリーンの瞳はいつでもいたずらっぽくきらめいている。

「結婚式、どうだった？」と、シャーリーが間髪《かんはつ》をいれずにたずねる。

「すてきだったわ。車が走ってきて、悲鳴をあげる女性を駐車場に放りだすまではね」

シャーリーは〝それじゃしょうがないわね〟というように、弱々しい笑みを見せて肩をすくめる。

「ところで、だれか来ているの？」

シャーリーの口もとがゆがんでいく。「ラスバン長官」

わたしはびっくりして目をまるくする。「ほんと？　なんで？」

「さあね。見当もつかない。とにかく、幸運を祈っているわ」

わたしはうつむいてもう一度自分のドレスをながめ、あきらめのため息をつく。「まあ、このままいくしかないか」と、つぶやく。

「あのふたりを悩殺してやりなさいよ」と、シャーリーがいう。わたしの不安をよそに、目をきらきら輝かせている。どうやら、シャーリーはこの状況をおもしろがっているらしい。

わたしは支局長のオフィスに近づき、深呼吸をしてからドアを開ける。オフィスに入るなり、ジョーンズ支局長とラスバン長官の姿が目に入る。ふたりとも立っていた。話をしていたふうではない。ただじっと待っていたように見える。右手に目をやると、見おぼえのある人物がもうひとりいた。レイチェル・ヒンソンだ。髪はブロンド、背丈は百六十五センチくらい。顔は白紙みたいに無表情だが、なにひとつ見逃さないような目をしている。ブラックベリーを手にしてブルートゥースヘッドセットをつけ、電話でだれかと話しているみたいに小声でしゃべっている。ヒンソンはラスバン長官のアシスタントだが、わたしはボスにかわっていやな仕事をこなす子分だと思っている。長官が頼りにしている部下で、いわゆる〝死体の埋められている場所〟をぜんぶ知っている。死体を埋めた張本人だからだ。

サミュエル・ラスバン長官がこちらをむき、政治家としてのトレードマークになっているまばゆいばかりの笑みを浮かべ、わたしにむかって手を差しだす。わたしがジョーンズ支局長をちらっと見ると、支局長は〝流れに身をまかせろ〟というふうに一瞬目を細くしてみせる。わたしはラスバン長官ばりの明るい笑みを返し、握手をかわす。力強く、けれども強すぎない程度に長官の手を握る。

「来てくれてありがとう、スモーキー」と、長官がいう。「取りこみ中だったのは知っている」目尻にしわを寄せてもう一度大きな笑みを浮かべ、上機嫌でわたしのドレスを指し示す。

「かまいません。仕事はわたしの生きがいですから」うわずった声でいうと、ジョーンズ支局長が警告のまなざしをむける。

「それはありがたい」と、ラスバン長官は応じる。あてこすりに気づかなかったのか、受け流すことにしたのかはわからない。「すわろうか」

ジョーンズ支局長はデスクのむこうに腰をおろす。ラスバン長官とわたしはデスクの前に移動し、たがいがむかいあうように並んでいる椅子にすわる。ヒンソンは後方に残って、目立たないように低い声でつぶやきつづけている。

わたしはFBI長官をじろじろ見て品定めする。観察せずにいられない。長官は根っからの政治家だが、それでもやはりFBIの首領《ドン》であることに変わりはなく、そういう意味では少しだけ畏敬の念をいだかせる。サミュエル・ラスバンは五十代前半。髪は黒だが、ちょうどいい具合に白いものがまじっていて、FBI風に短く（とはいえスタイリッシュに）カットしている。この種の人にしては、そうとうな男前だ。わたしからみれば、正直者とはいえないが、世のヒンソンたちはすばらしい人物と見なすにちがいない。無慈悲だが公平な男だといわれている。もっとも、保身をはかる必要が生じた場合は、〝公平な〟という部分は振り捨てられるらしい。だからといって、サミュエル・ラスバンを非難する気はない。わたしとはべつの世界に存在し、大統領や司法長官を相手に仕事をしているのだ。長官はわたしたちが引きつづき資金を提供してもらえるように取りはからってくれる。たぐいまれな不動の信念がないとできないことだと思う。

ラスバン長官とはこれまでに何度か会ったことがあるが、とくに不満はない。いつも単刀直入だし、長官も結果を重視しているように思える。ジョーンズ支局長と同じように、ラスバン長官もFBIに入る前は警察官をしており、そこからたたきあげて現在の地位にのぼりつめた人なのだ。不本意ながら――顔には出さないように気をつけているが――わたしは長官を尊敬している。

「さっそく本題に入らせてもらうよ、スモーキー」と、長官がいう。

「お願いします」

「われわれは凶悪犯捜査出撃班《ストライクチーム》を編成する計画を立てている。連続殺人、児童殺害、誘拐といった事件を専門的に捜査するチームだ。それで、きみにそのチームのリーダーをつとめてもらいたいんだよ」

わたしは虚《きょ》をつかれ、長官を呆然《ぼうぜん》と見つめる。このオフィスに入ったときに、自分が聞くことになることばは、ある程度予想できたはずだが、よりによってこんなことをいわれるとはゆめゆめ思わなかった。

「すみません。もう一度お願いできますか?」

わたしの驚いた顔を見て、長官は笑みをもらす。先ほどの笑顔とちがって心がこもっている。わたしの気持ちがわかるのだろう。長官はゆったりとくつろぎ、椅子に背をあずける。

「九・一一以降、FBIの任務は大幅に変化してきた。われわれはテロ対策に重点をおいてほしいと頼まれ、じっさい、予算の大半がテロ対策につぎこまれている。あちこちからたいへんな圧力をかけられていてね。連続殺人事件は地元警察にまかせて、FBIは特定の分野――プロファイリング、CODIS、VICAPなど――を担当するようにというんだよ。

要は、捜査活動ではなく、支援活動をしろということだ」

ＣＯＤＩＳとは統合ＤＮＡインデックスシステムのことだ。ＶＩＣＡＰは暴力犯罪者逮捕プログラム。いずれもＦＢＩが運営し管理しているデータベースで、証拠の照合を目的としている。ＣＯＤＩＳには、全国の暴力犯罪の捜査で採取されたＤＮＡサンプルの情報が登録されている。ＶＩＣＡＰには、暴力犯罪の手口や現場や状況などのくわしい情報が登録されている。どちらも情報を検索することができ、はかりしれないほど有用だが、ＦＢＩが現場で作業にかかわる必要のないシステムでもある。

「現在検討されている案があってね」と、長官がことばをつづける。「重要な案件で、おおかたの意見がそちらにかたむいているんだが、各支局のきみたちの部門を撤廃しようというものなんだ。全州の支局だよ。その案が採用されれば、人員はテロ対策部門の任務につき、事件の捜査は地元警察にまかされることになる」

「失礼を承知のうえでいわせてください。その案はばかげています」わたしは感情を抑えきれなかった。ショックをうけ、腹が立ってしかたがない。「全体的にみて、地元の警察はとても有能です。少なくとも、警察にとても有能な刑事がいることはたしかです。とはいえ、連続殺人犯の逮捕にＦＢＩの援助がきわめて重要な役割を果たしていることは、再三再四証明されています。統計も出ていて、疑問の余地はありません。このネットワークを消滅させたりしたら、わたしたちはみずからの効力を低下させることになります。ストライクチーム？」頭に血がのぼり、一度だけ首を振る。「犯人をつかまえるのにもっと時間がかかって、そのあいだにまた人が殺されるだけです」

長官は降参するとばかりに両手をあげてみせる。「わかっている。じつは、わたしもきみの考えに賛成なんだ」長官の顔が深刻そうになっていくのを見て、心から賛成しているのがわかる。「聞いてくれ。わたしはそれが実現するといっているわけじゃない。わたしがいいたいのは、実現を望んでいる人間——実情を知らない連中——もいるということなんだ。彼らは活動が重複しているだの、優先事項を見なおすべきだのと騒ぎ立てているんだよ。むろん、彼らの考えに反対している人間もいるが……」ラスバン長官は首を振る。「賛成派は大勢いて、しかも有力者がそろっている」

「なぜいまなんですか？」と、わたしはたずねる。「軽く見ているわけではありませんが、九・一一からはもう何年もたっています」わたしの口調に皮肉っぽい響きがしみこんでくる。「それに、自国の保安はわたしたちのかかえるすべての問題に対する解答だったはずです」

「官僚はやることがのろいし、政治家は恐ろしく慎重なんだよ、スモーキー。九・一一は二度とあってはならないことで、きみが考えているほど長い年月がたったわけではない。パールハーバーは長年にわたり政治と政策に影響をおよぼした。いうまでもなく、イラクから戦闘部隊を撤退させる計画を実行するには、ほかの地域での増強が求められる」

「他国民の財産を押収する権利のかわりを、なにかでおぎなう必要があるわけですね」わたしはぼそっという。

長官がわたしをにらみつける。わたしはそれなりに反省しているような顔をする。「いずれにせよ、どんな結果が出るか、はっきりとはわからない。だからこそ、わたしはストライクチームをつくりたいんだ。両方に賭けて危険を防ぐ。保険だと思えばいい。浅はかな連中が賭けに勝ったとしても、ストライクチームは存在し、わたしは必要不可欠なチームをつくりだしたことになる」

「つまり、各支局のNCAVCが廃止されても、ストライクチームは手出しされないということですね」わたしは理解していう。

「そのとおり」

「そして、長官はわたしにそのチームのリーダーをつとめてほしいとおっしゃる。なぜですか？」

ラスバン長官はしばらく黙っている。本音で語るべきかどうか迷っているのだろう。「きみが最高だからだよ、スモーキー。統計的にみてわかるんだ。うそじゃない。わたしが自分で調べたんだ。きみと同じ仕事をしている捜査官のなかには、きわめて優秀な人間がほかにも何人かいる。それでも、FBIできみの右に出る者はいない」長官は力のない笑みを見せる。「リーダーにふさわしいのはきみだ。波乱に満ちた過去はいうまでもない。全国のメディアが飛びつくだろう。女性捜査官、職業のせいで家族を失うも、仕事をつづけて邁進《まいしん》し、最高に腕のいい捜査官として活躍。無粋《ぶすい》なことをいってすまない。しかし、そういった評判は、金を出しても手に入らないんだ。きみの顔でさえも、われわれにとって有利に働いてくれるにちがいない」

　わたしはラスバン長官をまじまじと見る。ふたつの気持ちが入りまじっていた。いま聞いたことばが長官本人の口から出たとは思えない。その一方で、長官の顔を引っぱたいて、くたばっちまえ！　といってやりたかった。マットとアレクサの思い出は、あんたのおもちゃなんかじゃない。けれども長官を見て、こわばった姿勢をとって身がまえていることに気づき、喉まで出かかったことばを飲みこむ。

「わたしをためしているんですね。そうでしょう？　そんなふうに家族や顔の傷痕のことをもちだして、わたしが逆上するかどうかたしかめようとしたんですね」

　長官は肩の力を抜く。気がつくと、ヒンソンがつぶやくのをやめ、いつもの抜け目のないまなざしでわたしを見すえていた。

「いまいったことは事実だよ、スモーキー。ことばの選び方についていえば……わたしの趣味には合わない。その気になれば、わたしだってほんとうに鼻持ちならないやつになれるんだよ――この仕事に必要な条件のひとつなんだ――しかし、ふだんはもう少し品のある男でね」

「でも、ほかの人たちはちがう」

「そうだ」

　こんどはわたしが肩の力を抜き、椅子に寄りかかって考える。ずっと黙っているジョーンズ支局長のほうをむく。「支局長の考えを聞かせてもらえませんか？」

ジョーンズ支局長はすぐには答えない。疲れているらしい。見たことのない疲労感をにじませている。

「長官のいうとおりだと思う」支局長がようやく口を開く。「きみは最高だ。長官の動機は不純なものではない」ため息をつく。「ＦＢＩのいくつかの部署は、非常に厳しい時期を迎えようとしているんだよ、スモーキー。なにからなにまで白紙にもどされる可能性もなくはないが、わたしとしては計画どおりに進んだ場合にそなえて、守れるものは堅守するという考えを支持する。きみも検討してみるべきだ」

わたしは長官のほうをむく。「まだ承諾するといっているわけではありません。承諾した場合は、どうなるんですか？」

「きみの承諾を得られたら、わたしはまず司法長官に会いにいく。司法長官はわれわれの味方なんだ」といってから、つかのまいいよどむ。「大統領もしかり。ただし、選挙の年を控えているだけに、この件を強く求めたがために党員が離反するといった事態を招くわけにはいかない。だが、大統領は頭の切れる政治家だし、ストライクチームの編成はまちがいなく上空掩護《えんご》になるはずだ。現在のネットワークが消滅して組織が再編され、地元警察の不手ぎわのせいで十歳の少女がつぎつぎに殺害されたなどということになったら……」ラスバン長官は肩をすくめる。「大統領としては、自分は再編計画に最初から反対していて、失われた機能を補強すべくストライクチームを編成させていたといえばいい」

「じっさいの業務のことをいっているんですよ、長官。わたしには子どもとフィアンセがいます。チームのメンバーのこともありますし」

「当面はロサンゼルスを拠点にするように手はずをととのえることはできる。きみは機会があるたびにメディアに取りあげられることになるが、それを除けば政治との結びつきはいっさいない。さしあたり、わたしの直属の部下として仕事をしてもらう」

「そのあとは?」

「約束はできない。理想をいえば、最終的にはクワンティコを中心に活動してもらいたいと考えているが、しばらくようすを見る必要がある」

「うちのチームはどうなるんですか?」

「きみといっしょに引き抜くつもりだ。ストライクチームのメンバーになってもらう」長官はレイチェル・ヒンソンにむかってうなずいてみせる。「きみの成功の陰にあるものに関して、レイチェルが綿密な調査をしてくれてね。彼女の見解によると、現在のメンバーはきみと同様に欠くべからざる存在になっているそうだ」

「彼女のいうとおりです」わたしは長官の右腕を見なおし、それまでとはちがう目でながめる。

「職務の面についていうと、きみは全国規模で活動することになる。いまはまだネットワークが機能していることもあり、きみが出動を要請されるのは、とくに世間の注目を集める事件が起こったときだけだ。最悪の場合は……」もう一度肩をすくめる。

「わたしたちは殺人事件を追って五十州を飛びまわる?」

長官が黙っていることから、答えがわかる。

「先ほどおっしゃった〝機会があるたびにメディアに取りあげられる〟というのは、具体的にどういう意味なんですか？」

「ストライクチームの編成には、重要なポイントがふたつある。ひとつめのポイント――もっとも重要なポイント――は、実際的な目的だ。全国各支局のＮＣＡＶＣが消滅したとしても、ストライクチームがあれば、われわれは凶悪犯罪を直接捜査することができる。ふたつめは、ストライクチームに対する一般の認識を高めることだ。そのようなチームがＦＢＩにとって不可欠だということを、世間に理解してもらうんだよ。きみの身に起こったことやこれまでの活躍にスポットライトをあてる。今後の活躍も取りあげていく。このＰＲ活動の最初のゴールは、ストライクチームを存続させることだ。欲をいえばもうひとつ、いずれネットワークを再編成できるように基盤を築きたいとも思っている」長官は口もとをほころばせ、めずらしく疲れきった笑みを見せる。にっこりするたびに白い歯がこぼれるのに、見える数がいつもより少ない。「もちろん、先ほどもいったように、すべてがこちらの望みどおりに運んで、現状のままなにひとつ変わらない可能性もある」

「でも、望みどおりにならなかったら？　チームはどうなるんですか？」

「そのときは、ストライクチームを編成するまでだ」

わたしは椅子にもたれてじっくり考える。当然のことながら、ここにすわっていくら考えたところで、答えを出せるわけではないが、構想そのものは……。考えているうちに、いままでとはちがう目で長官を見ずにいられなくなる。目の前にすわっているのは、ただの洗練されたお偉方《スーツ》ではないのかもしれない。

わたしは髪をかきあげる。「いつまでに返事をすればいいんですか？」

「明日か明後日。遅くとも三日後には返事をもらいたい」

わたしは愕然として長官を見つめる。「そんなばかな！　あっ、失礼しました」

長官はまたうなずく。こんども疲れた顔をしている。今回は疲れているというより、いらいらしているといったほうがいいかもしれない。「たしかにきみのいうとおりだが、そういうものなんだ」

「どうしてですか？」わたしは思いきって最後に訊いてみる。

「この国では、なにをするにしても時間がかかりすぎるからだよ、バレット捜査官。大統領にもわたしにもそれぞれ政敵がいて、可能なかぎり先手を打つ必要があるからだ。わたしがそういったからだ！」

長官はそこで黙りこむ。愛想のいい笑顔は消えている。上司に盾つかなければならないときもあれば、あきらめなければならないときもある。

「承知しました、長官。ご連絡します」

7

エレベーターに乗ってオフィスにもどってみると、ジェームズ、アラン、キャリーの三人が顔をそろえていた。キャリーはウェディングドレスから着替えていたが、ジェームズとアランはまだタキシード姿だった。

「ハニー、どこに行っていたの？」と、キャリーがたずねる。

「ジョーンズ支局長のオフィスよ」

わたしはほかのことに気をとられているような顔をしていたらしい。「なにか問題でも？」と、アランが訊く。

「大問題よ。それはそうと、身元不明の女性はどうなった？」先ほどのやっかいな問題については、チームにはまだ話す気になれなかった。何分かかけて自分自身がショックから立ちなおってからでないと、三人には伝えられない。

「指紋を採取したわ」と、キャリーがいう。「これから科捜研に行って、指紋のデジタル写真をシステムに登録してくる。調べるのに一時間くらいかかるはずだけど、それが終わったらうちに帰るつもり。かまわない？」

「ええ、いいわよ。アランは？」

「女性は意識を取りもどして、もう一度鎮静剤を投与された。ビタミンD欠乏症とカルシウム不足の症状がみられる。長年にわたって日光を遮断《しゃだん》され、牛乳を飲ませてもらえなかったせいだろう。医師によると、腕と脚と頭部にかさぶたができているそうだ。彼女が自分でかきむしったんだよ。メタンフェタミン常用者や精神に障害のある人のとる行動なんだ」アランはにっこりしてうなずいてみせる。「あと、歯も。何本か抜けていて、残っている歯もぐらぐらしている」

「どうして？」

「医師といっても、歯科医じゃないから推測にすぎないが、骨量の減少が原因ではないかと考えている。ビタミンDが欠乏すると、カルシウムは体にちゃんと吸収されないんだ」

「ひどいわね」派生して起こる問題がわかり、わたしはいう。

「そうなんだ」アランが手帳に目をやる。「鞭で打たれたあとがあるのは、もうわかっているよな。医師は電気ショックによる傷痕も確認している。犯人は車のバッテリーとか、そういったもので彼女にショックをあたえたらしい。医師は〝職人〟の技ということばを使っていた」

ジェームズが顔をしかめる。「どういう意味だ？」

「犯人は神経終末が集中している部分、もしくは精神的トラウマの原因になる箇所にショックをあたえているんだよ。ほかのところはいじっていないし、激しい損傷をあたえているわけでもない」

「処罰」と、わたしはつぶやく。

ジェームズが意味を理解してわたしをちらっと見る。

「つづけて」と、わたしはアランにいう。

「体内から薬物は検出されなかった。目立つ傷痕はほかになく、タトゥーもなし。推定年齢は四十代前半から半ば。骨折している箇所はないが、左手首と左の肋骨二本に、古い石灰沈着がみられる。医師は、おそらく子どものころに骨折したあとだろうといっていた」

「身元を特定するのに役立ちそうね」と、キャリーがいう。

「そう願っている」アランは手帳を閉じる。「ほかに、奇妙なことがひとつあるんだ。筋力が衰えていないんだよ」

「つまり？」と、わたしはたずねる。

「犯人は彼女に運動をさせていたんじゃないかな」

「だとしたら、なにか目的があって監禁していたことになるわね」と、わたしはいう。「性的虐待の痕跡はない――とはいえ、それを確認するには本人にたしかめる必要がある。拷問をくわえる――けれども、度を越すようなことはしない。食事をあたえ、運動をさせる。生かしておいた」

「となると、また例の疑問にもどる」と、アランがいう。「なぜいまになって解放したのか？　なぜおれたちの目の前に放りだしていったのか？」

全員が黙っている。だれも答えられない。

「最初の目標は、彼女の身元の割り出しね」と、わたしはいう。「どんな扱い方をしたかはべつとして、犯人はなんらかの理由があって彼女を拉致した。彼女の身元がわかれば、その理由をつきとめる重要な手がかりになるかもしれないわ」わたしはそこでひと息つく。心の準備をする。「それはさておき、聞いてほしいことがあるの。ジョーンズ支局長とラスバン長官に会って話したことを伝えるわ」

わたしは微《び》に入り細《さい》をうがって説明し、なにからなにまで話した。考えているのだろう、三人とも静かにしていた。話が終わると、キャリーだけがすぐに感想をいう。

「きょうはいろんなことで意表をつかれる日ね。これなら、自分の結婚記念日を忘れることはなさそうだわ」

アランがため息をもらす。「ひとまず話を整理させてくれ。時の権力者たちが知恵を働かせ、FBIはテロリストをつかまえるべきなのに、膨大な予算と人員をつぎこんで犯罪者を追いかけまわしていて、そんなのはよろしくないと考えたわけか？」

「基本的には」

「それで、なにもかも中央に集めてはどうかと検討している？　全国各支局のNCAVCの部署を撤廃するっていうのか？」

「そのとおり」

「ばかたれめ」と、アランが低い声でいう。

「同感よ」と、わたしはいう。「でも、わたしたちにとっては切り札なのかもしれない。ストライクチームは、わたしたちの仕事を少しでも守ろうとして、ラスバン長官が考えだした解決策なのよ。中央集権が実現した場合は、ストライクチームを編成しないかぎり、FBIが連続殺人事件を現場で捜査することはなくなるわ。捜査に協力するとしても、地元警察にプロファイリングをファックスするとか、VICAPの問い合わせに答えるとか、わたしたちにはせいぜいその程度しかできないでしょうね」

ジェームズが立ちあがって肩をすくめる。「長官の考えは論理的に筋が通っている。どうするか決まったら知らせてくれ」出ていこうとしてドアにむかう。

「ジェームズ、もうしばらくここにいてくれない？　犯人について話しあいたいの。どんな男なのか、イメージをつかみたいのよ」

「うちに電話するか、あしたまで待ってくれ。大切な用事があって、遅れそうなんだ」ジェームズはそれだけいうと、振りかえりもせずに出ていった。

「チャーミングな人」と、わたしはつぶやく。「キャリー？　あなたはどうするつもり？　なにか考えはある？」

「悪いわね、ハニー。わたしはもう人妻なのよ。うちの人に相談しないと」色っぽくほほえんでみせる。「情交を延長してから訊いてみるわ」

「それじゃ、あとで聞かせて。もちろん、仕事のことよ」わたしはにやにやしていう。

アランがわたしのほうに首をかたむける。「スモーキー、あんたは？　どうするんだ？」

「正直いってわからない」わたしは椅子に腰をおろす。まわりでペチコートがふくらみ、滑稽さと疲れを感じてやりきれない気持ちになる。「ボニーとトミーに話して、少し考えてみる」吐息《といき》をつく。「ほんとにわからないのよ。ジェームズのいうとおりね。長官の考えは論理的に筋が通ってる。でも……」

「論理の問題じゃない」

「わかってる」

「だよな」アランは考えこんでいるような顔をして下唇をつまむ。「おれは生まれたてのひよっこじゃないんだよ、スモーキー。エレイナだってそうだ。最終的にクワンティコに移り住むことになったら……さあ、どうかな。住み慣れた土地を離れる気になれるかどうかわからない」

キャリーが彼の肩を肘でつつく。「情けないわね。年齢なんて心《ステート》がまえの問題なのよ」

「おれはどうしても受け入れられない心境《ステート》なんだ」だじゃれのつもりでいったようだが、それだけではない。なにかを胸に秘め、口に出すのをためらっている。

「キャリー、そろそろ出かけたら？　科捜研に行って用事をすませたら、うちに帰っていいわよ。指紋についてなにかわかったら連絡して」

キャリーの視線がアランとわたしのあいだを行ったり来たりする。わたしがオフィスから追いだそうとしていることに感づいたらしい。

「わかったわよ」彼女が洟をすする。

「なあ、キャリー」と、アランがいう。

「なに？」

彼がキャリーにむかってにっこりする。アラン特有のぬくもりに満ちた大きな笑みだ。

「おめでとう」

キャリーがにやりと笑い、膝を曲げてうやうやしくおじぎをする。「あら、うれしいわ。ありがとうございます、アランさま」気どった調子でそういうと、背をむけてオフィスを出ていった。

「幸せそうだな」キャリーがいなくなってから、アランがいう。

「そうね。ほんとに幸せなのよ」わたしはアランに注意をむける。「でも、あなたはちがう。なにかあったの？」

アランは遠くを見つめ、指でデスクを軽くたたく。ため息をもらす。「おれにとって、これは一大事なんだよ、スモーキー。さっきもいったように、おれは生まれたてのひよっこじゃない。あんたには話したことがあるが、おれは何年か前から引退を考えている。エレイナとすごす時間を増やしたいんだ」

「おぼえてるわ」

「ガタが来たというんじゃない。けど、十年前にくらべて毎朝起きるのがつらくなってきたのはたしかだ。体調は悪くないんだが、医者の話では、コレステロール値が高くて、血圧もいくらかさげないといけないらしい。エレイナが癌《がん》になったときは肝《きも》を冷やしたし」

「ほんとうに引退するつもりなの？」

アランは肩をすくめる。「自分でもよくわからないんだ。それが問題でね――決心がつかないんだよ。かつては迷いを感じたことなんか一度もなかった。仕事はおれの生きがいだったんだ」わたしにむかって苦笑いを浮かべてみせる。「これは勤務時間や給料を考えて選んだ仕事じゃない。おれは悪党をつかまえるのが好きなんだ。うまくいったときは、捜査官というのはこの世でいちばんやりがいのある仕事になる。もちろん、引退しようと考えたことは前にも何度かある。未解決事件がつづいたり、子どもがつぎつぎに殺害される悲惨な事件を扱ったり、そんなときはたしかにやめたいと思った。この仕事をしていれば、しょっちゅう挫折感を味わう。でも、そのたびになにかが励みになって立ちなおり、また血が騒ぎはじめる。においを嗅ぎつけるんだよ。どういうことか、あんたならわかるよな」

「わかるわ」

「近ごろは闘志を燃やすことが少なくなってきた。落ちこんでいるわけじゃない。飽きていやになっているというのともちがう。なんだろう……満腹というか」一度だけうなずく。「そう。気がすんだといえばいいのかな。自分に割りあてられたぶんの悪人はもうつかまえたような感じがして、世界はおれの助けがなくてもまわりつづけるにちがいないって、そんなふうに思えるようになったんだ」

アランのことばを聞いて、わたしは心のどこかでうらやましく思う。仕事をやめようかと考えたことなら、わたしもある。当然だろう。しかし、わたしの動機はいつでも絶望感に起因していた。やるべきことはやったという満足感を味わえるときは、いつか訪れるのだろうか？　わからない。概念としてはそんなときを迎えたいと切に思っているが、感情としては思い描くことができない。

「いずれにしても」と、わたしは考えながらいう。「あなたがどんな決断をくだそうと、わたしは支持するわ。それだけはわかって」

「わかってるよ」

「それでも、頼みたいことがひとつあるの」

「なんだい？」

「ストライクチームの話を引きうけることにした場合——まだそうと決めたわけじゃないけど——せめてわたしたちがロサンゼルスを拠点に活動するあいだだけでも、チームに残ってもらえない？　将来、拠点をクワンティコに移す可能性があって、あなたがその点を危惧《きぐ》しているのはわかっている。移動はわたしにとっても一大事よ。でも、わたしたちは差しあたりここで仕事をすることになっているんだから」わずかな備品にかこまれたオフィスを身ぶりで示し、うんざりした顔をしてみせる。「全盛期でこれだものね。とにかく、計画が実現した場合は、最初のうちだけでもいっしょにいてもらいたいのよ、アラン。あなたなしではぜったいにやっていけない。最初はとくに」

アランは無言でわたしを見ている。わたしは彼が口を開くまで待つ。ふたりのあいだに沈黙が流れたことは数えきれないほどあるが、これもいつもと同じようにやすらかな沈黙だった。この人はわたしと何年もいっしょに仕事をしてきた。遺体を見てはともにあわれんだ。わたしが泣いたときは抱きしめてくれた。マットとアレクサのことをよく知っていて、ふたりを愛してくれた。ふたりの葬儀ではわたしにつきそい、喪服に身をつつんで人目もはばからずに涙を流した。ボニーを愛し、トミーのこともめちゃくちゃ気に入っている。アランはわたしの過去と現在をいまだにつないでいる数少ない結合組織のような存在なのだ。彼が仕事をやめると考えただけで――遠ざかっていくうしろ姿をながめ、わたしとのかかわりがほとんどない生活に入っていくのを見守るしかないと思っただけで、寂しくなると同時に不安に襲われる。十二年のつきあいというのは、けっして短くはない。この仕事をしている者にとっては、生涯の友といえる。

アランがにやりと笑うのを見て、なにをいうつもりなのかわかる。

「おれなしではぜったいにやっていけないって？　そのことばを聞いて、また血が騒ぎはじめたよ。いまのところはそれだけでじゅうぶんだ」

8

わたしは自宅に近づいており、もうすぐうちに帰れると思うとほっとした。むかしもこんな気持ちで家にむかっていた。わたしにとって、わが家は聖域のようなもの、闇が入りこめないところだった。何年かかかったが、うちはまたそんな場所になっていた。

うちといっても、当然のことながらむかしとはちがう。トミーとボニーはマットとアレクサほど純真無垢《むく》ではない。ふたりとも人が殺されるのを目のあたりにし、トミーは人を殺したことがある。おもしろいのは、ちがうからといって過去をなつかしんだりしないことだ。トミーとボニーはわたしに合っていて、ふたりといるとやすらぎさえ感じる。ごくふつうの人たちは、わたしに深くかかわるとたいへんな思いをする。

高速道路の出口が見えてくると、決めかねている事柄についてもう一度検討してみた。考えるのは、今夜はこれでおしまいにしなければならない。家のなかにもちこむわけにはいかないからだ。

ストライクチームのことはどうする？

もうひとつ。

わたしとトミーしか知らない秘密は？

最後。

だれにもいっていない秘密はどうする？

どれも答えが出せない。ラジオのボリュームをさげているせいか、舗道を走るタイヤの音が聞こえる。

車を自宅のドライブウェイに乗り入れると、自分との約束を守る――決めかねている事柄を胸の奥に押しこむ。


「おかえり」と、トミーがいう。目は心配そうだし、キスはおざなりで心がこもっていない。

わたしはつかのま自己中心的な考え方をする。家に入ったからといって、かならずしも陽光と笑顔に迎えられるとはかぎらないとわかり、いらだちと失望を感じる。少ししてそんな気持ちを脇へ押しのけ、パートナーとしての役割を果たすことにする。

「どうかしたの？」あたりを見まわす。「ボニーは？」

「話があるんだ」と、トミーがいう。「すわろう」

不安が体を駆け抜ける。自分では意識していなかったが、気がつくと拳銃に手をかけていた。「ボニーのこと？　けがでもしたの？」

トミーが腕を伸ばし、拳銃にかけたわたしの手をつつみこむ。彼の仕草にはやさしさが感じられる。「ちがうよ。けがなんてだれもしていない。とにかく、腰をおろそう」

わたしはトミーにつれていかれてソファにすわる。腰をおろしても落ちつかない。トミーはたいてい泰然《たいぜん》とかまえている。高速道路で横から割りこまれたり、ぬるいコーヒーを出されたり、銀行で長い列に並ぶはめになったりと、わたしにとってはけっこうむかつくことがあっても、トミーはまったく動じない。なのに、いまは気が気でないらしく、そわそわしている。

「ボニーがあることをしたんだよ」と、ようやく話しだす。「いけないことだ。自分でも悪いことをしたと思って反省していて、だからこそおれに話した。二日前のことで、ずっと隠していたんだが、きょううちに帰ってくると、打ちあけずにいられなくなったらしい」

わたしは目を閉じ、安堵の吐息をもらしそうになる。そんなことなら過去にも経験してなじみがあり、心配するほどのことはないとわかっている。子どもはみんないけないことをする。親ならだれでも知っている。トミーは子どもを育てたことがない。だからうろたえたのだろう。わたしは目を開け、トミーの膝に手をのせて安心させようとする。

「ボニーはなにをしたの？　万引き？　ほかの子をなぐったとか？」

トミーがわたしの目を見つめる。「猫を殺したんだ」

わたしはきょとんとする。「えっ？」

「猫を殺したんだよ。そのへんにいた野良猫を。二日前にうちの裏庭につれてきて、きみが金庫にしまいこんでいる射撃練習用の二二口径で頭を撃ったんだ」

「金庫の番号はどうしてわかったの？」わたしはそう訊いたものの、それがなにより重要な問題じゃないのはわかっている。重要な問題は、ボニーが信じがたい行動をとったことにある。

「見当をつけたんだよ。アレクサの誕生日だ」

ばか。わたしは胸のなかでつぶやく。ばかなのは、ボニーではなくわたしのほうだ。

「どうして殺したのか、理由はいった？」

自分の口調が冷静そのもので、ふだんとまったく変わらないことにわれながら驚く。夕食のメニューについて話しあっていたとしても不思議ではない。

「いったよ。けど、理由はあの子から直接きみに説明させたいんだ」

トミーは視線をそらし、わたしと目を合わせようとしない。そうとわかって、衝撃が大きくなる。胃のなかで不安が渦巻きはじめ、むかむかしてくる。「トミー、あなたが話して」彼は首を振る。「いや。あの子から聞いてほしいんだ。ボニーが理由を説明するときに、あの子を見守っていてもらいたいんだよ」

「どうして？」こんどは不安な響きが聞こえる。自分の声にこもっている。胃のなかから泡を立てながらこみあげてきて、わたしの声帯に忍びこんだらしい。

トミーがわたしの両手を握る。「それはね」と、彼がいう。「おれがボニーを信じているからだ。きみも信じてやれると思う。ただし、ボニーが理由を説明しているあいだじゅう、あの子の目を見つめていないとだめなんだ」

わたしは手を引き離す。震えている。

「ボニーのところに行ってくれ。自分の部屋で待っている」

わたしはボニーの部屋の前に立ち、手をあげてドアをノックしようとしていた。考えなおしてノックするのをやめ、手をおろしてドアノブを握る。

ボニーは猫を殺した。猫の頭を撃った。どんな理由があったにせよ、プライバシーを尊重してもらえる資格はない。

ノックせずに入っていくだけでは意味がない気もするが、これもまたなじみのあることで、そう思うと励《はげ》みになる。気をしずめ、ノブをまわしてドアを開ける。

ボニーはベッドに寝ていた。天井を見つめている。無表情だが、泣いていた。わたしが入っていっても、こちらをむこうとしない。

「ボニー」毅然《きぜん》としながらもやさしい口調で呼びかける。

「ごめんなさい」

「あやまるだけじゃすまないのよ、ボニー。起きあがってきちんと説明して」

ボニーは手の甲で涙をふく。彼女の口からもれたため息は、年老いた人のようで……体の芯《しん》から疲れているような吐息を聞いて、胸が締めつけられる。わたしはボニーを抱きしめたい思いにかられるが、なんとか気持ちを抑える。慰めている場合ではない。

ボニーはもがくようにして起きあがると、ベッドの端から脚をたらす。あいかわらず目をそらしている。

〝なんてアニーに似ているんだろう〟

わたしが母親のアニーと出会ったのは十五歳のとき、いまのボニーよりふたつ上だった。大むかしのことのように思える。当時の自分を思い出してみても、自分のような気がしない。いまのわたしとはあらゆる点でちがう。けれどもこうしてボニーを見ているうちに、むかしの自分との距離が縮まっていく。気がつくと、十五歳の自分と頬を寄せあっていた。母はすでに亡くなり、父は苦しみ、わたしは胸を痛めながらも生き生きしていた。目に入るものすべてがくっきりと色あざやかに、そして感動的に見えた。十五のときはまだ歌を聴いて泣くこともあった。顔に傷痕はなかったし、繊細な心をもっていた。

「なにがあったの？」と、わたしはボニーにたずねる。答えを聞くのが恐ろしい気もしたが、なにからなにまで知る必要があるのもわかっていた。

ボニーがベッドにすわったまま身じろぎする。顔をあげ、ブルーの目でわたしの茶色い目を見つめる。アニーの面影がちらつく。

「どんな気分になるかたしかめたかったの」

わたしは眉を寄せる。「どんな気分って？　猫を殺すとどんな気分になるか？」

ボニーはまたうなだれる。うなずく。

「なんで？」

「だって……」いいよどむ。「みんなそこからスタートするんだもの」

「みんなって？」

ボニーが顔をあげてわたしを見るなり、彼女の目に浮かぶわびしさに気づいて愕然《がくぜん》とする。ボニーの目は、岩と砂と風しかない砂漠の風景を思わせる。

「わかるでしょ？　連続殺人犯よ」気まずそうに目を伏せる。

わたしは黙っていた。頭もろくに働かないのに、口をきくなんてできるわけがない。ボニーはわたしの顔を平手でぴしゃりとたたいただけかもしれないが、わたしは斧《おの》でなぐり倒されたような衝撃をうけていた。

「つまり……」と、わたしはいう。ことばを選んでいるのではなく、やむなく口にしているだけだった。悪夢のなかで走っているような気がする。粘っこいキャラメルやどろどろのぬかるみに足をとられながら進んでいく。「猫を撃ち殺したのは、連続殺人犯が小動物を殺すところからスタートするからだっていうの？」

「うん」

わたしは自分の声にただよう失望感を締めだそうとはしない。驚きも。「でも、どうして？なんで連続殺人犯のまねなんかしたがるの？」

「あの人たちを理解するのに役立てたかったの。あとでつかまえられるように」と、消え入りそうな声でいう。とまどっているような口ぶりだ。

ほんとうにとまどっているのかもしれない。

わたしがはまりこんでいたどろどろのぬかるみが消散していく。心臓のメトロノームがふたたび動きだし、重々しい音をたてはじめる。どういうわけか、ハワイのことが頭に浮かぶ。浜辺に打ちよせる波の音を聞いて、神の鼓動だと思ったときのことが。

「ボニー、わたしを見て」しばらくかかるが、ボニーはいわれたとおりにする。「それで？どんな気分？　理解するのに役立った？」

彼女の目のわびしさが色濃くなっていく。荒野をころげまわる回転草が増えてきた。風雨にさらされてつるつるになった石。雨の気配がしたかと思うと、ボニーの目の縁に涙がたまりはじめる。「ううん」と、かぼそい声でいう。「役に立たなかった」

わたしはまだ気をゆるめない。「どんな気分？」

つぎに見えたのは、わびしさでも悲嘆でも苦痛でもない。絶望だった。ボニーの目から涙がこぼれはじめ、左右の頬から顎にむかって流れつづけ、腕やブルージーンズにぽたぽたとしたたり落ちていく。「悪人になった気分。いやだった。なんていうか……」目を閉じると、顔に自己嫌悪の色がひろがっていく。「ママを殺した男みたいな気分になったの」

わたしはまたしてもボニーを慰めたい衝動にかられる。腕につつみこんで抱きしめ、安心させてやりたい。もういいのよ、あなたは悪人なんかじゃない、自分を責めるのはやめなさいといいたい。けれども、声が聞こえて思いとどまる。

〝これで終わらせるわけにはいかない〟

だれの考えなのかはわからないが、その点を追及するつもりはない。話しかけてきたのは自分の声だし、それが聞こえるとどんな気分になるかも知っている。捜査している事件や犯人についてなにかがわかったときの気分、ばらばらで関連性のない断片が突如として組みあわさったときに味わう気分だ。

ボニーは異常者に母親を殺された。男はボニーの目の前でアニーを服従させ、レイプし、腸《はらわた》を抜いた。そのあと、なだめすかしながらも断固としてボニーを引っぱっていき、悲鳴をあげたまま息絶えた母親の亡骸《なきがら》に、むかいあわせにして縛りつけた。そんな状態で三日もすごしたら、だれだって地獄の苦しみにさいなまれるにちがいない。ましてや、十歳の少女がどんな思いをしたかは想像するにあまりある。

ボニーは口がきけなくなって夜中に悲鳴をあげていたが、そのうち口がきけるようになり、朝までぐっすり眠れるようになった。ほほえむこともできるようになり、友だちもひとりかふたりできたらしい。

もちろん、わたしの気に入らないこともある。大人になったら、わたしのしている仕事をするつもりだといったのだ。ボニーはモンスターたちをつかまえたいという。老人さながらの目にはいまだにある種の静けさが宿っているし、まなざしには深い悲しみがこもっている。ぼんやりと日の出をながめていることもあり、そんな姿を見るにつけ、わたしはまた心配になる。でも、そういったことはいつも消えてなくなる。十三歳の快活な少女がかならずもどってくる。だから、わたしはボニーの傷も風変わりなところも受け入れる。だって――

それがボニーなのだから。

だが、今回はちがう。これはひとつの岐路。試金石《しきんせき》なのだ。なぜそう思うのかはわからないが、まちがいなくわかる。いまここで救わないと、ボニーは勝手に泳ぎつづけて岸を離れ、はるかかなたの沖まで進み、いつかきっとわたしの手のとどかないところに行ってしまうだろう。トミーがわたしになにをわからせたがっていたのかに気づく。ボニーはモンスターではない。それをわからせたがっていたのだ。

〝でも……〟と、先ほどの声がささやく。わたしは心のなかでうなずくと、その先をつづけて締めくくる。

でも、モンスターになる可能性はある。

それがわかるのは、自分自身も経験しているからだ。ひとつの境界線がある。モンスターたちを理解しようとしているうちに理解しすぎる地点、知っていくうちにおぼれてしまう場所のことだ。わたしは泳ぎつづけ、海がもうブルーではない場所まで行ったことがある。巨大な海獣リバイアサンが静かに笑いながら近づいてきて、ぬるぬるした黒い体をわたしの素足に押しつけて震えるのを感じたことがある。やがて、モンスターたちと自分の類似点は数えきれないほどあるのに、相違点はほとんどないとわかりはじめるときが訪れる。もとの自分にもどれるかどうかわからなくなったことも何度かある。毎回、もとの自分にもどることができたとはいえ、わたしが泳ぎはじめたのは二十代のときだ。ボニーはまだ十三歳で、いまも成長をつづけている。その年ごろの子どもにとって、十年のあいだにはさまざまな変化がある。

モンスターたちがどんな気分を味わうのか知りたくて、ボニーは猫をつかまえてきて拳銃で頭を撃った。涙を流し、しばらく絶望のふちに立ったくらいでは、じゅうぶんとはいえない。それだけでは、彼女自身として生きていけるという保証はない。

わたしはボニーを守りたいという思いを、涙をふいてやりたい気持ちをことごとく振りはらおうとする。簡単ではないが、人が思うほどむずかしくはない。被疑者を尋問するために身につけなければならないことのひとつは、情にほだされないようにすることだ。レイプ犯、殺人犯、窃盗犯――みんな人間なのだ。どんな犯罪者も、逮捕されると弱りはててすっかり萎縮する。彼らが恐ろしい相手に思えるのは、どんな人間かわからないからだ。そんな謎の部分を取り除くと、たいていはあわれを誘うなにかが――悲惨ななにか、涙を流すなにかしか残らない。

同情したくなるのも無理はない。けれども、そんな気持ちはぐっと抑えなければならない。「おれたちの心のなかには、かたくて冷たい花崗岩《かこうがん》がちょっぴりふくまれているんだよ」あるとき、アランがいった。「みんなよりたくさんもっている人もいる。尋問の達人は、被疑者の実の母親みたいにやさしく接していたかと思えば、つぎの瞬間には神のように無慈悲で近よりがたい存在になるすべを心得ているんだ。肝心なのは、巧みにコントロールしてちょっと冷酷になること。だから自分の心のなかにある冷たい花崗岩を見つけて、かじらなければならない。そうやって、少しだけ自分の歯を痛めるんだよ」

　わたしは自分の花崗岩を見つけて強くかじる。

「あの男に切り裂かれているとき、お母さんがどんな顔をしていたかおぼえてる？」と、わたしはボニーにたずねる。自分がやっとの思いで見つけた冷たさに驚くと同時にショックをうける――わたしの声には思いやりがいっさいこもっていない。退屈して機嫌の悪いドライブスルー店員の口調に似ている。

　ボニーの目が見開いていく。返事はない。

「わたしは質問したのよ。お母さんは殺され、あなたは彼女の遺体に縛りつけられた。息を引き取る前、お母さんが――アニーが――どんな顔をしていたかおぼえてる？」

「おぼえてる」と、ボニーはささやき声でいう。視線をそらすことができないのか、蛇を見つめるひよこのように、わたしに目を凝《こ》らしている。

「教えて。アニーはどんな顔をしてた？」

　ボニーは長いあいだ口ごもっていた。「ママは……」ごくりと喉を鳴らす。「あの夜はいろいろあったけど、いままでスモーキー・ママに話さなかったことがあるの。あいつがママにいったこと。ママにナイフをはじめて押しあてて悲鳴をあげさせたあと、選ばせてやるっていったの」

「選ばせてやる？」

「そう。その気になったらいつでもかまわない、娘を身がわりにしてほしいっていえば、おまえを切り裂くのはやめるって」

わたしの胸に底なしの穴があく。

「ママは叫んでた。わかるでしょ？　あいつはママの口をふさいだんだけど、そのせいでママはすごく苦しそうだった。手錠をかけられたままあばれたものだから、手首や足首から血が流れだして、血まみれになってたの。あの男は自分でかけた音楽に合わせて踊りながら、ときどき笑い声をあげてた」もう一度ごくりとつばを飲みこむ。いぜんとしてわたしを見つめている。「そのとき——ママがどんな顔をしてたかって訊いたでしょ？——そのとき、そんなことが起こっているあいだに、ママの目に浮かんでいる表情が見えたの。たった一分くらいしか浮かんでいなかったけど、あたしは見逃さなかった」

「なにを？」と、わたしはうながす。あの冷たい花崗岩にかじりついたまま、ボニーの顔を花崗岩の闇に押しこむ。

「ママはあたしを身がわりにしたいと思ったのよ。ほんの一瞬。あたしを身がわりにしたいと思って、そんなことを考えた自分を嫌悪していた」喪失感がにじむ口調を聞いて、そのときばかりは胸が張り裂けそうになる。ボニーはその瞬間を脳裏に浮かべて首を振る。あれは事実だったと心から信じる気にはなれなくても、やはりほんとうだったと思っているにちがいない。「ママはそう考えた自分を嫌悪しながら死んでいったのよ」ボニーは自分の胸を抱いて体を前後に揺らしはじめる。悲しそうな声をもらしたかと思うと、絶え間なく頬を濡《ぬ》らしていた涙がとめどもなく流れだす。

〝ちがう。そんなことはない。ぜったいにちがう〟わたしはボニーにそういいたかった。

〝お母さんは自分を嫌悪しながら死んでいったんじゃない。あなたへの愛情を感じながら死んでいったのよ〟

わたしはそういいたい衝動をこらえる。この件はまだ決着がついていない。どうなれば〝決着がつく〟のかはわからないが、そこにたどりつけばわかると思う。

「ボニー、これからわたしが話すことを聞いて理解しなさい」といい、どこまでも冷淡でつき放したような口調に、自分でも驚く。「ちがいをわかってもらう必要があるから、よく聞くのよ。あなたのしたことと、あなたがどういう子じゃないかについて話すわね。どちらも同じように事実よ。まず、あなたは悪人じゃない。お母さんをあんな目にあわせた男とはちがう」わたしは身を乗りだし、冷酷で悪意に満ちた目つきでボニーを見すえる。「でも、あなたが罪のない猫を殺したときはどう？　猫を見つけてつかまえ、裏庭につれてきて頭を撃ったときは？　そのときにあなたが猫にした行為は、あの男がお母さんにしたこととなんら変わらない。お母さんのことを忘れないために、わたしと同じ仕事をしたいですって？」わたしはそこで冷笑し、そんなことをする自分に嫌気がさす。ボニーが縮みあがったからだ。わたしはボニーに顔を近づける。熱い息がかかるほど思いきり寄せる。「お母さんはあなたを助けるために自分を犠牲にしたのよ、ボニー。猫を殺したとき、あなたはお母さんの顔につばを吐きかけたのよ」

ボニーの目がかっと見開き、顔から血の気が引いていく。恐怖に満ちた沈黙が流れたのち、ボニーはみぞおちをなぐられたかのように肺から息を吐きだす。つづいて、低い声をもらす。抑えられてはいるが感情のこもった声、苦痛の声だった。

〝これで決着がついた〟

ボニーはもがくようにしてベッドに這いあがると、両のこぶしを口に押しあて、自分自身や自分の行為、その真相に慄然《りつぜん》として何度も何度も首を振る。わたしはようやくボニーを抱きしめる。ボニーは抵抗するが、わたしは彼女を腕につつみこんで抱きよせる。ボニーが腕を振りほどこうとしてあばれようと、くりかえしなぐりかかってこようと、ぜったいに放さない。やがて、ボニーはおとなしくなり、わたしの体に腕をまわしてひたすら泣きじゃくる。泣いて、泣いて、泣きつづける。わたしも泣く。安堵と自己嫌悪の入りまじった気持ちを味わいながら腰をかがめ、先ほどは明かしてあげられなかった真実を伝える。

「お母さんはね、ボニー」と、彼女の髪に唇をあてていう。「自分を嫌悪しながら死んでいったわけじゃない。あなたへの愛情を感じながら死んでいったのよ。あの男のせいでそれがわからなくなったらだめ」

ふと顔をあげてみて、トミーが戸口に立っていることに気づく。いつからそこで見ていたのだろう？　なにを考えているのかわからない目をしてもうしばらくわたしたちを見守っていたが、そのうちドアをそっと閉めて立ち去った。

ボニーは疲れはてるまで泣いていた。いまはわたしの膝にしがみついている。体が大きくなって膝に乗ることはできないが、わたしから離れようとしない。

「ごめんなさい。すごく後悔してる」と、ボニーがいう。

わたしは彼女の髪をなでる。「わかってるわ、ボニー。ほんとにわかってる」

わたしたちはまた黙りこむ。ボニーはため息をつき、わたしは髪をなでつづける。寝室の窓の外に目をやると、宿敵の姿が見える。月だ。〝なんだか……よく会うわね〟といっておどけてみようとするが、失敗して死のような静けさにつつまれる。

「ねえ、ボニー」ややあって、わたしは口を開く。「大人になったらわたしのしてる仕事をしたいと考えて、それをひとつの目標にするのは、べつにいけないことじゃないのよ。正直いって、あなたにはちがう職業についてほしいと思っているけど、あなたがもっと大きくなって、それでもやっぱり捜査官をめざしたいといえば、わたしは応援するわ」

「そのときもやっぱり捜査官をめざしたいと思ってる」と、ボニーはいう。

「でも、この仕事をするにははっきりした境界線を引く必要があるのよ、ボニー。それが仕事をつづけていくうえでの秘訣に、わたしたちを救ってくれる安全網《セーフティネット》になるの。犯罪者とわたしたちには、はかりしれないほど大きなちがいがあるのよ。わたしたちは犯罪者を理解することはできるけど、あの人たちになることはぜったいにない。わかる?」

「たぶん」

「理解してもらわなければならないのは、こういうこと。犯罪者はわたしたちを引きずりこむことがあるの。わたしたちの命を、魂を吸いとることもあって、そうなったら……」わたしはなにかにたとえようとして考える。「自分を灯台に見立ててみて。どんなに濃い霧が立ちこめようと、どんなに海が荒れようと、灯台はみんなを家に導いてくれる。ところが、犯罪者に近づきすぎると、境界線を越えると、光が消えることもあるの。彼らになるわけじゃないけれど、自分自身を見失ってしまうのよ」

そのことを考えているのだろう、ボニーはしばらく黙っている。「光が消えちゃったら、もう二度と灯《とも》せなくなるの？」

「まず無理でしょうね」わたしはボニーの顎をささえ、顔をあげさせる。「あなたが猫にしたこと。ああいうことをすると、光は消えるのよ、ボニー。わかるわね？」

彼女がうなずく。わたしが顎から手を離すと、ボニーはまたわたしの腕のなかに入ってくる。「それじゃ、あたしはどうすればいいの？」

「バランスをとる方法をおぼえるのよ。ほら、世間の人は人生を楽しむすべを知っているでしょ？　ふつうの人にとっては、つらいことじゃなくて、楽しいことを求めるのがあたりまえなのよ。わたしたちにとっては、それはけっこうむずかしいことなの。自分にいいきかせないと、楽しいことなんてできない。そんな気になれなくても、なんとか楽しもうと努力しなければならないのよ。おもしろいのは、最初のうちは無理をしていたとしても、しばらくして気がつくと、いつのまにか楽しんでいることなの」

「けど、あたしの場合はどうすればいいの？」と、ボニーが訊く。いらだちと切なる願いがないまぜになった口調を聞いて、わたしは悦《えっ》に入《い》る。ボニーの心を開かせたのだ。しかも、心を折らずにすんだらしい。よかった。

「そうね。どうすればいいかな。ボニー、バランス。うん、こういうのはどうかしら。前に、射撃練習場につれていってほしいっていったことがあるでしょ?」

「うん」

「いいわ。一週おきにつれていくことにする。行かない週は学校の部活に参加すること。なんでもかまわない。バンドでも陸上競技でも——なんでもいいわ。どこにでもいる十三歳の子がすることとならなんでも」

「つまんなそう」

「最初のうちはつまらないかもね。けど、きっと自分でもびっくりするわよ。いまでも通用するむかしながらのこつがあるの。自分にいいきかせて無理やり笑いだした場合、最初はただしかたなく笑っているだけだと思う。間抜けな感じがするし、じっさい間が抜けている。でもしまいには、かならずといっていいほど心から笑えるようになっているはずよ。それと同じなの。いずれにしても、いまのあなたの目標のひとつだし」

「どういう意味?」

具体的にはどういう意味だろう? 自分のなかで考えがのたうちまわっているのを感じる。本質的にはわかっているのだが、ことばであらわさなければならなかったことは一度もない。

「わたしたちはモンスターたちより有利な立場にあるけど、最大の利点は彼らの考えがわかることじゃないのよ、ボニー。考えを読むのはむずかしくないわ。いちばんの強みは、彼らにはわたしたちの考えがぜったいに理解できないことなのよ」わたしはボニーの頭のてっぺんにキスをして、髪に唇をあてたままささやく。「モンスターたちにはわたしたちがこんなに愛しあっていることがどうしても理解できないし、彼らは理解できないことを知っているの。だからこそ、だれよりもわたしたちを憎むわけ。愛こそ光なのよ」

ボニーはようやく眠りについた。眠ろうとするあいだ、わたしはベッドでいっしょに横になっていた。ボニーはしょっちゅう目をさましては、わたしがそばにいるかどうかたしかめていた。わたしはボニーが熟睡しているとわかるまで待ってから腕をほどき、足音を忍ばせて自分のベッドにむかった。

服を脱いだ。塩のにおいがする。ボニーが流した涙と、苦悩して額《ひたい》ににじませていた汗の塩分だ。わたしは裸でベッドにもぐりこみ、となりにいるトミーに腕を伸ばした。

「あの子、だいじょうぶ？」と、彼が訊く。

「かならず立ちなおれると思う」

「きみは？　だいじょうぶ？」

わたしは首を振ったものの、真っ暗でトミーには見えないことに気づく。「あんまりだいじょうぶじゃないわ。立ちなおれるようにしてくれる？」

トミーはわたしを抱きよせるとキスで涙をふき、唇をさがしあてて口づけをかわしてから、なによりも甘美なかたちで結ばれる。そのあと、わたしは彼の胸に頭をのせて横たわり、静かで力強い鼓動と、少しも乱れないやすらかな寝息に耳をかたむける。男がみんなそうするように、彼もセックスが終わるなり眠りに落ちていった。わたしも眠りの世界に入ろうとしていたが、最後にもう一度月をながめ、一生折り合いをつけられるかどうかわからない相手、神にむかってことばをささやく。

あの子に手を差しのべる方法を教えてくださりありがとうございます。まぶたが重くなってくるのを感じながら考えた。きょうみたいなことをくりかえしているうちに、いつか和睦《わぼく》を結ぶことができるかもしれません。ありがとうございます。

気のせいかもしれないが、まさにその瞬間、月が雲の陰に隠れ、それを見て〝彼〟の仕業にちがいないと思った。そして、わたしが信心よりも疑念をいだいている相手、神がいったような気がした。〝どういたしまして〟と。

9

　ある年、父親は少年をリビングルームに呼んだ。ソファに腰をおろし、自分のとなりを軽くたたいた。

「こっちにおいで。おまえに見せたいものがあるんだ」

　少年はいわれたとおりにして、色あせたチェック柄の古いソファにすわった。家のなかにあるものはどれも同じ状態だった。まだ使えるし、ぼろぼろというほどではないが、長年にわたって使用されてきたために色あせている。父子は貧しくもなければ裕福でもなかったが、父親は極貧の生活を送ったことがあり、それゆえにどんなものでも死ぬまで捨てなかった。

　父親はコーヒーテーブルから大きな本を取りあげて膝にのせた。表紙は絵の写真で、溶けかかった時計がいくつも描かれている。

「表紙に書いてあるタイトルを声に出して読みなさい」と、父が指示した。

「『サルバドール・ダーライの生涯と作品』」と、少年はいった。父親は名前の読み方を訂正し、もう一度読ませた。

「ダリは画家なんだ。奇人だと思っている人もいるが、大半は異才と見なしている。わたしは異才だと思う」

少年は眉間《みけん》にしわを寄せた。

「頭がいいということですか？」

「頭がいいというのは、乗算表をおぼえている人のことだ。異才とは、この世に異なる光を投げかける人物のことをいう」

少年は理解できずに顔をしかめた。「わからないんです」と、正直にいった。

「世界をながめて、ふつうの人たちと異なる見方ができる人間もいるんだよ。彼らは絵画や詩歌、わたしたちがときどき聴くクラシック音楽を通して、自分たちの目に映るものを世の人びとに伝えようとするんだ」

「ベートーヴェンみたいに？　第九とか？」

少年は第九が大好きだった。日課をこなすだけの単調な生活のなかで、第九は刑務所の窓から射しこむ一条の光だった。聴くだけで全身を血が駆けめぐる。

「そう、まさしくそんな感じだ」

少年はあらたな興味を引かれてダリの本をながめた。

「この人は絵を描いてベートーヴェンと同じことをするという意味ですか？」

「絵を描いて、わたしにとってベートーヴェンと同じことをするという意味だ。おまえはそう感じないかもしれない」

頭が混乱していた。少年の世界では、父親のいうことはつねに正しかった。

「筋が通りません。お父さんと同じように感じないわけがないでしょう？」

「わたしはおまえが強い人間になれるように育てているんだ。世の中には人間を弱くするものがいくらでもある。強さへの道は単純で、一本しかなく、せまい。それは事実だ。だから、わたしがおまえに教えることの大半には、進み方はひとつしかない。わかるか？」

「わかります」

「だが、これについては」身ぶりで本を示した。「音楽や詩歌に関しても、そこまではっきりしていないんだよ。それ自体は問題ない」父親は片手で本をなでた。少年が見たこともなければ、ほとんど感じたこともない慈しみのこもった仕草だった。「ダリの絵はわたしに語りかけてくるんだ。おまえには語りかけないかもしれない。わたしがいおうとしているのは、要するに、おまえも自分に語りかけてくるものを見つけなければならないということなんだ」

少年は考えをめぐらし、答えを見つけだそうとあがいたが、思いつくのはひとつの質問だけだった。

「なぜですか？」

父親は少年のほうをむき、真剣なまなざしで見つめた。「生き残るための基本的な鍵は、屈強さではないんだよ。スピードなんだ。ほかの人間よりもすばやく考え、行動し、殺す。自分に語りかけてくるものを見つけないかぎり、けっしてそこまで俊敏《しゅんびん》にはなれない。なぜなのかはわからないが、そういうものなんだ」

どうしてはじめからそういってくれなかったんですか？ 少年はそう思ったものの、口には出さなかった。「自分に語りかけてくるものを見つけなさい。そうすれば俊敏になれる。だが、それでなにかが証明されるという考えにおちいってはならない。これは未知の要因なんだ。理由はわからないが効き目のあるビタミンのようなものなんだよ。わたしたちは詩歌を読み、音楽を聴き、そのおかげで俊敏になっていくが、どれも魂を証明するものではない」父親は暗い塔のように身を乗りだし、みずからの存在と漆黒《しっこく》の闇を思わせる雰囲気で少年を圧倒した。「魂などというものはない。あるのは肉だけだ。忘れるんじゃないぞ」

「はい」

少年はけっして忘れなかった。

10

目ざめたときは疲れきっていたが、寝ざめは悪くなかった。精根つきはてていても、納得のいく仕事をしたときの心地いい満足感に似ている。

心のどこかではわかっていたのだと思う。ボニーのこととなると、つい彼女の過去を考えて、たいていはことを荒立てずになりゆきにまかせていたが、それはまちがいだった。これからは適切な道を進んで、その誤りを修正できそうな気がする。

トミーは先に起きていた。それが習慣になっているといっていい。トミーはいわゆる〝ついていけない人〟のひとりで、朝の六時に――ときにはもっと早く――目をさまし、寝ぼけることもなく、その瞬間から活動しはじめる準備ができている。朝走るのが好きなのだが、わたしにとっては悪夢のシナリオとしか思えない。目をさましてみると、トミーがスウェットに着替えている最中だったりすることもあり、そんなときは薄目を開け、寝ぼけ眼《まなこ》で彼に見とれている。

わたしは片方の耳をそばだて、鼻をひくひくさせてにおいを嗅ぐ。一階からかすかに話し声が聞こえ、ベーコンの焼けるおいしそうなにおいがただよってくる。ベッドから出る動機としてはそれだけでじゅうぶんだった。トミーは最高の朝食をつくってくれる。

わたしはおぼつかない足どりでシャワールームに入り、シャワーの水圧をあげて熱くする。ここはわたしの楽園。六年ほど前に、マットがバースデープレゼントとしてシャワールームを本格的にアップグレードしてくれたのだ。業者がやってきてビニール張りの古いシャワールームを取り除き、ヘッドがふたつあって温度が調節でき、大理石とガラスにかこまれた究極のシャワーを設置していった。椅子まであって、そこにすわって蒸気がもうもうとたちこめるのを、頭がすっきりするまでぼんやりながめたり、脚のむだ毛を処理したりすることもできる。わたしは毎朝極楽気分を味わっており、きょうも例外ではなかった。

シャワーヘッドはどちらも水圧を調節できるようになっている。わたしはふたつともマッサージモードに設定する。このモードにすると、軽くたたかれているような心地いい刺激が味わえる。わたしはシャワールームにたたずんで湯に打たれながら、締まりのない笑みを浮かべて体をかすかに揺らしていた。

ヴァージニアに引っ越すことになったら、これと同じシャワーを設置することも条件のひとつにしてもらわなければならない。

頭がはっきりしてきた。わたしの場合は、現世にたどりつくまでに三十分ほどかかる。シャワーで息を吹きかえし、コーヒーで人心地がつく。

髪を洗い、シャワーヘッドのひとつをビートモードに切りかえる。このモードにすると、水圧が高くなって頭皮に湯が勢いよくあたる。温度はかろうじて耐えられるくらいまであげておく。冷たいシャワーを浴びる人の気が知れない。

うしろ髪を引かれる思いでシャワールームをあとにすると、服を身につけた。黒いスラックスに白いシャツ。バスルームにもどり、メイクに取りかかる。メイクはもともとあまりしないほうだったが、顔が傷だらけになってからはますます手をかけなくなった。髪をポニーテールにしてしっかりとめる。寝室に引きかえす。黒いジャケット、かかとの低いパンプス、肩掛けホルスター。拳銃をしまいこんでいる金庫（今夜、ダイヤル番号を変えるのを忘れないこと）を開けてグロックを取りだし、レバーを動かして弾倉にマガジンを押しこむ。安全装置を三回チェックする。ある捜査官が足の指を二本吹きとばしたという話を聞いて以来、念には念を入れてチェックするようになった。充電器から携帯電話を抜きとり、ベルトにとめる。身分証はジャケットの内ポケットへ。バスルームの鏡を見て最後にもう一度身なりをチェックすると、人前に出る準備がととのったと判断した。

バッグをつかんで一階におりていく。朝食のおいしそうなにおいが強くなり、それに応えるようにおなかがグーグー鳴る。コーヒーの香りがただよってくると、早く飲みたくて思わず鼻をひくひくさせる。

わたしの足音を聞きつけたのだろう、ボニーがいれたてのコーヒーをもって階段の下に立っていた。こんなふうに待っていてくれるのは久しぶりだ。罪悪感にもそれなりに利点があるらしい。

「ありがとう、ボニー」

「どういたしまして」ボニーは少しやつれているが、それでも落ちついている。わたしと同じような疲労を感じているのだろう——正しい疲れ方をしているのだ。

わたしはコーヒーをひと口飲み、満足して目を細める。「おいしい」ボニーはにっこりしてキッチンに行くと、三人分の皿やグラス、ナイフやフォークをもってきて、ダイニングテーブルに並べはじめた。

トミーはレンジで料理をしている。赤いチェックのエプロンをつけており、柄やデザインを見て、わたしはベティクロッカーの料理本を連想する。あのエプロンをつけているところをはじめて見たのは、トミーのアパートメントだった。そのときはエプロンしか身につけていなくて、わたしはたまらなくなって朝食が終わらないうちに彼に襲いかかった。

わたしはキッチンに行ってトミーのとなりに立ち、背中のくぼみ——なんともさわり心地のいい部分——に手をあてる。トミーがベーコンをキッチンペーパーにのせて油を切る。ベーコンがジュージューとおいしそうな音をたてる。「卵はどうする？」と、彼が訊く。「目玉焼き？　スクランブル？」

「きょうは目玉焼き」

「喜んでいただけるように努力いたしましょう」トミーは冷蔵庫にむかってうなずいてみせる。「けさはボニーがオレンジをしぼってフレッシュジュースをつくってくれたんだ」

「わたしの大好物。うれしい」

トミーが小さく肩をすくめる。「きょうはやけにかいがいしく働いてくれるんだよ」

「ゆうべのことについて、ふたりでなにか話したの？」わたしはボニーに聞こえないように低い声でつぶやく。

「いや、なにも。たぶん、このあとも話さないと思う。けど、だいじょうぶだよ。いまのところは」

わたしはカウンターに寄りかかってコーヒーをちびちび飲みながら、ボニーがテーブルの準備をするのをながめる。彼女がわたしの視線に気づいて、またしてもおずおずとほほえんでみせる。

「そうね」と、わたしはトミーにいう。「あなたのいうとおりよ」

当然のことながら、〝いまのところは〟は、いぜんとして鍵となることばなのだが、人生はそんなものだからしかたがない。

「できたよ」トミーがそういって、スパチュラで三人の卵を皿にのせる。「ベーコンをもっていってくれる？」

わたしは油を切ったベーコンをキッチンペーパーから皿に移し、ダイニングテーブルに運んでいく。ボニーが冷蔵庫からオレンジジュースを取りだす。トミーはトーストをのせた皿をもってきてテーブルをチェックすると、納得してうなずく。「さあ、食べよう」と、彼がいう。

部屋は、食べるのに夢中で口もろくにきかない人たちのたてる音であふれている——ナイフやフォークが皿にあたる音、ベーコンをかじる音、オレンジジュースやコーヒーをゆっくり味わって飲む静かな音。

わたしは二杯めのコーヒーを飲んでおり、シャワーと朝食、比較的なごやかな雰囲気を楽しんでいるうちに、目がさめて頭がすっきりし、すがすがしい気分になってきた。目玉焼きの最後のひと口を食べて皿を押しやる。

大げさな身ぶりでおなかをさすり、目を上にむけてため息をつく。「ああ、おいしかった！」

「ほんとね」と、ボニーがいう。「トミーがつくってくれる朝食って最高」

「母さんにいわれたんだよ。料理のできる男はもてるってね。母さんのいうとおりだったみたいだ」

わたしは時計に目をやる。ボニーがスクールバスで学校に行くまでには、まだ三十分ほどある。ラスバン長官の話を伝える時間はじゅうぶんにある。唐突な感じもするが、わたしたち一家の場合は予定を立てにくい。

「あなたたちに話しておかなければならないことがあるの」と、わたしはいう。「長官からもちかけられた話よ」といって、細大《さいだい》もらさず説明する。話し終えてからも、ふたりはひとこともいわない。動揺しているのかもしれないと思い、わたしは落ちつかない気持ちでふたりの顔色をうかがう。

「どう思う？」と、わたしはたずねる。

トミーが手にしていたペーパーナプキンで口の隅をふく。「ボニーはバスの時間が迫っている」と、彼がいう。「おれとはボニーが出発してから話せばいい」

わたしはボニーに目をむける。「どう？」

「その仕事を引きうけると、どんなことが変わるの？」と、彼女が訊く。

じつにいい質問だ。的《まと》を射ている。

「そうねえ……最初のうちはそんなに変わらないわ。仕事を引きうけた場合でも、ここで暮らすんだから」わたしは顔をしかめる。「ううん、ちがう。そうでしょ？　アメリカ全土にわたって仕事をすることになるから、ここに住んでいても、わたしは出張が増えるはずよ。去年、ヴァージニアに行ったときみたいにね。それに、しばらくして、その仕事がずっとつづくことになれば、ヴァージニアに引っ越さないといけなくなるかもしれない」

ボニーがトーストをかじる。「ヴァージニアってどんなとこ？」

その質問にはくわしく答えられない。ヴァージニア州クワンティコには、訓練をうけるために半年弱いただけだし、まわりがFBI関係者ばかりだったこともあり、どんなところなのかよくわからない。クワンティコは一・五平方キロメートルの森林地帯にあり、秋は息をのむほど美しく、夏は驚くほどむしのぎやすい。少なくとも、わたしがいた年はそうだった。湿度はまちがいなくカリフォルニアより高く、雨はたまにしか降らないが、それだけにいつでも歓迎される。わたしは冬が訪れる前にクワンティコを離れていた。

「ヴァージニアには四季があるの」と、わたしはいう。「冬には雪が降る。秋には木々が黄色や赤に色づく。夏はすがすがしい。もういなかったからよくわからないけど、春はたぶんきれいだと思う」おぼろげな記憶をなんとかことばにしようとする。「なにもかも古びた感じがするけれど、荒廃しているわけじゃないの。カリフォルニアのほうが新しい感じ。東海岸には重厚感があるのよね」

「行ってみたい」と、ボニーがいう。

「そうね。この話が本決まりになったら、みんなでクワンティコに行ってみましょう。約束するわ」

ボニーは皿の上で手をこすりあわせ、パンくずを払い落とす。「いいわよ、スモーキー・ママ」

「なにが?」

「引っ越すことになっても、あたしはかまわないっていうこと。その仕事、引きうけたほうがいいと思う」

「どうしてそう思うの?」

「スモーキー・ママがやってるのは真剣な仕事でしょ。重要なのよ」と、まじめな口調でいう。本気でいっているのだ。十三歳の子の〝本気〟を通りこしているかもしれない。「長官は見る目があると思う。その仕事にいちばん適してるのはスモーキー・ママだってこと。そのとおりだとしたら、やっぱり引きうけないと。それが義務なのよ。あたしの義務は、スモーキー・ママがその仕事を引きうけられるようにすることだと思うの」

わたしはどう応じればいいのか、すぐにはわからない。義務？　ボニーは確信をもち、真剣な口調でそのことばをぶつけてきた。ボニーがどういう人間になろうとしているのか、あらためてわかり、この仕事を引きうけるのは完全にまちがっているわけではないという気がしてきた。

「どうするかまだわからないけど、決めたら伝えるわ」わたしは時計を見る。「そろそろ出かけないとバスに乗り遅れるわよ」

ボニーがリュックをもちあげると、わたしは玄関まで送っていく。バス停は一ブロック先にある。ボニーが家を出る前にむきなおり、わたしをハグする。「愛してる、スモーキー・ママ」

これならすぐに応じられる。わたしもハグする。「愛してるわ、ボニー。部活のこと、忘れないでね」

「だいじょうぶ」

ボニーが出ていくと、わたしは彼女がうちの通りの曲がり角をまわるまで見送る。それからドアを閉め、テーブルにつく。トミーがコーヒーのおかわりをついでおいてくれた。ありがたい。トミーはコーヒーをゆっくり飲むと、小さな笑みを浮かべる。

「あの子はたいしたものだな」と、彼がいう。

「たいしたもの？　〝だれの義務〟だの〝自分の義務〟だのっていう話が？　なにもかもや

めちゃったほうがいいんじゃないかって思うこともあるの。FBIをやめて、あの子に全神経を集中させたほうがいいんじゃないかって」

トミーはカップの中身を見つめ、ひと口飲むと、わたしに目をむける。「どんな決心をしようと、おれはきみをバックアップするよ、スモーキー。FBIをやめて母親業に専念する？ おれはきみをサポートする。ストライクチームのリーダーになる？ おれは応援する。仕事をやめたってかまわない。きみの収入をあてにしているわけじゃないんだ。引っ越すとしても、金は問題ない」

恋人としてつきあっていくうちにトミーについてわかったことのひとつは、金持ちとはいわないまでも、経済的に安定していることだった。吝嗇家《りんしょくか》ではないが、倹約家ではある。シークレット・サービスをやめてから自分の会社を設立し、セキュリティ・コンサルタントとして大成功をおさめている。週末にプライベートジェットをチャーターしてラスベガスで豪遊するなんていうことはできないが、経済的に困ることはない。わたしにも自分の資産がある。家のローンはマットの生命保険金で完済しており、住宅市場が低迷しているいまでも、この家の値段はわたしたちが買ったときに支払った金額よりもはるかにあがっている。ありがたいことばかりだが、トミーの口から聞きたいのはそういうことではない。

「でも、わたしはどうすべきだと思うの？」

彼はにっこりして腕を伸ばすと、わたしの頬をなでる。「仕事をやめたら、きみは耐えられなくなると思う。仕事が体にしみついているんだよ。いつかそうじゃなくなる日も来るだろうが、いまはきみの一部になっている。おれにとっては、シークレット・サービスに入ったときも、その後の長い年月も、ずっとそんな感じだった。おれがサービスをやめたのは、心の準備ができてからだ。きみはまだ準備ができていない」

「それじゃ、ボニーは？」

トミーはコーヒーを口にふくんで遠くをながめる。「人間は成分表つきの箱につめこまれて生まれてくるわけじゃないんだよ、スモーキー。だから、ボニーがこれからどうなるかなんて、だれにもわからない。人生ってそんなものだよ。おれにもいくつか考えはある。まず、あの子にはセラピーをうけさせる必要があると思う。きみがボニーを精神科医のところにつれていかなかったわけはわかるけど、そろそろ考えなおす時期に来ているんじゃないかな。おれの考えではね」

わたしはため息をつく。「あなたのいうとおりよ。ただ、ボニーにセラピーをうけさせるとなると、どんな精神科医も信用できなくなるの」

「わかってる。でも、信用しないと」

「さっき〝いくつか〟っていったわよね。あとは？」

「ゆうべきみがしたことは適切だった。母親としてことにあたり、立場をきちんと守るかぎり、まちがったことはしないと思うよ、スモーキー。きみが仕事をやめて朝から晩までうちにいるようになったとしても、それがボニーにとってプラスになるかどうかはわからない。ある意味ではマイナスになるかもしれないな」

「どうして？」わたしは興味をそそられてたずねる。

「ボニーにはバランスが必要なんだ。あの子と母親の身に起こったこと、あれはほんとに起こったことなんだよ。なかったことにするなんてできない。一方では、きみの仕事を見聞きしているせいで過去のできごとを強く意識しつづけ、それが今回の猫みたいな事件につながるおそれもある」

「でも、その一方では？」

トミーは肩をすくめる。「その一方では、きみの仕事を見聞きして、母親を殺したやつと同類の連中をつかまえていると知るのは、それなりに治癒効果のあることだと思う。カタルシスだよ。おかげで、あの子には目標ができる。それもバランスを保つのに役立つはずだ。はなはだおおざっぱな分析だが、そのバランスを維持できるかぎり、益にはなっても害にはならないんじゃないかな」

重大な問題について話しあっているというのに、わたしは思わずにやりと笑う。こらえきれなかった。「〝はなはだおおざっぱ〟？」といって、彼をからかう。トミーはボーイスカウトみたいに品行方正な男なのだ。じっさい、ボーイスカウトだったこともある。下品なことばはけっして使わない。

トミーはわたしのユーモアにつきあおうとしない。彼の目に決然とした表情が浮かんでいるのに気づいて、わたしは少しどぎまぎする。

「きみがどちらの道を選ぼうと、おれはバックアップするよ、スモーキー。ただし、ひとつだけ条件がある」

「なに？」と訊いたものの、ほんとうはわかっていた。

「引きうけることにした場合は、みんなにぜんぶ話してくれ」

〝あなたはぜんぶがどういうことなのか知りもしないのに、トミー〟

わたしはそのことばを自分の胸にしまっておく。トミーは無茶なことをいっているわけではない。

「いいわよ」

彼は納得できないといいたげに首を振る。「口先だけじゃだめだ。約束してほしい。誓いを立ててくれ」

トミーはラテン系のマッチョな態度や決まり文句をことごとくばかにするのに、ここでまたもや意外な面をのぞかせる。〝誓いを立ててくれ〟とか。彼がこれほど真剣な顔をしていなければ、わたしはことばじりをとらえて茶化していただろう。

関係を生みだすのは愛だが、長つづきさせるのは妥協である。だれのことばだっけ？

わたしは腕を伸ばしてトミーの両手をつつみこむ。コーヒーカップをもっていたせいで、ふたりとも手があたたまっていた。

「約束する」

11

「彼女の指紋、登録されていたわよ、ハニー」

オフィスに入ってまっ先に耳に飛びこんできたことばだった。きょうは朝から調子がいい。仕事をてきぱきとこなせそうな気がする。わたしはカフェインをたっぷりとって、頭もすっきりしていた。

「話して」と、わたしはいう。

アランとは駐車場で会って、いっしょにエレベーターに乗ってきた。ジェームズとキャリーはわたしたちより先に出勤していた。アランがサーモスポットのふたをひねって開け、自分のマグにコーヒーをそそぐ。わたしはクリスマスにコーヒーミルをプレゼントした。そのとき、アランは勘弁してくれとばかりに目をぐるりとまわし、筋金入りの刑事はみんな安いドーナツとコンビニのコーヒーで育つものだと冗談をいったが、それからまもなく、サーモスポットをもってくるようになった。

「もうやみつきになってるんだ」あるとき、アランが打ちあけた。「挽《ひ》きたてのコーヒーを飲んでからというもの、ほかはどれもくそみたいな味がするようになったんだよ」

「名前はヘザー・ホリスター」と、キャリーがいう。

わたしは顔をしかめる。「なんとなく聞きおぼえがあるんだけど、なぜかしら？」

「それはね」と、キャリーがつづける。「ヘザー・ホリスターが殺人課の刑事だったからよ。しかも、ここロス市警の。八年前に忽然《こつぜん》と姿を消したのよ。遺体は発見されなかった」

「その事件ならおぼえてるよ」と、アランがうなずきながらいう。「八年も前のことだったのか？　驚いたな」

わたしもおぼえている。「あのときは大騒ぎになったわ。それも、捜査機関内にとどまらなかった。ヘザーは結婚していたはずよ。そうでしょ？」

「そうだ」ジェームズが話にくわわってきた。「夫はインターネット・サービス・プロバイダーにつとめていた。名前は」――メモをチェックする――「ダグラス・ホリスター。エイヴリーとディランという双子の息子がいる。当時、二歳だった」メモから顔をあげる。「いまは十歳になっている」

最後のひとことは必要のない情報だが、ジェームズが言及したわけはわかる。本人は必死に隠そうとしているが、彼もやはり人間なのだ。ヘザーという女性が八年にわたって囚《とら》われていたと聞いても、いまひとつぴんと来ない。子どもたちの年齢を例にとれば、どれほど長い年月なのかはっきりわかる。

ヘザーがつれさられたとき、エイヴリーとディランは二歳だった。どこにでもいる二歳児と同じように、三輪車に乗って遊んだり片ことでしゃべったり、反抗したり身ぶりで感情をあらわしたりしていたにちがいない。母親が姿を消したとき、ふたりは幼稚園に入るまでまだ三年あったはずだ。いまは五年生になろうとしているか、すでに進級している可能性もある。

わたしは懸命に意識を集中させる。「ヘザーが行方不明になったときの捜査については、どの程度わかっているの？」

「残念ながら、あまりわからないのよ」と、キャリーがいう。「もちろん、ＦＢＩも捜査に協力したわ。でも、ロス市警主導で進められたの」

無理もない。ヘザーはロス市警の刑事だったのだ。市警が捜査の主導権をほかに譲るわけがない。

「ヘザーの状態についてはなにか聞いている？」と、わたしは訊く。

「うちから病院に電話してみた」と、アランがいう。「いまはすっかりおとなしくなって、鎮静剤はもう投与されていない。まだひとことも口をきいていないそうだ」

わたしは親指の爪を噛む。喫煙のかわりに身についてしまった悪い癖だ。取引としてはそんなに悪くない。

「キャリー、ジェームズ、あなたたちは八年前の事件のファイルをひとつ残らずもらってきて。なにを訊かれようと、わたしたちがファイルを求めている理由はぜったいに教えないように。彼女のことは家族にも知らせないで」

「どうして？」と、キャリーがたずねる。

「というのは」ジェームズはすでにわたしの考えについてきている。「彼女を知っていた人物が、あるいは彼女を知っていた人物と何者かが共謀して、犯行におよんだ可能性がきわめて高いからだ」

「納得」と、キャリー。「あなたとアランはどうするつもり？」

「わたしたちは病院に行って、ヘザー・ホリスターに会ってくる。自分の名前がわかれば、なにか思い出してくれるかもしれないわ。いまのところ、ヘザー自身がいちばん有力な目撃者なんだから」

ジェームズが立ちあがってドアにむかう。

「ちょっと待って！」と、キャリーが声を張りあげる。

全員が動きをとめる。

キャリーが茶目っ気たっぷりに笑ってみせる。「ねえ、わたしの新婚初夜がどうだったか、だれも訊いてくれないの？」

ジェームズが苦りきった顔をする。「時間の無駄だ」

「準備はいい？」と、わたしはアランに訊く。

彼は残っていたコーヒーを飲みほすと、天に目をむける。大急ぎで感謝の祈りをささげたのだろう。サーモスポットのふたを閉めて腰をあげる。「いいよ」

キャリーは口をとがらせている。わたしは彼女の頰を軽くたたく。「だれも訊かないわよ。だって、どうだったかみんな知っているんだもの」

キャリーは一度だけ洟をすするが、気を取りなおしたらしく、ジェームズのあとにつづいてオフィスをあとにした。


わたしはアランといっしょに車で病院にむかっていた。ふたりともそれぞれの考えにふけっている。

ヘザー・ホリスターが監禁されていた期間はほぼ正確にわかっている。八年。気が遠くなるほど長い。想像を絶する。この八年のあいだに自分の身のまわりで起こった変化を頭に浮かべると、度肝《どぎも》を抜かれる。ヘザーはなにも知らないまますごしてきた。

どこかの墓地に遺体のない棺が埋められているのだろう。家族や友だち、職場の同僚が持ちよった思い出の品がつめこまれているにちがいない。ひょっとすると、墓石もあるかもしれない。どんなことばが刻まれているのだろう？〈ヘザー・ホリスター、最愛の妻にして最愛の母〉？〈最愛の母にして最愛の妻〉？どちらが先に来るのか――戦いは永遠につづく。

「あんたが話す？おれが話そうか？」と、アランがたずねる。

「彼女がどちらの呼びかけに反応するか見て決めるわ。反応すればの話だけど」

アランが同意してうなずく。

八年。あの傷痕もそれで説明がつく。医師の話によると、ヘザーは日光のあたらない場所に閉じこめられていたという。そのあいだじゅう暗がりに監禁されていたという意味だろうか？　考えただけで戦慄《せんりつ》が走る。

わたしなら、どうやってしのぐだろうか？　手かせ足かせをはめられ、暗がりに八年間も閉じこめられたら？

「ぜったい無理」思わずつぶやいてから、声に出していったことに気づく。

「なに？」と、アランが訊く。

「陽射しの入らないところに八年間も監禁された場合、自分ならどうやってしのぐだろうかって考えていたのよ」

「そうだな」

太陽はほの白く、ヘザー・ホリスターの石膏《せっこう》のような肌を思い出す。わたしは話題を変えることにした。「例のストライクチームの件だけど、あれからまた考えてみた？」と、アランにたずねる。

「当然だよ。エレイナにも話した」

「それで？」

「エレイナも同じことをいってたよ。始動するときはあんたについていく。むろん、あんたがやると決めた場合だがね。そのあとは、ようすを見させてもらう。約束はできない」

「ありがとう、アラン」わたしは本気で礼をいう。

彼が横目でわたしを見る。「あんたは？　決心はついたのかい？」

「まだ決めていないの。正式にはね」

わたしの返事を聞いて、アランがにっこりする。「つまり、引きうけることにしたっていう意味だろ？」

「たぶん、そうなると思う」

「あんたがそういうのなら、きっとそうなんだろうな」

わたしはアランにむかって舌をつきだす。「おかしいのはわかっているんだけど、ＦＢＩにいた最初の女性たちのことを考えずにいられないのよ」

「ダックスタインとデイヴィッドソンか」

わたしは目をまるくする。「知ってるの？」

アランはわざと傷ついたような顔をする。「おいおい、おれは知識が豊富なんだぜ」

「それに、レノア・ヒューストン」

「うん」

アラスカ・デイヴィッドソン、ジェシー・ダックスタイン、レノア・ヒューストンの三人は、ＦＢＩが連邦捜査局として知られる前の〝捜査局〟につとめていた。ジョン・エドガー・フーヴァーが長官に就任したのは一九二四年。一九二八年にはフーヴァーの命令で三人ともやめていた。以来、フーヴァーが死去する一九七二年まで、女性捜査官はひとりもいなかった。いまは状況が一変している。ＦＢＩには二千人を超す女性が勤務しており、性《ジェンダー》の境界線もあまり明確になっていない。この仕事では、成果がなによりものをいう。

「三人の女性について読んで、むしょうに腹が立ったのをおぼえているわ」

「腹が立って当然だよ。彼女たちは黒人の男よりひどい扱いをうけていたんだよな。それって、ただごとじゃない。数は少なかったが、一九二〇から四〇年代には、アフリカ系アメリカ人の捜査官たちでさえも捜査にくわわっていたんだ」

「それがいまでは、民主党の指名を女性と争ったアフリカ系アメリカ人が大統領になっている」わたしはつくづく考える。「時代ってどんどん変わっていくのね。女性が注目を集めたり活躍したりするたびに、なんとなく誇らしい気分になるの。わかってもらえないかもしれないけど」

「わかるさ。おれも仲間の武勲《ぶくん》を思うことがある。さあ、ついたよ」アランはそういうと、ハンドルを切って病院の駐車場に乗り入れた。

〝仲間の武勲を思う〟か。秀逸なことばだ。

わたしは頭のなかから雑念を追いはらい、ヘザー・ホリスターの問題に意識を集中させる。話をするように彼女を説得しなければならない。

わたしたちはヘザーの病室に入り、ベッドのそばにすわっていた。アランよりもわたしのほうが少しだけ近くにいる。犯人は男性である可能性が高い。だとしたら、ヘザーにとっては女性のほうが安心できるだろう。

ヘザーは目を開けているが、じっさいになにかが見えているかどうかはわからない。視線をそわそわと絶えまなく動かしており、わたしの顔にむけたかと思えば、頭上の蛍光灯から、左側にある格子のついた窓へと移していく。その窓からは陽光が入ってくる。目をむける回数がいちばん多いのは窓の外だった。

「ヘザー?」と、わたしは呼びかける。「ヘザー・ホリスター?」

彼女はわたしに一瞥《いちべつ》を投げただけで、返事もしなければ、気づいているようすも見せない。肌はいぜんとして幽霊のように青白い。ミルクみたいになめらかな白さではない——傷痕が無数についている。剃られた頭や腕にも新しいかさぶたができている。これもじきに癒え、それぞれがまたべつの傷痕になるのだろう。

見ていると、ヘザーが下唇に歯を立てはじめ、強く噛んで血が流れだす。びくっとして噛むのをやめる。少しして、また噛みはじめる。口を開けたまま息をしている——浅い呼吸をすばやくくりかえす。少しして、また噛みはじめる。彼女が呼吸しているのを見ているうちに、ショッピングモールの車のなかにいた猫のことを思い出した。七月で、その年の夏はうだるような暑さがつづいており、車は熱していた。猫は犬みたいにあえいで目を剝《む》いていた。簡単に解決できる問題だった。わたしは車の窓をたたき割って猫を外に出した。自分はＦＢＩの人間だと書いたメモを残し、そこに名前と携帯電話の番号と窓をたたき割った理由を記した。さらに、あずかった動物を殺さない保護団体に猫をつれていくことと、その団体の連絡先を書きそえた。車の所有者は、わたしのところにも動物保護団体にも連絡を寄こさなかった。猫は里親に引きとられた。

　ここにはこわせる窓はないし、彼女は猫ではない。

「ヘザー？」もう一度呼びかけてみる。

　彼女が大声で笑いだす。耳ざわりな笑い声で、人間のことばをしゃべろうとするロバの鳴き声に似ている。わたしは唐突な反応に驚いてのけぞる。ヘザーは笑いだしたときと同様にいきなり黙りこむと、またしても視線をさまよわせる。右手を左腕にあて、皮膚を引っかきはじめる。

「だめよ、ヘザー。そんなことしちゃだめ」わたしはできるだけおだやかな声で、なだめるように話しかける。彼女の手をつかみ、腕から引き離そうとする。

「やめて――――！」ヘザーが叫び声をあげ、身をそらしてわたしから離れる。口を軽く開けて顎をつきだす。反抗的な感情を身ぶりで示しているらしい。原始人のような顔をしている。わたしは手を引っこめる。

「ごめんなさい」と、わたしはあやまる。

　ヘザーはまた皮膚を引っかきはじめる。視線がふたたびさまよいだす。

「まだ無理だな」と、アランがいう。

　勘ちがいであってほしいと思うが、アランの考えが正しいのはわかっている。心のどこか――自分本位で意地悪な部分――では、ヘザーの肩をつかんで揺すぶり、早く目をさませといってやりたいと思っている。けれども、そんな考えはすぐに消えうせる。

わたしはバッグに手をつっこんで名刺を取りだす。ヘザーに見せる。「わたしの名刺よ、ヘザー。名前と連絡先が書いてある。わたしはＦＢＩの捜査官で、あなたにこんなことをした犯人を見つけだしたいの。話す気になったら、わたしを呼んで」立ちあがり、枕もとのテーブルにあるやけに大きな電気スタンドの下に名刺をおく。「行こう」と、アランにいう。ヘザーはわたしたちが病室をあとにしたことにも気づいていないと思う。

「ドクターはどう思います？」と、わたしはたずねた。

ドクター・ミルズは良識のある人のようだった。年のころは三十代半ばから四十手前だろうか、早くも禿《は》げかかっていて、おそらく年じゅう疲れきった顔をしているものと思われるが、そこには偽りのない気づかいが浮かんでいる。わたしはその手のことに敏感なほうなのだ。

「いろんなビタミンやカルシウムの欠乏症がみられますね。いまはその治療に取りかかっています。あと、体重も増やさなければならない。その二点を除けば、身体的に重大な問題はありません。近いうちに回復するでしょう」といってため息をつく。「精神的な問題となると、それはまたべつの話になる。精神科医に診察を頼んだところ、午後から診てもらえることになりました。彼女は精神を病んでいる。しばらくのあいだはいまの病室にいてもらってもかまいませんが、投薬と精神科医の治療が必要でしょうね」

「皮膚を引っかいたりするのはどうなんですか？」と、わたしは質問する。「唇を噛むのはどうですか？」

「じつをいうと、わたしはあのおかげで希望をもっているんですよ」

アランが不思議そうな顔をする。「どういうことですか？」

「ヘザーは表面的な自傷行為だけでやめるんです。この病院には、自分の鼻を切り落とした人もやってくるんですよ。わたしが担当した患者のひとりは、自分はゴッホの生まれ変わりだといっていました。だから植木ばさみで両耳を切り落とし、意中の人に送りつけたんだそうです。ヘザーの場合はやめるべきタイミングを知っている。好ましい兆候なんですよ」

「変化があったら知らせてもらえます？　枕もとのテーブルに名刺をおいてきました」

「もちろん、連絡します。それと、かかりつけの医師がいたかどうか調べてください。むかしのカルテが手に入ると助かります」

その場を離れようとして歩きだすと、アランが立ちどまってむきなおる。「耳を両方とも？　ゴッホが切り落としたのは片方だけだと思ってた」

ドクター・ミルズが肩をすくめる。疲れきった仕草で、疲れきった顔に似つかわしい。

「前世では片方しか切らなくてうまくいかなかった。だから、今回は両方とも切り落としたんだといっていました」

高速道路に乗ろうとしていると、キャリーから電話がかかってきた。わたしは彼女の話を聞きながら窓の外に目をやり、焼けこげた草や枯れ木におおわれた丘陵をながめていた。ここ数年、南カリフォルニアでは大規模な山火事がたびたび発生していた。

「ヘザー・ホリスターが刑事時代に組んでいた相棒は、去年、心臓発作で死亡しているの」と、キャリーがいう。「でも、事件ファイルは手に入れたわ」

「警察にはどう説明したの？」

「プロファイリングという科学は絶えず進化しているから、見逃していたものが見つかることを期待して、あらたな視点からむかしの事件を調べているって」

「いまどこにいるの？」

「あと二十分くらいでオフィスにつくわ」

わたしは出口標識をチェックして現在地を確認する。「それじゃ、三十分後にオフィスで」電話を切る。「事件ファイルが手に入ったそうよ」と、アランに伝える。

彼がうなずく。「ありがたい。骨組みに肉づけしていこう。このままだと、空気にかぶりついている犬みたいな気分だ」

12

キャリーが事件ファイルをかかえて自分のデスクについた。アランはコーヒーをゆっくり味わっており、ジェームズはデスクに腕をのせ、小学生みたいに両手を組みあわせてすわっている。わたしはマーカーを手にしてホワイトボードの前に立っていた。

これはチームの手順のひとつで、わたしたちがはじめて扱った事件の捜査初日からはじまった。どういうわけか、わたしはその日のことを思い出した。まだ三十歳にもなっていないころで、自信がなく、緊張していた。ＦＢＩに入ってからは何年もたっていて、責任のある仕事をまかされるようになっていたが、これは異例の大躍進だった。人の生と死に責任をもち、ロサンゼルスでそのふたつに執着するモンスターたちをつかまえるチームのリーダーになったのだ。心細くておびえていた。

わたしは気負っていて、オーダーメイドの高価な紺色のビジネススーツを着ていった。以来、そのスーツは一度も着ていない。わたしはジェームズに痛烈ないやみをいわれてショックをうけていた。アランは巨大で威圧感があるうえに、自分よりもはるかに経験の乏しい捜査官の指図をうけたりしていいものかと考え、わたしを値踏みしていたせいで、まだ友好的ではなかった。キャリーは……なんていうか、キャリーだった。おしゃべりで、わたしなんか足もとにもおよばないほどきれいだった。チームとしては、ティーンエイジャーが生まれてはじめてマニュアル車を運転しようとしてギアをぎくしゃく切りかえるように、のろのろとたどたどしく発進した。時間はかかったが、チームは徐々に自分たちのリズムをつかんでいった。そして、ホワイトボードはそれぞれの考えを共有する場になった。

「それじゃ、最初からはじめるわね」と、わたしはいう。「ヘザーについて話して。どんな刑事だったの？」

このように事件を写実的に描きだしていくと、全体像がつかみやすくなる。オフィスに入ってきて、チーム全員が腰をおろし、宗教画を見るような目つきでホワイトボードを凝視している場面に出くわすことは、さほどめずらしくはない。

「〝ヘザー・ホリスター〟」と、キャリーが読みあげる。「〝犯罪学の学位を取得したのち、警察学校に入学。二十三歳の誕生日の一週間後に卒業〟」

「犯罪学を勉強するなんて、先ざきのことまで考えていたんだろうな」と、アランがいう。「刑事に志願するさいに役に立つ。賢いな」

「あるいは、取りつかれていたか」と、わたしはいう。「高校生のときから刑事になろうと心に決めていたはずよ。よっぽど公徳心が強かったとか？」キャリーのほうをむく。「ファイルにはなにか書いてない？」

キャリーがヘザーの人事ファイルをぱらぱらめくる。うなずく。「精神鑑定でわかったことが書いてあるわ。父親よ。ハリウッドで小さなタイヤ店を経営していた。ヘザーが十二歳のとき、強盗事件に巻きこまれて殺害されている」そこでため息をつく。「あらあら。収入が途絶えて生活に困ると、母親はその悩みを解決すべく再婚。その相手が暴力をふるう男で、毎日のように妻を――ちなみに、母親の名前はマーガレットよ――なぐっていたんだけど、それもヘザーが十六になるときまでだった。ヘザーは冷静な子で、継父が母親をぶちのめしているところを撮影し、実父の事件を捜査していた刑事のところに、そのビデオテープをもっていったの」キャリーは間をおき、その先に目を通す。

「それで？」ジェームズがじれったそうに訊く。

「ちょっと待ってよ。ここから話がややこしくなっていくの。どうやら……入手方法がまずかったせいで、ビデオは法廷で証拠として認められず……そのうえ、マーガレットは加害者に対して不利な証言をしようとしなくて……」キャリーは眉根を寄せたものの、もう少し先まで読むと、けげんな表情が消える。「なるほどね。鑑定医の説明があるわ。会話の一部をまとめたものよ」

「それで、継父はその後どうしたんですか？」「いなくなりました」「死亡したんですか？」（被験者はここでほほえむ）「いいえ、バーンズ刑事が話をしてくれて、それ以来、あの男はわたしたちに干渉しなくなったんです」

キャリーはにこにこしてファイルから目をあげる。

「行間は読めるよ」と、アランがいう。「バーンズ刑事は、たぶん仲間を引きつれて継父に会いにいき、ついでにぶんなぐったり、とっとと消えうせないと生き地獄を見せてやると脅したりした。厳しい実社会の裁きというやつだ」

わたしはホワイトボードにふたつのことを書きだす。〈父親が殺害されたために、ヘザーは刑事になった〉。つぎに、〈バーンズ刑事との結びつき〉。

「バーンズに連絡をとらないと」と、わたしはいう。「バーンズは母娘を、とくにヘザーのことを心配していた。なにか知っているはずよ」ふと、べつのことが頭に浮かぶ。「継父がヘザーにも暴力をふるっていたかどうか、鑑定医は彼女に質問したの?」

キャリーはそのページに指をあて、鑑定医の説明を走り読みしていく。指がとまる。「質問している。ヘザーは暴力をふるわれていないと答えているわ。自分は見むきもされなかったって。彼はありったけの〝愛〟をママにそそいでいたのね」

「運がいい」と、ジェームズがいう。「統計的に見れば、ヘザーは性的に虐待される危険性がおおいにあったはずだ」

さまざまな議論や偏見はさておき、継子は実子よりも虐待の被害者になる可能性が高い。〝シンデレラ・エフェクト〟と呼ばれており、異論があるとはいえ、わたしはそれが証明されるのをこの目で見てきた。幼児たちは命を落とすほど過激な身体的虐待をうける可能性が高いが、年長児たちは性的虐待の標的になることが多い。

「父親を殺した犯人はつかまったのか？」と、アランがたずねる。

キャリーがページをめくってファイルの前のほうにもどる。「つかまっていないわ」

「それで？」と、わたしは訊く。「鑑定医はその点を取りあげたの？」

「そうよ。とても懸念していた」キャリーがページをめくっていく。もう一ページ、さらに一ページ。「そうとう時間をかけて検討しているわ」

「結論は？」

「父親が殺され、それがきっかけになって、ヘザーが警察官になる決心をしたのはたしかだけど、彼女は取りつかれていたわけじゃないという結論を出している。お決まりのたわごとを並べたてて、ヘザーにとって、警察という組織がいつしか父親的存在になったんだろうって説明しているわ。母権制に――ママに――裏切られたものだから、ヘザーは警察のような父権社会の一員になった」

「ある程度はあたっていると思う」と、ジェームズがいう。

「彼女は駆りたてられていた」と、わたしはいう。「でも、取りつかれていたわけじゃない。なにを手に入れようと駆りたてられていたの？」

ジェームズがその問いについて考える。「能力とか」と、答える。「警察官として有能だということは、きわめて重要になるだろう。彼女は被害者たちに感情移入する。だから、手抜き仕事をすごく嫌っていたんじゃないかな」

「不公平感が高まっていたはずよ」わたしは手がかりの細い糸をとらえていう。「弱い者が貧乏くじを引く。たしかに、考えてみると、彼女はある程度取りつかれていたとしか思えないわね。父親の事件だけじゃなくて、どんな事件にも注意を引きつけられたのかもしれない。未解決事件があれば、彼女の心に重くのしかかる。事件ファイルを自宅に持ち帰るタイプの刑事だったはずよ」

「どれも彼女の経歴から裏づけられるわ」と、キャリーがいう。「ヘザーは警察に入ると、新人警察官に義務づけられている四年のパトロール勤務につき、きわめて優秀な成績をおさめている。何度も褒賞《ほうしょう》され、その大半は本人が求めたわけではないのに市民から嘆願されてあたえられたものだった。当時の彼女に文句をつけたのは、ほかの警察官だけ」

「刑事たちだろ？」と、アランが訊く。

キャリーが驚いて彼を見あげる。「そうよ。どうしてわかったの？」

「彼女がどんな警察官だったか想像がつくからさ。パトロール警官っていうのは、たいがい最初に現場に駆けつける。彼らはあらゆる事案を扱い、それぞれの専門の捜査班に引きわたす。パトロール警官は退屈で骨の折れる仕事をこなすだけで、捜査そのものにはくわわらない」アランは肩をすくめる。「ヘザー・ホリスターは闘犬みたいに負けん気の強い警察官だった。いったん食いついたら、ぜったいに放さない。事件を捜査する刑事たちの仕事ぶりを見て手ぬるいと感じ、やいのやいのと催促する。頼まれてもいないのに、歩きまわって聞き込みをしたり、あらたな証拠を見つけだしたりしてくることもあったんじゃないかな。そんな熱意や努力を評価する刑事もいる。大切なのは、事件を解決し、被害者を助けることなんだから、べつに問題ないじゃないか」といってから、苦々しげに顔をゆがめる。「だが、なかには排他的なばか刑事たちもいてね。連中は縄張りや階級にこだわって、パトロール警官が出すぎたまねをすると、たとえ好ましい結果をもたらしたとしても、評価するどころか腹を立てるんだよ」そこでにやりと笑う。「そういう輩《やから》にかぎって、出世して警察本部長になるんだがね」

「四年間のパトロール勤務を終えてからは？」と、わたしはたずねる。

「昇任して刑事になった。少年犯罪取締班に配属されて、二年近く勤務。そのあとは風紀犯罪取締班に入っている」

「母親から売春婦へ」と、アランがいう。「おれがロス市警にいたころとちっとも変わっていないことがあるとは、なんともうれしいね」

「どういう意味？」と、わたしは訊く。

「ヘザーが少年犯罪取締班に配属されたのは、女性だからなんだ。母性本能があるといった理由で、女性のほうが子どもたちと心を通わせやすいと考えられているんだよ。彼女がそのあと配属された風紀犯罪取締班は、出世のチャンスをつかむにはもってこいの部署だが、最初からうまみのある仕事をさせてもらえたわけじゃないのはたしかだ。ミニスカートにサイハイブーツをはかされて街角に立ち、客をつかまえさせられたにきまってる」

「そのとおりよ」と、キャリーがいう。「でも、だからといって、われらが闘犬はひるまなかった。一年のあいだに売春婦たちと関係を築いていったの。そして、その関係を利用して人身売買組織を摘発し、かなりの功績をあげたのよ。それで注目を集め、どういうわけか殺人課の刑事に抜擢《ばってき》された」

「バーンズ」と、アランがいう。

「刑事の?」と、わたしは訊く。

アランがうなずく。「バーンズが彼女を殺人課に引っぱったにちがいない。ヘザーに才覚があったのはわかっているが、たいていはそれだけじゃ殺人課の刑事にはなれない。あと押ししてくれる人が必要なんだ。口添えをしてくれる人物が。バーンズだよ。賭けてもいい」

「まあ、それはさておき」と、キャリーがさらにつづける。「ヘザーは殺人課で本領を発揮した。事件解決率がきわめて高かったのよ」感心して目をみはる。「ほんとにすばらしい。実績をあげ、六年たらずで二級刑事に昇任しているわ」ファイルから顔をあげる。「行方不明になる直前よ」

「ヘザーは何歳なの?」わたしは質問すると同時に、どうしてもっと早く訊かなかったんだろうと思う。

キャリーがファイルを調べる。「四十四になったばかり」

「行方不明になったのは八年前だ」と、ジェームズがいう。「拉致されたのは三十六のとき。息子たちが二歳だったということは、三十四歳で産んだわけだ」

「そんなに高齢でもないわ」と、わたしはいう。

「わかってる」と、ジェームズも認める。「けど、仕事を優先していたという姿勢と合致する。殺人課で四年近く仕事をしてから子どもを産んだ。地歩をかためてから出産したんだよ」

「結婚について教えて」と、わたしはいう。

キャリーがふたたびファイルに目を落とす。「夫はダグラス・ホリスター。全国的なインターネット・サービス・プロバイダーのシステム管理者で、年はヘザーよりひとつ上。ふたりが出会ったのは彼女が二十六歳で、まだ制服警官だったときよ。ダグラスの車が盗まれて、ヘザーが盗難届を受理したの。ふたりはその二年後に結婚している」

「ヘザーが行方不明になった事件で、夫は取り調べをうけたんだろうね?」と、ジェームズがたずねる。「当然、調べられているはずだけど」

だれかが犯罪に巻きこまれた場合は、まっ先に家族が調べられる。悲しむべきことだが、事実なのだ。

キャリーはヘザーの人事ファイルをおいて、五つある大きなフォルダーのひとつを手にとる。

「それ、ぜんぶ事件ファイルかい?」と、アランが訊く。

「そうよ」

アランが口笛を吹く。「市警の連中は全力で捜査にあたったようだな」

キャリーがファイルを開き、ページをめくっていく。なにかを見つけて手をとめる。「捜査を担当していたのは、ほかでもないダリル・バーンズ刑事よ」びっくりしてことばを切る。「あらあら。捜査を担当していたのは……」キャリーはその先を読んでいく。「どうやら、バーンズはヘザーの夫に的をしぼっていたようね。夫のダグラスがある時点で苦情を申し立てているわ」

「バーンズはどうして夫に目をつけていたんだい？」と、アランが訊く。「わかりきった理由はべつとして」

「家庭内で問題があったみたい。ダグラスは最初の事情聴取で、結婚生活はうまくいっていて、問題なんかいっさいなかったといっていた。けど、うそだったの。バーンズはダグラスが離婚弁護士に相談していて、ヘザーが私立探偵を雇っていたことをつきとめたのよ」

「探偵はなにか証拠をつかんだのかい？」と、アランがたずねる。

キャリーがファイルからレターサイズのマニラ封筒を抜きとって開く。中身を取りだし、デスクに並べる。全員が近づいてデスクを取りかこむ。六つ切りサイズの白黒写真で、ぜんぶで五枚ある。女性とつれだってホテルに入っていく男性が写っていた。男はネクタイを締めており、ホテルに入っていくときは、あたりのようすをこっそりうかがうような顔つきをしている。ホテルから出てくるときは、女性とふたりで笑っていて、ネクタイはジャケットのサイドポケットにつめこまれている。

「ダグラス・ホリスターでしょうね」と、キャリーがつぶやく。

わたしは彼が正面から撮られている写真の一枚を手にとってじっくり見る。目立たないが、そこそこととのった顔立ちをしている。髪は短く、スーツが体にぴったり合っていることから、ジムに通っているのがわかる。明るく、おだやかな笑みをたたえている。まじめで信頼できる男性特有の笑みで、女性に好まれる。

女性のほうも、息をのむほどではないが、なかなかの美人といっていい。年齢はダグラス・ホリスターと同じくらいだろう。腰まわりに少しぜい肉がついているし、十年ほど前にはやったヘアスタイルをしている。笑っているダグラスを見あげている。

「彼に首ったけっていう感じね」と、わたしはいう。ジェームズに写真を見せる。彼がうなずく。

「本気で愛しているのよ。遊びじゃないわ」写真を見てから、キャリーがいう。「この女性は若くもないし、セクシーでもない。まちがいなく主婦よ。学生じゃないわ」

写真を裏がえしてみると、日付印が入っている。「ヘザーが拉致されたのはいつ？」

「四月二十日よ」と、キャリーが答える。

「この写真が撮られた一カ月後か」と、わたしはいう。「バーンズが疑いの目をむけるのも無理はないわね」

わたしはホワイトボードに歩みよって書きだす。〈夫／浮気、拉致の一カ月前に探偵が写真を撮影〉。さらに、〈夫は離婚を検討、弁護士に相談〉。

「夫に会いにいったほうがよさそうね。つぎは、ヘザーが拉致されたときの状況について聞かせて」

「〝被害者の車は午後十一時五十三分にジムの駐車場で発見された。車のキーはドアに近い舗道に落ちていた。もみあった形跡はない。目撃者なし〟」

「キーを手にして、車に乗りこもうとしているときに拉致された」と、ジェームズがいう。

「彼女は不意をつかれたわけだ」

「ヘザーはそこでなにをしていたの？」と、わたしはキャリーにたずねる。

「週に一度、カーディオ・キックボクシングのクラスに通っていたの。有酸素運動の一種よ」

「クラスが終わったのは何時？　書いてある？」

「あたりまえでしょ、ハニー。警察はあなたと同じことを考えて、同じ道をたどっていったのよ。クラスは七時にはじまって八時に終わった。ジムから自宅まではたったの十分で、夫の話によると、ヘザーはいつもまっすぐ帰ってきたそうよ。その日は携帯に電話しても出なくて、十一時になっても帰ってこないとわかると、夫はヘザーの相棒に電話をかけた」

わたしはけげんな顔をする。「三時間も？　どうして三時間も待ったの？」といって間をおく。「ああ、そうか。妻は警察官なんだし、それほど心配していなかったとかって、夫はそんな感じのことをいったのね」

「あたり」と、キャリーがいう。

「車は駐車場のどこにとめてあったの？」と、わたしは訊く。

「書いてないわ」

「なにかに気づいた人はいないの？」

「ひとりもいない。筋肉痛がひどくて、それどころじゃなかったのかも」

わたしは首を振る。拉致することに慣れていて自信にあふれていたはずよ。自信過剰ともいえるし、無謀なのはたしかね。クラスが終わってまもなく、明るく照らされていた駐車場で犯行におよんだのよ。大胆不敵としかいいようがないわ」

「明るく照らされていたっていう部分は削除して」と、キャリーがいう。「ヘザーが駐車していたスペースに近い照明は、三つとも消えていたって書いてある。巧みにこわされていたそうよ」

わたしはアランのほうをむく。「ヘザーは刑事だった。彼女はどう考え、犯人はそれをどう利用する？」

アランはそれについて考える。「むずかしいな。彼女は殺人課の刑事だったから、犯人とともに車に乗りこむと同時に、命が助かる見込みは低くなったと考えるはずだ。おれが犯人だったら……彼女の背中に銃をつきつけて、声を出したら撃つと脅すだろうな。刑事というのは、銃をもったやつの命令にはしたがわないといけないっていうことを、だれよりもよく知っているんだ。素直にいうことを聞いて、相手が油断するのを待つんだよ」

「犯人はヘザーの生活について調べていたか、夫からくわしい情報を聞いていたんだと思う」と、ジェームズがいう。「そういった情報を利用して彼女を拉致したのかもしれない。

〝仲間がおまえの自宅に行って夫と子どもたちをとらえている。いっしょに来ないと、家族を殺す〟といって。当て推量にすぎないが、要するに、方法はいくらでもあるということだよ」

「だとしても、やっぱり大胆不敵だわ」と、わたしはいう。

「そうだともいえるし、そうではないともいえる」と、ジェームズが応じる。「四月の日没は、七時十五分から七時三十分のあいだといったところだ。あたりは暗かった——照明がこわされていたんだから。クラスを終えてジムから出てくる女性たちは疲れきっていて、とにかく無事に自分の車まで行って帰宅したいと考えていたはずだ。日が暮れてからのスーパーマーケットやショッピングセンターの駐車場で、どれだけレイプ事件が発生していると思う?」

「無数よ」と、わたしはいう。

「女性たちは自分のことに注意を払うだけで精いっぱいで、脇目も振らずに自分の車にむかう。犯人はヘザーに近づいていって背中に銃をつきつけ、声をひそめながらも有無をいわせぬ調子で、自分の車に乗れと脅す。さりげなくふるまって、声はぜったいに出すなと指図したんだろう」ジェームズはそこで肩をすくめる。「たしかに大胆不敵だけど、自信満々で危険をものともしないやつだとしたら、きわめてリスクの高いやり方とはいいがたい」

「その線で考えると、ヘザーはわざとキーを落としたんでしょうね」と、わたしはいう。

「自分の車が発見され、そばにキーが落ちていれば、拉致されたとはっきりわかるから」

わたしはホワイトボードに情報を書きくわえる。「そのあとはどうなったの？」と、キャリーに質問する。

「残念ながら、あまりわかっていないわ。ヘザーはまさに煙と消えたかのようだった」キャリーはページを一枚めくる。「捜査を担当した刑事は、無差別拉致事件という考えは早い段階に捨てたみたい」

「どうして？」と、わたしは訊く。

「よくわからないけど——」キャリーは手を振って山積みのフォルダーを示す。「なにしろ、読まなければならないファイルがこんなにあるから。とにかく、警察は夫のダグラスを厳しく追及したようね。でも、彼がからんでいることを裏づける証拠はいっさい出てこなかった。彼の銀行口座をぜんぶ調べたけれど、振り込みも送金もなし。職場と自宅のデスクトップパソコンやノートパソコンからも、なにも見つからなかった。ふたりには多額の生命保険がかけられていたけど、保険に加入したのは何年も前よ」

「ヘザーはどこかの時点で死亡したことになっていたのか？」と、ジェームズが訊く。

キャリーがフォルダーのページをめくっていく。一冊めと二冊めには、それに関連した情報はないらしい。三冊めの最後のほうで手をとめる。「書きこみがあるわ。ほかより新しくて、一年前の書きこみよ。夫はヘザーの失跡から七年後に死亡届を出している。あらら、聞いて。彼は二カ月前に保険金を手に入れているわ。七十万ドル以上よ」

「保険金を手に入れ、その後まもなく彼女があらわれたわけ？」と、わたしはいう。「偶然にしてはできすぎている」

もちろん、偶然なんかではない。わたしはホワイトボードに近づいて書きだす。〈妻は監禁され、夫に保険金が支払われたのち、姿をあらわす〉。丸でかこむ。二重に。

「夫は再婚したの？」と、わたしは質問する。

「いうまでもないわ」キャリーが悪そうな笑みを浮かべていう。「お相手はうわさのホテル同行写真の彼女よ。ヘザーが行方不明になってから三年後に結婚してる」

〈夫は愛人と結婚〉とホワイトボードに記し、つづいて〈辛抱強い〉と、大きな文字で書く。こんども二重丸でかこむ。

「やったのは夫ね」と、わたしはいう。「あるいは、実行犯と共謀したか」

「同感」と、アランがいう。

〈手順にしたがうこと〉。メモにはそう書いてあった。筋が通ってきた。

「ジェームズ、キャリー、あなたたちはこのファイルを徹底的に調べて。くわしい時系列表を作成し、必要な情報をまとめてデータベースをつくってもらいたいの。あらたな令状をとる根拠となるものを手に入れたいのよ」

「ボラボラ島よりずっと楽しそう」と、キャリーが皮肉をこめてつぶやく。

「アラン、ふたりでダグラス・ホリスターに会いにいこう。なんとなくだけど、ヘザーがあらわれたのは、彼にとっては想定外だったような気がするの。ヘザーのことを伝えて虚をついて、ダグラスがどれくらいうろたえるか見てみましょうよ」

「名案だ」

携帯電話が鳴る。「バレットです」

「スモーキー」ジョーンズ支局長だ。「わたしのオフィスに来てくれ。いますぐ」

「了解」わたしは電話を切る。「ところで、ストライクチームのことだけど、返事ができる人はいる？　アラン、あなたとはもう話がすんでいるわね。ジェームズはどう？」

彼がわたしをにらみつける。「ゆうべはなにも聞いていなかったのか？　ぼくはもう返事をしたはずだ。構想として理にかなっていると思う。だから、あんたがどんな決断をしようと、文句はない」そういうなり、読みはじめていたファイルに目をもどす。

わたしはジェームズにむかって両手を差しだし、首を絞める仕草をする。「キャリーは？」

「うちの人に相談してみたの。取りあえず彼のご機嫌をとろうと思って、わたしの――」

「おい！」と、アランが注意する。

「手料理をふるまったのよ」キャリーはそういってアランに流し目を送る。「あら、なんていうと思ったの？　いずれにしても、ふたりとも同じ考えだったわ。最初のうちはわたしもついていく。クワンティコに移ることになったら、そのときはあらためて考えさせて」首をかしげ、問うような顔をしてわたしをじろじろ見る。「あなたはどうすることにしたの？」

「まだ決めていないのよ。とにかく、お礼をいわせて。みんな、ありがとう」

「これじゃ、あとはあなたにまかせるから、ひとりで思い悩みなさいっていっているようなものね」と、キャリーがいう。「そうじゃないのはわかってるはずよ」

「まあね。とにかくありがとう」わたしはむきなおってドアにむかう。

「手料理だって?」アランの声が聞こえる。「うそつけ」

「じつをいうと」と、キャリーが満足げな声でいう。「うちの人にわたしを食べてもらったのよ、ハニー」

13

「かけてくれ」と、ジョーンズ支局長がいった。

支局長はすわっていた。わたしがはじめて会ったときからずっと使っている革張りの古ぼけた椅子だ。ジョーンズ支局長に合っている。目の前の上司をひとことで表現しろといわれたら、〝役馬《えきば》〟というだろう。仕事をするため、田畑を耕《たがや》すために生きている。栄誉のために働くわけではない。田畑がうまく耕されたときに味わえる喜びのために働いている。

「四十八時間いただけたものと思っていました」と、わたしは腰をおろしてからいう。

支局長は手をひと振りする。「きみと直接話したかったんだよ。長官のいないところでね。ともかく、あんなふうに不意打ちを食らわせたりしてすまない」

「支局長もわたしと同じくらい面食らっていたんじゃありませんか？」

ジョーンズ支局長がうなずく。「そうだ。長官は深刻そうな顔をして、アシスタントと呼んでいる例の死に神だけをともない、側近たちはひとりもつれずにやってきた」そこでいいよどむ。「この件についてては長官に圧力をかけておいたんだよ、スモーキー。誠実に対処してもらいたくて、長官のたんなる政治上の強圧行為にはしないでほしいといったんだ」

「それで？」

「長官という立場にいれば、どんなことでもある程度は政治的にならざるをえない。だが、長官の動機に関しては、本人のいったとおりだと確信している。長官はＮＣＡＶＣのネットワークをできるだけ守っていきたいんだ。長官のことばを額面《がくめん》どおりに受けとっても差しつかえないだろう」

「わかりました」

「とはいえ、きみを呼んだのは少しだけ手ほどきをしておきたかったからなんだ。ちょっとした授業だと思ってくれればいい。長官にもちかけられた仕事を引きうけることにした場合――わたしは引きうけるべきだと思っているが――きみは長官自身から直接指示をうけて動くことになる。それにはいい面もあれば、悪い面もあってね。さらに、用心しなければならないこともある」

「それじゃ、いい面から教えてください」

ジョーンズ支局長はにやりと笑う。わたしはかねてから、支局長の笑顔は最高に魅力的だと思っていた。にっこりするだけで、少なくとも十歳は若がえる。「まず、きみに逆らう者はひとりもいなくなるだろうな。それに、ＦＢＩが握っている情報は、どんなものでも入手できるようになる。長官はストライクチームの成功に特別な関心をもつはずだし、それが早いうちに知れわたるのはまちがいない。きみは丁重な扱いをうけ、予算も増えると思っていいだろう」

「ここまではまずまずですね」

「きみの地位は総じて高くなる。つまり、いろんな意味で有利になるわけだ。権力は権力にほかならない。そこから悪い面へとつながっていく」

「いいことずくめで気分よく聞いていたんですけど、いいでしょう。つづけてください」

「権力や地位は、嫉妬を招く。うまみがあるとみられている任務ばかりあたえられると考え、きみとチームをねたむ者もあらわれるだろう。そんな連中はきみたちが失敗すると歓声をあげ、チームの仕事ぶりをつぶさに観察する。ささいなミスも見逃さず、なにか見つければ、だれかがかならず上に報告するはずだ。悲観的な側面についていえば、きみ自身が油断して失敗しないように気をつける必要がある。失敗といっても、破壊的な大失敗という意味じゃない。たかがかすり傷といえども、無数にあれば致命傷になる。小さなミスをして人間関係がわずかにぎくしゃくしただけでも、きみにとっては旗色が悪くなるわけだ」

「ほんとうですか？」

「さいわい、きみは理想的なチームと理解のある上司に恵まれ、好ましい環境で仕事をしてきた。仕事上で対立する人間を相手にすることもなかった。今後はその点が変わるし、それを甘受して用心しないと、足をすくわれることになる」

わたしは椅子にもたれかかって考える。覚悟しなければならないことがたくさんあるようだが、ジョーンズ支局長を疑うほど浅はかではない。支局長が役に立たないアドバイスをあたえたことなんて、皆無とはいわないまでも、ほとんどなかった。

「ほかには？」と、わたしはたずねる。

「長官はわたしが知っているだれよりも無慈悲な男なんだよ。根っからの政治家だが、許容できるのは彼が警察官でもあるからだ。この仕事の現場を知っているし、ストライクチームをつくりあげようという彼の構想はすばらしいと思う。だが、これだけは忘れないでもらいたいんだ、スモーキー。長官が自分かきみのどちらかひとりを選ぶことになったら、迷わずきみを切り捨てるだろう。予告なしに、情け容赦なく。きみは寝首をかかれるはずだ」ジョーンズ支局長は椅子に背をあずける。「だからこそ、あの男から目を離さずに、できることなら梃子《てこ》にして使える手段を――長官の弱みを――見つけだして、いざというときのためにとっておいたほうがいい」

「弱みを？　それを材料に脅迫するんですか？」

「そうじゃない。弱みを握っておくだけだ。ここはＦＢＩなんだよ、スモーキー。脅迫する人間なんかひとりもいない」といってウィンクする。「運よく長官が規則を曲げたり手を抜いたりするのを見つけたら、それがどんなに些末《さまつ》なことだろうと、詳細に記録して床下の金庫とか、安全なところにしまいこんでおくといい。これがわたしのアドバイスだ」

　わたしは支局長をまじまじと見る。「正直いって驚きました。支局長はどんな世界に住んでいるんですか？」

ジョーンズ支局長はため息をつき、両手で顔をこする。「心を病んでいる人間全員が連続殺人犯というわけじゃない。なかには政治家もいるし、官僚もいる。むろん、ラスバン長官はそのカテゴリーには入らないが、そこにふくまれる人間が上層部に大勢いるのはたしかだ」

まったくの心理学的観点からいうと、支局長のいったことは理にかなっている。ナルシストは権力や名声を手にできる地位に惹《ひ》きつけられる。

わたしは笑みを浮かべてみせる。「ありがとうございます、支局長。おかげで、勇気がわいてきました」

若々しさを生みだす笑顔がもどってくる。「きみならだいじょうぶだよ。しぶといし、頭も切れる。いつまでもわたしの部下として働いてくれるわけじゃないのは、最初からわかっていた。昇進する準備はとっくにととのっている」

「支局長、じつをいうとまだ決心がつかないんです」

ジョーンズ支局長は疑わしげに目を細くしてわたしを見る。「冗談だろ？　そんなのは分別のない人間のいうことだ」尻ポケットに手を伸ばし、財布を取りだす。百ドル札を抜きとる。「きみが承諾するほうに百ドル賭ける。断るつもりなら、この金を払う。ほら、もっていけ」

わたしはうつむいて、差しだされた紙幣を見る。目をそむける。「いえ、けっこうです」ぼそっとつぶやく。

支局長が耳のうしろに手をあてる。「なんだって？　聞こえないぞ」

「勘弁してくださいよ、支局長」

ジョーンズ支局長は紙幣を財布にもどして尻ポケットにしまう。

「最後にもうひとつだけいわせてくれ。そしたら、現在取りくんでいる仕事の話に移ろう」

支局長の物腰が変化し、この人にしてはめずらしくやわらかくなっていく。ジョーンズ支局長は昔気質の男で、タフで口数が少なく、悩みがあっても鏡にむかってつぶやくだけで、他人にはけっして明かさない。「なにか必要になったら――アドバイス、話し相手、なんでもかまわない――いつでも会いにきなさい」

「ありがとうございます、支局長《サー》。わたしにとってはなによりも心強いことばです」

「当然ことながら、しかるべきときが来たら、〝支局長《サー》〟はやめて、ファーストネームで呼んでもらわないとな」

「それはきついです」

「いまから練習しておけ。それじゃ、招待状なしにキャリーの結婚式に押しかけてきた女性について聞かせてくれ」

わたしは細大もらさず報告する。支局長はいつものように終始黙ったまま耳をかたむけ、聞き終わってから質問する。

「女性の身元はまだだれにも伝えていないのか？」

「はい、まだ伝えていません。午後からアランとふたりで彼女の夫に会いにいって、不意をつくことにしているんです」

「だめだ。先にその刑事のところに行って事情を知らせてこい。名前はなんだっけ？」

「バーンズです」

「まず、彼に会ってくるんだ。バーンズは被害者と容疑者の双方と直接的なつながりがある。彼が力になってくれれば、きみたちはふたりともしゃべらせることができるかもしれない」

いいアドバイスだ。「わかりました」

「進展がありしだい報告するように。それから、決心がついて長官に伝える準備ができたら知らせてくれ」

オフィスでは、キャリーとジェームズがファイルの整理に没頭していた。キャリーができごとを時系列順に読みあげると、ジェームズがそれをコンピューターに入力していく。

「そろそろ出かけるか？」と、アランがいう。

「予定変更よ」わたしは説明する。

アランが同意してうなずく。「支局長のいうとおりだ。もっともな意見だよ」

「ええ。といっても、バーンズとは警察署の外で会ったほうがいいんじゃないかしら。できるだけ目立たないようにしたいの。ヘザーのことがもれたりしたら、メディアが飛びつくにきまっているわ。彼女の病室に大挙して押しかけて、大騒ぎになるはずよ。そんなことだけはどうしても避けたいの」

「そうだな。バーンズにはおれが電話するよ。ワッフルの店で待ち合わせをしてもいい」

アランはワッフルに目がなく、その惚れこみようといったら、ミニサイズのチョコレートドーナッツに執着しつづけるキャリーにも引けをとらない。

アランが電話をかけているあいだに、わたしはホワイトボードに歩みより、これまでにつかんだ事実について考える。ヘザー・ホリスターはなにもかも失った。つれさられてから八年。夫は再婚し、息子たちはあと三年でティーンエイジャーになる。世の中はすっかり様変わりした。彼女が拉致されたとき、九・一一事件はまだ起こっていなかった。イラク戦争もはじまっていなかった。ハイブリッド車は走っていなかった。世間の人の大半は、まだダイヤルアップ回線を通じてインターネットにアクセスしていた。

わたしはふと思う。どっちがいい？　暗がりに閉じこめられて八年ぶりに出てきてみたら、マットは再婚し、アレクサは大学生になっていたとわかるのと、いまの人生をそのまま送るのとでは？

即答できないとわかってうしろめたい気持ちになり、わたしは体重を片足からもう一方に移動する。献身的な母親なら、いかなる事情があろうと、アレクサが生きていることを切に望むのではないだろうか？

アレクサの顔が、亡くなった日の朝見た顔が目に浮かぶ。朝食のときだった。アレクサはコーンフレークを食べていた。マットは朝寝坊をして、まだシャワーを浴びている最中だった。

「パパったら、きょうはものぐさね」と、アレクサがいった。

「寝坊するのとものぐさは同じ意味じゃないのよ。それにね、口に食べ物を入れたまましゃべっちゃいけません」

アレクサの顔をいたずらっぽい表情がよぎったかと思うと、いきなり口を大きく開けてにやにや笑いだしたものだから、口の端からコーンフレークのかけらのまじった牛乳が流れだした。「ガオーッ！」と、声をあげた。

「最低！」といいながらも、わたしはつい笑いだした。

アレクサはクスクス笑いつづけ、そのせいで鼻から牛乳が噴きだし、こんどはそのせいでふたりとも笑いがとまらなくなった。

「どうかしたの？」と、マットがとまどった顔をして訊いた。

「なんでもない」と、わたしはいった。「あなたのことをものぐさだっていってたところ」

「ものぐさパパ」アレクサがそういってまた笑いだした。

しばらくして、わたしたちは現実とむきあった。マットとわたしは仕事に出かけなければならなかった。アレクサは学校に行かなければならなかった。ふだんと変わらない一日。あれは一家三人ですごした最後の朝だったが、たとえ最後ではなかったとしても、あの朝を忘れることはなかったと思いたい。あのあとなにがあったにせよ、楽しい思い出であることに変わりはない。

アランが受話器をおく。「一時間後にハリウッドの〈アイホップ〉で落ちあうことになった。あの店のワッフルはいまのところ、おれのランキングではナンバーワンなんだよ」

わたしはアランのあとについてオフィスのドアにむかいながら、最後にもう一度ホワイトボードに目をやる。

決めた。はっきりと答えを出すことができてうれしかった。アレクサがいまも生きていられるのなら、わたしはやはり八年間監禁されるほうを選ぶ。ほんとうにそうする。

ヘザー・ホリスターも同じようなやすらぎを見いだしてくれますように、と願うしかなかった。

14

「ほんとに生きているのか？」

ダリル・バーンズは六十歳で、まさしくその年齢に見えた。短く刈りこまれた白髪は薄くなりかけ、二重顎の犬を思わせる顔にはニキビのあとがあばたとなって残っている。天は彼に見ばえのしない容姿を授けた。彼は身だしなみをととのえ、一分《いちぶ》の隙《すき》もない服装をして対抗した。スーツの質は既製品レベルだが――刑事の給料を考えれば、意外なことではない――体にぴったり合うように仕立てさせているのがわかる。シャツはきちんとアイロンがかけられ、靴はきれいに磨かれている。背丈は百七十五センチほどで、体形はくずれていない。わたしはバーンズの左手の薬指に目をむける。結婚指輪はない。

「指紋を照合したんです」と、わたしは念のためにいう。「まちがいないわ」

バーンズはボックス席に背をあずけ、髪に手を走らせる。「驚いたな」といってコーヒーを口にふくむ。バーンズもわたしもワッフルは注文しなかったが、アランは四つ頼み、バーンズを観察しながらつぎつぎに平らげていく。

「断っておくけど、ヘザーはふつうの状態じゃありません。それもあなたの力を借りたいことのひとつなの」

「というと？」

「ヘザーは恐ろしい経験をして精神的にまいっている。意識はあるけれど、なにも話さない。自分がどこにいるのか認識しているかどうかもわかりません。口をきいてもらおうとして、ワシントン捜査官とふたりで話しかけてみたんだけど、うまくいかなかったわ。でも、あなたは彼女と個人的なつながりがある」

バーンズの目つきが急に鋭くなる。「なんでおれなんだ？　別れた夫じゃだめなのか？」

「あなたと同じように、わたしたちも夫が事件にかかわっているとみているの。夫はヘザーに生命保険をかけ、保険金の支払いをうけた二ヵ月後に彼女が姿をあらわした。たんなる偶然の一致とは思えないわ」

「偶然の一致なんかじゃない。あの男がやったか、だれかに頼んでやらせたか。それだけは捜査の初日から確信していた」事実をそのまま口にするような、抑揚のない口調だった。

「これから夫に会いにいって、ちびるほど恐ろしい思いをさせてやるつもりなんだ」アランがシロップのしみこんだワッフルを飲みこんでからいう。

バーンズが苦々しげににやりと笑う。「そいつは見ものだな」

「だったら、いっしょに行きましょうよ」と、わたしはいう。「ただし、しばらくのあいだは目立たないように行動したいの」

「その点は同感だね。目の前にカメラをつきつけられたりしたら、ヘザーがかわいそうだ」アランがからになった皿を残念そうに押しのける。「おれはロス市警にいたんだよ」と、バーンズにいう。「十年つとめた」

バーンズがうなずく。「あんたのうわさは聞いているよ。いい話ばかりだ」

「差しつかえなければ、ダグラス・ホリスターの事情聴取はおれにまかせてもらいたいんだが、どうだろう？」

じっさいは、この時点でロス市警を捜査にかかわらせる必要はない。わたしの当初の考え――ヘザーの件は未解決拉致事件であり、彼女がキャリーの結婚式会場につれてこられたのは、おそらくＦＢＩ関係者に対する挑発と思われるという考え――を聞いて、ジョーンズ支局長は同感だといったが、うちのチームは最初から地元警察と協力して捜査を進めていく姿勢をとってきた。

「わざわざ訊いてくれてうれしいが、おれはあの野郎が冷や汗をかくところを見物させてもらえるだけで満足だよ」

儀礼的なやりとりが一段落すると、アランはナプキンで口をふいてまるめ、からになった皿に放り投げる。「それじゃ、ぜんぶ話してもらえないか？」

バーンズが声を立てて笑う。「ぜんぶ？」

「あなたはヘザーが十二歳のときからあの一家のことを知っているはずよ」と、わたしはいう。「彼女が三十六歳のときに拉致されると、捜査主任をつとめた。母親をべつにすれば、ヘザーとはだれよりもつきあいが長いんじゃないかしら」

「母親をべつにしなくてもな。三年前に亡くなったんだ」

ヘザーの失ったものがまたひとつ。

「要するに」と、アランがわたしにかわってつづける。「最終的になにが重要な手がかりになるのか、おれたちにはわからないんだ。ありとあらゆる情報を集めて、役に立つものと役に立たないものを選別していかなければならない」

「わかるよ」バーンズはコーヒーをひと口飲む。過去のなにかに目を凝らしている。「ヘザーとはじめて会ったのは、彼女が十二歳のときだ。おれは二十八だった。殺人課に配属されて二年、警察に入って八年たったころだよ」

「やけに早く昇格したもんだな」と、アランがいう。

「コネのおかげさ」と、バーンズがいう。「父親も刑事だった。おやじの元相棒が強盗殺人事件の捜査班の責任者だったんだよ」コーヒーをもうひと口飲む。「ヘザーのことで印象に残っているのは、母親とまるっきりちがうということなんだ。故人を悪くいうのはいやなんだが、母親はむかしから頼りない人だった。ただなんとなくそう感じただけだがね。わかるだろ?」

「わかる」

「けど、ヘザーはちがう。鼻っ柱の強い子だった。父親を失って悲しんでいたが、怒ってもいた。最初からおれにつっかかってきたんだよ。父親を殺した男をつかまえてほしいなんてことはいわなかった。いつつかまえてくれるのかって訊いてきたんだ。名刺をくれといい、定期的に電話するといった――じっさい、ちょくちょく電話してきた」

「電話がかかってくると、あんたはなんていったんだい？」と、アランがたずねる。

バーンズは嘆息《たんそく》をもらす。「長々と話したが、これといったことはなにも。捜査の役に立ちそうな手がかりがまったくなかったんだ。ヘザーの父親は店を経営していて、ひとりきりで働いていた。目撃者はなし。犯人は強盗が目的で押し入ったものの、どこかでへまをしたらしい。不慣れな素人でびくびくしていたんだろうな。だから、おれはまちがいなくつかまえられると思っていた。何者かがやってきて金を強奪し、あげくの果てに人を殺してしまう。罪悪感にさいなまれるにきまっている。なのに、手がかりらしきものはいっさい見つからなかった。そのあたりを根城にしているホームレスも、おれがいつも使っている情報提供者も、なにひとつ知らないという。なにも聞きだせなかった」

「めずらしいな」と、アランがいう。

「そうなんだ。よその町のやつで、行きずりに立ちよっただけかもしれないと思いはじめたほどだよ。それでも、おれはあきらめなかった。だからって、なにかをつかんだわけでもないんだがね。事件から二年ほどたったある日、ヘザーから電話がかかってきた。会ってほしいと頼まれてね。おれはふたつ返事で承諾した。取りあえず警察署に来させて、それからホットドッグで有名な〈ピンクス〉につれていったんだ。ヘザーは、あの店ははじめてだった。いい知らせを伝えることができないんだったら、せめて超有名な店で伝説のホットドッグをごちそうするくらいのことはしてやりたいと思って」

〈ピンクス〉はロサンゼルスにある。ちょっとした歴史になっている。一九三九年、ポール・ピンクがラブレア・アベニューとメルローズ通りの角にホットドッグスタンドを――大きな車輪のついた手押し車を――出した。当時、そこは〝田舎〟と見なされていた。一九四六年に、ピンクはホットドッグスタンドを出していた場所に小さな店舗をかまえ、店はいまもまだそこにある。店内の壁は、長いあいだに店を訪れた映画スターや有名人の写真で埋めつくされている。

「ヘザーはいわゆる〝一途《いちず》な〟子だった。父親が殺される前もそうだったと思う。そのタイプは、反社会的あるいは厭世《えんせい》的な人間になることが多いんだよ。つまらないことにいちいちかまっている暇なんかないっていうか。わかるだろ?」

「わかるわ」わたしはジェームズを思い浮かべる。

「ヘザーはちがった。なにか気にかかっていることがあって、本気で〈ピンクス〉に興味をそそられているわけじゃないってわかったんだ。なのに、彼女は時間をかけて壁の写真をひとつひとつ見ていき、店の歴史について質問したりした。あのころには十四歳になっていたが、そんな彼女を見て胸がつまったのをおぼえている」

ティーンエイジャーにしては、恐ろしく心配りが行きとどいている。

「ホットドッグを食べ終えると、ようやく訊きたかったことを口にした。〝バーンズ刑事、あることを訊きたいんだけど、お願いだから正直に答えてください〟と、ヘザーはいった。おれは、わかったといった。〝父を殺した男を、いつかきっとつかまえられると思いますか？〟と、彼女はたずねた」バーンズは苦りきった顔つきでコーヒーを見つめている。「おれはうそをついてごまかそうかと思ったが、考えなおした。あんないい子にうそをつくわけにはいかない。〝いつか、なにかが起こる可能性はじゅうぶんにある〟と、おれはいった。〝人間っていうのは、年をとるとしゃべりだすものなんだよ。悪いことをしても、そのころにはもう罪に問われることなく逃げおおせると考えるからだ。そいつの話をだれかが聞いて、しばらくして警察に伝える。よくあることなんだ。けど、おれが腕ききの刑事としてこのまま捜査をつづければ、自分の手で犯人をつかまえられると思っているのかって訊いているのなら、残念ながら、そうは思っていない〟と、おれは答えた」

「ヘザーの反応は？」と、わたしはたずねる。

「落ちついていたよ。おれなら、あんなふうにはふるまえなかっただろうな」バーンズの口調から、感じ入っているようすが伝わってくる。「ヘザーは、わかりましたといってから、正直に答えてくれてありがとうといった。おれはうそをつかないことにしてよかったと思った。ごまかすのをやめたのは、なんとなく、ヘザーは最初から真実を知っていたんじゃないかという気がしたからだ。彼女はしばらく黙りこんでいたが、そのうちホットドッグをもうひとつ食べたいといいだした。おれは彼女がなにかべつのことを考えているのがわかって、その気になったときに打ちあけるよう水をむけないといけないと思った」バーンズの頬がゆるむ。「ひとつめのホットドッグを食べているときは、心ここにあらずという感じだったが、ふたつめはうまそうに食べていたよ。話はしていなかったけど、おたがいにとって心やすいひとときだった。あのときに沈黙が流れたおかげで、おれたちは友だちになれたんだよ」

バーンズはいわくありげなまなざしをわたしたちにむける。「刑事をしている男が十四歳の少女と友だちになったなんて聞けば、あやしいと思う人もいるかもしれない」

「おれはたしかにそう思った」と、アランがいう。

わたしはびっくりしてアランのほうをむく。そんなことは思いもしなかったからだ。ヘザーとじっさいにどんな関係にあったかは、バーンズの表情からも、父親を殺害した犯人をつかまえられなかったことを話したときの悔しそうなようすからも、はっきりわかる。口調からも伝わってくる。ヘザーの心づかいについて語ったときは、ただ感心しているだけではないのがわかった。娘を誇らしく思う父親、あるいは妹を慈しむ兄のような気持ちがこもっていた。

相手の考えを読むことにかけては、アランのほうがわたしよりもはるかにすぐれている。なぜそんなことが頭に浮かんだのだろう?

バーンズはアランのことばを冷静に受けとめる。「だろうな。無理もない。だれにでも問題のひとつやふたつはある。おれは自分がじっさいにかかえている問題を隠しだてするつもりはない。あんたたちにあらぬ疑いをかけられると困るからな。ヘザーと心を通いあわせることができたのは、白血病で死んだ姉がいたからなんだ。十二歳だった。おれが九歳のときだよ」といって真一文字に口を結ぶ。姉のことを思い出すと、長い歳月が流れたいまでも悲しみがこみあげてくるのだろう。

「話しておきたいことがもうひとつ」と、バーンズはつづける。「一時期とはいえ、おれはギャンブルにはまっていたことがある。だからといって、子どもたちを大学に行かせるための資金に手をつけるとか、そんなことはいっさいしなかった。むしろ、その逆だったんだよ。おれはポーカーをやっていて、ほんとにうまかったんだ。そのうち、ポーカー中心の生活を送るようになってね。非番のときは四十八時間ぶっとおしでプレーし、興奮さめやらぬまま一睡もせずに仕事にむかったこともある」かならずしも悪い思い出ではないとみえ、笑みをもらす。「ポーカーをして暮らしがなりたっていたというのなら、べつだん問題はなかったかもしれないが、おれの生活はすさみきっていた。家庭は崩壊し、仕事にも支障をきたしていた」肩をすくめる。「そんなわけで、おれは手を打ってすっぱりやめたんだ。ヘザー・ホリスターとの関係には、なんらやましいところはない。恥ずべきことなんか、ただの一度もしていない。わかってもらえたかな？」と訊いて、わたしではなくアランのほうをむく。

「よくわかった」と、アランが答える。

「ヘザーはまだなにか話したそうにしていたんでしょう？」と、わたしは訊いてみる。脱線した列車を線路にもどしたかった。

「そうだ」バーンズのかたい表情がゆるんで笑みが浮かぶのを見て、いい思い出なのだとわかる。「〝警察官になりたいんです〟と、彼女はいった。〝力になってもらえますか？〟って、歯に衣《きぬ》着せぬものいいで。決然としておれの目を見すえていて、まるでむずかしい交渉にのぞもうとしているようだった」コーヒーを飲みほしてカップを押しやる。「さっきもいったように、ヘザーはむかしから鼻っ柱の強い子だった」

「あんたはなんていったんだい？」と、アランがたずねる。

「取りあえず高校を優秀な成績で卒業しなければならないといった。そのあと大学に行って、犯罪学の学位を取得するといいと教えた。おれの基本計画は、警察なんかより給料がよくて安全な職につけるように導くことだった。学校にあと八年通って、いろんなことを経験し、もしかしたら彼氏ができたりして、そんなこんなで、少しは熱がさめて考えなおしてくれるんじゃないかと思ったんだよ。ヘザーはまだ十四歳だった。ロス市警の制服を着て街で仕事をしている姿なんて想像できなかったし、そんなことはさせたくなかった」そのときのことがいまだに信じられないらしく、バーンズは首を振る。「よくあることだが、おれの思わくははずれた。ヘザーはおれのいったとおりにしたんだよ。二十二歳のときにやってきて、警察学校に入学したいから力を貸してほしいといった」

「継父との一件はどうなんだ？」と、アランが訊く。

わたしはバーンズの顔をじっくり観察する。表情がこわばることはない。やわらいでいき、口の端がわずかにゆるんでうっすらと笑みが浮かぶ。警察官の大半と同じように、バーンズもうそつきの名人なのだ。コーヒーがまだ残っていれば、小道具として使ってゆっくり口にふくみ、アランにそんな質問をされたからといって、歯牙《しが》にもかけないことを態度で示したにちがいない。「ピートのことかい？　彼がなにか？」

わたしはテーブルの下でアランの脚にふれ、話を引き継がせてもらう。「バーンズ刑事、わたしたちが知りたいのはヘザーのことだけなの。継父がどうなったか、おおよその見当はつくけど、はっきりいってどうなろうと知ったことじゃないわ。でも、彼はヘザーの事件になんらかのかたちで加担していたかもしれない。そう考えたことはない？　彼が法廷に引きずりだされて街を出ていくはめになったのは、結局のところはヘザーのせいなのよ」

「むろん、考えたことはある」

「それで？　継父のことを話して」

バーンズが自分の持ち物にふれるような慣れた手つきで水のグラスをつかむのを見て、これがバーカウンターだったらよかったのにと考えているのかもしれないと思った。彼の顔には侮蔑の表情が浮かんでいる。「ピートはだれにでも想像がつくほど典型的なタイプの男だった。卑劣で、ずる賢くて、女性に暴力をふるって興奮する。弱い者いじめをするのは、臆病で、自分より図体のでかい相手には手を出せないからだ。ピートはその何年か前にふらりと街にやってきて、あちこちでアルバイトみたいなことをしていた。マーガレットがやっと出会ったのは——いや、どこだったかおぼえていない。あの手の連中がみんなやるように、ピートは彼女を値踏みした。鼻がきくんだよ」水をもうひと口飲む。ウイスキーを飲んでいるように見える。「ヘザーが軟弱な子じゃなくて助かった。それに、ピートが腹のすわった男じゃなくてほんとによかった」

バーンズがなにをいっているのかはわかる。古くから〝いばりちらすやつはきまって臆病者である〟といわれているが、世の中そんなに甘くない。なかには、臆病とはほど遠く、巨体にものをいわせ、自分の思いどおりにして楽しむ獣《けだもの》のような大男もいる。

「マーガレットが再婚したとき、ヘザーはいくつだったの?」と、わたしは訊く。

「十四歳。もう少しで十五になるときだった。おれはあの男のことはなにも、どんなことをしているのかも知らなくて、ヘザーが会いにきてようやくわかったんだよ。話を聞いて、なんていうか、腹が立ってしかたがなかった。あの親子には、いつしか個人的な関心をもつようになっていたんだ。ふたりともいやというほどつらい経験をしてきたっていうのに、そこへあのくず野郎がやってきた。格好の餌食を見つけたハゲタカみたいに」

「ヘザーはビデオテープをもっていたんでしょう?」と、わたしはたずねる。

バーンズはうなずく。またもや感嘆の笑みが浮かび、侮蔑や怒りの表情をぬぐい去っていく。「利口な子だ。ヘザーがビデオをもってくると、おれはやるべきことをやって、あの男は逮捕された。ところが、やり手の弁護士のせいで、ビデオは証拠として認められなかった」バーンズは〝やり手の弁護士〟ということばに辛辣《しんらつ》な皮肉をこめる。

「それで、あなたはどうしたの?」わたしはそういってうながす。

バーンズはため息をつく。どんなに腹が立っても、そのときのことを思い出すとくたびれるらしい。恥じているわけではない。そうせざるをえなくした世の中を考えると消耗するのだろう。「おれは友だちみたいな男を呼んだんだよ。もう退職していて、名前は伏せておくが、刑事だったころはあの手この手で取り調べをしていた。おれはその男といっしょにわれらがピートのところに行ったんだ。マーガレットはヘザーをつれて映画を見にいっていた」バーンズが視線をそらしたとたん、彼の目にわずかながらうしろめたそうな表情がはじめて浮かんだ。

「ヘザーは知っていたの？」と、わたしはいう。「なにが起ころうとしているのか、知っていたんでしょう？」

「さっきもいったように、彼女は利口な子だった」氷水をウイスキーのようにまたひと口飲む。「おれたちはノックもしなかった。マーガレットがヘザーを車に乗せて走り去るのを見とどけると、十分待ってからずかずかと入っていったんだ。ヘザーが玄関の鍵をあけておいてくれたんだよ。ピートはランニングシャツを着て肘掛け椅子にすわり、ビールをちびちび飲んでいた」バーンズは首を振る。「あの男ときたら、風刺漫画から抜けだしてきたみたいだったよ。テレビや映画で妻子に暴力をふるう男たちを見て、手本にしていたのかもしれない。よくわからないがね。とにかく、匿名《とくめい》の友だちがつかつかと歩みより、ピートの髪をわしづかみにしてうしろにぐいっと引っぱったんだ。肘掛け椅子がひっくりかえると、おれたちは仕事に取りかかった」バーンズは知らず知らずのうちに片手を握りしめている。意識しなくても、感覚の記憶が呼びさまされるのだろう。

「おれたちは十分のあいだ、ひとことも口をきかなかった。やつはおれがだれなのかわかったにちがいない。だが、そのせいで恐怖がふくらんでいったんじゃないかな。おれたちはやつをさんざん痛めつけてやった。といっても、自分の足で歩いて出ていけなくなるほどじゃない。それでもじゅうぶん痛い目にあわせてやった。

その十分がすぎ、あいつが胎児のように体を折り曲げて小便をもらし、赤ん坊みたい泣きじゃくりはじめると、おれはあの男に告げた。いますぐ荷物をまとめて、今夜じゅうに街を出ていけといったんだ。マーガレットに手を出してみろ、おまえを殺してやる。ヘザーに手を出してみろ、おまえを殺してやる。この街に姿をあらわしてみろ、おまえを殺してやる。おれを訴えたところで、おまえのいうことなんかだれも信じないし、そんなことをしたら殺してやる」小さく肩をすくめる。「基本的には、殺してやるということをいったわけだ」

「彼は出ていったの？」

「出ていったよ。逃げるようにしてね。おれは金までもっていってやつに融通《ゆうずう》してやった。ポーカーで稼いだ二千ドルだ。ときどきあいつの動向を探ったりもした。その後の消息はつかめなかった」バーンズはわたしを見る。彼の目に焦燥感がもどってくる。「それで？　あんたたちはヘザーが失跡したことに、あの男がなんらかのかたちでかかわっていると考えているのかい？　おれは自分なりに調べてみたが、結びつくものはいっさい見つからなかった。というか、ピートの行方すらわからなかった。ヘザーの事件当時やそのあとにピートが街にもどってきた記録もなければ、かつてのたまり場でやつを見かけた人物もいない。なにもなかったんだよ」

わたしはいま聞いたことについて考える。ひどくて、それでいて切なく、思わず聞き入ってしまうような話だ。いうまでもなく、ヘザーがかかわっていたというのは、憂慮すべきことだと思う。〝ピート〟については、彼を心底憎んでいた男から聞いたことしかわからない。それでもやはり……。

「その男じゃないわね」と、わたしはいう。「完全に除外するわけにはいかないけど、頭を使って緻密《ちみつ》な計画を立てられるような男には思えないわ。あそこまでレベルの高い犯行は、彼には無理だと思う」

バーンズはうつむき、ウイスキーに見立てた水をじっと見る。「それを聞いて安心したよ」

「あなたがヘザーの夫とピートを集中的に調べたわけはわかるわ」わたしは捜査に話をもどす。「とはいえ、容疑者はほかにいなかったの？」

「ひとりいた」バーンズの口調にはためらいが感じられる。「ヘザーの彼氏だよ」

「ヘザーは不倫をしていたの？」と、わたしは訊く。

バーンズがため息をもらす。「そうなんだ。感じのいい男で、名前はジェレミー・アボット。不動産関係の仕事をしていた。離婚歴があって、年齢はヘザーと同じくらい。ふたりは事件の半年ほど前からつきあっていた」

「彼女がその人とつきあいだしたのは、夫が浮気しているんじゃないかと疑いはじめる前？それとも、そのあと？」

「わからない。おれはヘザーのEメールを読んでジェレミーのことを知ったんだ」

「彼はどうして容疑者候補から除外されたの？」

バーンズは不思議そうな顔をする。「読んでいないのかい？　ファイルに書いてあっただろ？」

「まだそこまで手がまわらないのよ」と、わたしはいう。

「だったら、これを聞いて腰を抜かすなよ。ジェレミー・アボットは、ヘザーと同じ晩に行方がわからなくなったんだ。彼の車は自宅のドライブウェイで見つかった。エンジンがかかったままの状態でな。運転席のドアが開いていて、片方の靴が脱げて落ちていた」

「だからこそ、無差別に拉致されたわけじゃないと考えたんだな」と、アランがいう。

バーンズがうなずく。

「ますますダグラス・ホリスターがあやしくなってきたわね」と、わたしはつぶやく。

「その後、彼の行方はわかったのか？」と、アランがたずねる。

「ジェレミー・アボットかい？」バーンズは首を振る。「手がかりひとつ見つからない。まさにヘザーと同じだ。地上から姿を消したとしか思えない」

わたしはアランに目配《めくば》せする。彼がうなずく。

「なんだい？」と、バーンズがたずねる。

「ジェレミーも近いうちにあらわれるんじゃないかと考えているの」

15

いかにもカリフォルニアらしい快晴だった。青空が地平線から地平線までひろがり、太陽があたたかい光を降りそそいでいる。Tシャツにブルージーンズ、オプションでサングラスという装いがぴったりの天気だ。こんな日は親たちもサーファーたちも週末のことを考え、ハチミツ色の陽光がこのまま空からそそぎつづけてくれますようにと願う。

わたしたちはダグラス・ホリスターのところにむかっていて、わたしは胸を躍《おど》らせていた。子どもがコミックを買いに書店に行くときのわくわくした気持ちではない。肉食獣が生き餌を前にしたときの胸の高鳴りに似ている。

ヘザー・ホリスターのイメージはできあがっていた。わたしと同じように、彼女も早くに親を亡くした。わたしと同じように、彼女も天職についた。捜査の仕事をしていた。動機は異なる。ヘザーは父親を殺した犯人がつかまらずにやりきれない思いをし、社会のために悪人をつかまえたいと考えた。一方のわたしは、どこからともなく聞こえてきたセイレーンの甘い歌声に誘われて、捜査官になろうと思った。

だれに聞いても、ヘザーは仕事が非常によくできたという。警察官になるという強迫観念に取りつかれていたからといって、自滅することはなかった。時間をつくって結婚し、子をもうけ、刑事として被害者たちのために尽力した。

いまは夫も子どもたちも失った。かつての生活を取りもどすことはできない。わたしたちの人生は似ても似つかないが、それでいてよく似ている。

わたしはヘザーに親近感をおぼえ、彼女のことを思うと胸がうずく。ある種の切望で、わたしは何度も感じたことがある。被害者の身になって考え、その共感が痛々しいほど鋭く鮮明になったときに感じる気持ちだ。自分が捜査する事件の被害者の遺体には、いたわりの気持ちをもっている。どの遺体にも人生があった。夢と希望と退屈、笑いと涙にあふれた日々を送っていたにちがいない。それくらいまではどの遺体についてもわかるが、なかには、アランが運転する車の窓から見える幹線道路脇ぞいの丘陵地帯のように、ありありと見えるものもある。

ポール・ローズはわたしの大好きな作家のひとりだ。作品の出来に多少むらがあるとはいえ、彼が小説のひとつに書いていたことのなかに、ある概念が総括されている一節があった。わたしたちの人生は先人たちの送ってきた人生とたいして変わらなくても、ひとりひとりは唯一無二の存在であるということが要約されていたのだ。

人はだれしも、自分の夢は称賛に値すると思っている。自分が考えだした夢、自分だけの夢で、自分はこの世にひとりしかいない。ゆえに、唯一無二の夢だと考える。

神の声がとどろきわたる。地響きがするくらい太くて低い声で、激しい怒りがこもっている――「愚か者！」

人は震えだす。

神は白い衣をまとったままかがみこみ、人の肩に腕をまわす。いうまでもなく、ただの抱擁ではない。母の乳、父の雷、世界を築く喜びに匹敵する。

神はいう（けっして冷ややかな口調ではない）――こうしてわたしに注意をむけたからには、しっかり聞きなさい。

どんな人の夢も、過去にだれかが夢見たことがある。何千、何万、何億回も。唯一と考えているその欲望は、かつて何億という人間が胸にいだいてきたものなのだ。毎朝目をさましては戦場に赴《おもむ》き、自分自身や愛する者たちが生き残れるようにするため、高価なスーツを身につけるため、上等なワインを楽しむため、その夜に汗をかきながら美女を抱くために戦う。わが子よ、その夢には目新しさなどない。新しいのは夢を見る本人だけなのだ。

神はまばゆいばかりの笑みを見せる。

おお、わが子よ。その愚かさがいとおしい。

救いようのないばかでも子どもをもうけることはできるといわれており、それは事実だと思う。生物学的にもそうだ。この話の概要でも同じことが語られている。しかし、真相はちがう。同じ人間なんてひとりとしていない。どんな話も、人間によって異なってくる。同じだと考えるのは厭世家ぐらいだろう。

トミーとボニーがマットとアレクサになることはない。それはそれでいい。ふたりはトミーでありボニーであるのだから。離れたところから見ると、同じに思えるかもしれない。けれども耳を澄ませば、きっと聞こえるだろう――ふたりの歌は異なる音色で歌われており、両方とも豊かで美しく、歌そのものがすばらしい。

わたしはいままでとちがう目でヘザーを見るようになった。いまは、自分とどことなく似たところのある女性被害者ではなく、奪い去ったよりも多くのものをこの世に残したひとりの人間として見ている。夫のダグラス・ホリスターは、ヘザーの肉体ではなく、彼女の人生を葬ったのだ。

わたしたちはその男のところにむかっており、なにがなんでもそれなりの憂き目にあわせてやりたいと思っている。

「バーンズは平静を保っていられるかな?」と、アランがたずねる。

わたしは窓の外をすぎていく丘陵から目をそらし、ダグラス・ホリスターを待ちうける運命を頭から振りはらう。

「なんていったの？」

「バーンズだよ。ちょっと殺気立っているみたいだから。心配なんだ」

アランのいうとおりだ。バーンズはダグラス・ホリスターにかぶりついて八つ裂きにしてやろうと、舌なめずりをしているも同然だった。

「だいじょうぶよ。長いあいだ刑事をしているんだし。わたしたちの目の前でダグラス・ホリスターを殺すなんてことはしないわ」

アランは横目でちらっとわたしを見てから、道路に視線をもどす。「そう願っているんだろ？」

いや、ひょっとすると願っていないかもしれない。けれども、わたしはアランに自分の考えを伝えなかった。

ダグラス・ホリスターは、ウッドランドヒルズにある比較的新しくて感じのいい二階建ての家に住んでいた。外壁にはオフホワイトの模造日干し煉瓦《れんが》が使われ、窓にはアクセントとして明るい色の木枠があしらわれている。前庭には若木が一本だけ立っていた。まわりは短く刈りこまれた芝生におおわれている。すてきだし、かわいらしいともいえるが、独創性に欠ける。住宅建設ブームの時期に、大急ぎで建てられた何百という家と少しも変わらない。ダグラス・ホリスターがデイナと再婚したのは五年前だが、ここで暮らしはじめてからは、まだ三年しかたっていない。おそらく、ふたりはこの家を市場最高値で買ったのだろう。

問した。

「デイナ・ホリスターのことはどうみているの？」と、わたしは出発する前にバーンズに質問した。

「彼女はなにも知らなくて、あの男を心から愛しているんじゃないかな」と、バーンズは答えた。ダグラスと彼女がホテルから出てくるところの白黒写真をはじめて見たときは、わたしたちもまったく同じことを考えた。「デイナはダグラスと浮気したわけだから、その点は感心できないが、何度会っても頭の切れる女には思えなくてね。おつむが弱いだけで、悪意は感じられなかった」

バーンズはそれ以外のことも話してくれた。デイナ・ホリスターはダグラスと出会ってまもなく不動産会社で働くようになり、何年かつとめていた。仕事はうまくいっていたが、一年前に住宅建設バブルがはじけると会社をやめた。そして、最近になって自分で商売をはじめたという。

「記念品とか、そんな感じのものを売る店をやっている」と、バーンズはいった。腕時計に目をやった。「もう店に行っているはずだ。毎日営業しているんだよ。働き者でね。その点は評価できる」

「ふたりにはいまでも目を光らせているってことかい？」と、アランがたずねる。

「あの野郎が刑務所にぶちこまれるまではな」と、バーンズは感情のこもらない口調で答えた。

アランは家の前の道路脇に車を寄せると、バーンズがうしろに駐車できるように少し前へ出してとめた。ドライブウェイには白いホンダ・アコードがとまっている。車で移動していたほんの短いあいだに急に冷えこんだらしく、わたしは外に出て縮みあがる。南カリフォルニアの二月はあいかわらず気まぐれだ。

「どんなふうに進める？」バーンズが近づいてきてたずねる。

「ダグラス・ホリスターはあなたを見るなり警戒するでしょうね」と、わたしはバーンズにいう。「こちらにとっては好都合だわ。わたしがあいさつをして、アランとふたりでＦＢＩの身分証を見せる。彼はますます不安になるはずよ。そこから先はアランにまかせるわ」

バーンズが目をぐっと細くしてアランを見る。「あんたのうわさは聞いてるよ。尋問にかけては、あんたの右に出る者はいないとか」

アランが肩をすくめる。「尋問は技術にすぎない。ボディランゲージ、目の動き。こつさえつかめば、だれでもできる」

「ゴルフだってだれでもできる」と、バーンズがいう。「だが、タイガー・ウッズはひとりしかいない」

「やつを守勢に立たせるというのは、いい考えだが」と、アランがいう。「あくまでもおだやかな調子で話しかける必要がある。ボディランゲージにしても、けっしてけんか腰になってはならない。悪い知らせを伝えにきたようにふるまうんだ。やつを容疑者と見なしているふうではなくてね」バーンズに目をやる。「できそうかい？」

「心配無用。残念そうな顔つきをするように心がけるよ」

「よし。やつを説得してなかに入れてもらおう。話はおれがする。ホリスターにいちばん近いところにすわらせてくれ。ヘザーが生きていると知ったときにやつがどんな反応を示すか、すぐそばで観察させてもらいたいんだ。なによりも重要なのは、その知らせを聞いた直後の反応なんだよ」

わたしたちは小道を歩いて玄関にむかった。ありふれたグレーのコンクリートの小道を進んでいく。歩いていくうちに、ドライブウェイが改修されていることに気づく。煉瓦かなにかが敷きつめられている。うちの近所にも似たようなことをしている家がたくさんあるが、わたしはあの体裁が気に入らない。家にペンキを塗るも、木を植えるも、庭をしつらえるもけっこう。なら、ドライブウェイは？　車をガレージから通りに出すためのものでしかない。

「ノックするぞ」と、アランがいう。

ばかでかいこぶしをあげてドアを勢いよくたたくと、ものすごい音がするとわかっていてもびくっとする。アランはしばらく待ち、わたしとバーンズにむかってウィンクしてから、もう一度、ドアが内側にたわみそうになるほど強くノックする。

予想どおり、また時間が流れる。わたしは表側の窓を見ている。カーテンを開けて、ノックをしているのがだれなのかたしかめようとする者はいない。のぞき穴から外を見ようとする人の気配もない。

アランが肩をすくめる。「もう一回ノックするしかないな」

彼がノックしようと身を乗りだすのを見て、わたしは身がまえる。ドアを激しくたたくものだから、わたしは笑いだしそうになるが、おかしいことなんかなにひとつない。

アランがふたたびこぶしをあげると、バーンズが片手をあげて制する。「ちょっと待て。聞こえるだろ？」

わたしにはなにも聞こえないが、バーンズはとびきり耳がいいのかもしれない。まもなく、小さな音が聞こえてくる。ソックスをはいてフローリングの床を歩いてくる音だ。わたしたちは姿勢を正す。足音が聞こえなくなり、のぞき穴が暗くなる。

「どなたですか？」男の声がする。

アランがわたしをちらっと見る。わたしたちとしてはダグラスに不安な思いをさせたい。だが、それはもう少ししてから、家のなかに通されてからでいい。ここは女性の声で話しかけたほうがいいだろう。

「ミスター・ホリスター？」と、わたしはいう。

「そうですけど」

「FBI特別捜査官のスモーキー・バレットです。話をさせていただきたいんですが」

長い間があく。

「ミスター・ホリスター？」もう一度声をかける。

また沈黙が流れる。ややあって——

「ちょっと待ってください」

安全錠をまわす音が聞こえる。ドアが開き、目の前にダグラス・ホリスターがあらわれる。髪には白いものがまじり、顔やウエストのあたりは肉づきがよくなっているが、太っているというほどではない。むしろ、ホテルで写真を撮られたときよりも健康そうに見える。この瞬間までは幸せそうな顔をしていたのではないだろうか。

でも、いまはちがう。

いまのダグラスは『スカーフェイス』のアル・パチーノを彷彿《ほうふつ》させる。純コカインの山に鼻をつっこみ、深く息を吸いこんだような顔をしている。視線をわたしからアランへ、さらにバーンズへと移し、わたしにもどす。目の下に隈《くま》ができている。ひげを剃っていなくて、ただよってきたにおいからすると、風呂にも入っていないらしい。ダグラスの足もとに目を落とし、もっと奇妙なことに気づく。ソックスを片方しかはいていない。

ダグラス・ホリスターはほほえんでみせるが、つくり笑いにしか見えない。気味が悪く、銃で脅されてやむなくにこにこしているように見える。

「どのようなご用件でしょう?」と、ダグラスが訊く。声がうわずっている。咳払いをして、つらそうに顔をゆがめる。「すみません。どのようなご用件ですか?」こんどは少しましだが、汗をかきはじめた。額にじんわりとにじみだしている。

わたしはアランといっしょに身分証を見せる。「こちらはパートナーのアラン・ワシントンです。バーンズ刑事はご存じですよね?」

必死に隠そうとしていた恐怖の色のあいだから、べつの感情がかすかにあらわれる。彼の目に浮かんだだけ、しかもあっというまに消えてしまったが、わたしは見逃さなかった。恨み、一瞬の癇癪《かんしゃく》、〝ぼくが悪いんじゃない〟といいたげな四歳児の表情だ。

「どういうことですか？」ダグラスがわたしに目をもどしてたずねる。

「大切なお知らせがあるんです。入れてもらえませんか？　すわっていただいてからお伝えしたいんです」

ダグラスは目を大きく見開き、不安げに手をもみしぼる。どういうわけか、わざとらしい感じがする。「デイナのこと？　なにかあったんですか？」

わたしは彼の不安を取り除こうと、磨きをかけた〝安心スマイル〟を浮かべてみせる。

「いいえ、ちがいます。入れていただけます？」

おだやかで丁重なアプローチが功を奏したらしい。ダグラスの表情がわずかながらやわらいだ。何日も洗っていないと思われる髪に片手を走らせる。「いいですよ。すみません。どうぞ」ダグラスが脇に寄ると、わたしたちは玄関に入っていく。「まだ頭がぼうっとしているんです。具合が悪くて寝ていたんですよ。ノックが聞こえても、夢のなかの音だと思っていたんです」

「しつこくたたいて申しわけありません」わたしはそういって、〝だって、しょうがないでしょう？〟といわんばかりに、〝肩すくめスマイル〟を見せる。「この仕事をしていると、力いっぱいノックする癖がついて。いくらノックしても返事がない場合は、相手はけがをしているか、死んでいるか、麻薬で意識が朦朧《もうろう》としているんじゃないかと考えるんですよ」その場で考えて口から出まかせをいっているだけだが、目的はアランの観察眼に情報を送りこむことだった。アランがダグラスの顔の引きつり具合や目の動きをつぶさに観察しているのはわかっていた。

ダグラスはわたしを見つめている。相手が死んでいるのか眠っているだけなのかたしかめるには、力いっぱいノックできるようになる必要があるという説明を真にうけたらしい。

「ワオ。すごいな」

「どこで話します？」わたしはそれとなくうながす。

「こちらへ」ダグラスは背をむけ、家の奥にむかって歩きだす。

わたしはあとにつづき、まわりを注意ぶかく見ていく。南カリフォルニアらしいという意味できれいな家だった。明るい色のフローリングは、鏡のようにつやつやしている。天井はアーチ状になっていて、七〇年代に流行したポップコーンみたいな防音材は使われていない。照明は埋めこみ式になっている。二階にあがる階段には木の手すりがついていて、ベージュのカーペットが敷きつめられている。大きな家だ。寝室は五つあると思う。主寝室をふくめて二階に三つ、一階にふたつ。すばらしい。

わたしたちはキッチンを通っていく。ひろびろとしているうえに輝いている。みかげ石のカウンターや、ステンレス製の電化製品がぴかぴか光っている。とはいえ、冷たい感じはしない。小物や植物、かたちのそろっていないドイリーがおいてある。潔癖症の人のキッチンではない。冷蔵庫のドアには、いろんなものがいろんなマグネットでとめられている。壁には〈わが家に主のお恵みがありますように〉と書かれた飾りプレートがかかっている。リビングルームにつく。ここもほかの部分と雰囲気が似ている。大きなソファセットの前に、五〇インチのプラズマテレビがおいてある。Ｘｂｏｘとソフトの山が目に入る。棚はＤＶＤで埋めつくされ、整然としているわけではないが、感じよく並んでいる。三、四日掃除をしていないのだろう、コーヒーテーブルはうっすらとほこりにおおわれている。

わたしはこんな感じの家をよく知っている。多忙な人の家。散らかしてはいけないとみずからを戒めて整理整頓を心がけ、できるだけのことをしている人たちの家だ。いいかげんで、不備な点だらけだが、だらしないというほどではなく、部屋が汚くなることはぜったいにない。わたしも毎晩うちに帰るたびに、同じ状態を目にしている。

ダグラス・ホリスターが身ぶりでソファを示す。アランがダグラスにもっとも近い位置に陣どる。バーンズがそのとなりに腰をおろす。わたしはすわらずに立ったままでいる。落ちつかない空気をつくりだすには、そろっていないほうがいい。

アランが話の口火を切ると、わたしは裏庭に目をやる。広い裏庭で、木が一本だけそびえ立ち、まわりには草が青々と茂っている。

「ミスター・ホリスター、じつはきのう、あることが起こりましてね」と、アランがいう。「最初の奥さんですが、行方不明になったのは何曜日だったか、おぼえていますか？」

「ヘザーですか？」

「そうです」

ダグラス・ホリスターはあいかわらず汗をかきながら考える。「えーっと……ちょっと待ってくださいよ。カーディオ・キックボクシングのクラスのあとだった。週の半ば。水曜だ。まちがいない。水曜です。なんで?」

「そのとき、あなたはどちらに?」

ダグラス・ホリスターの顔を怒りがよぎっていく。それでも、ためらうことなく答える。彼にとっては自分の立場をしっかり守ってくれる基盤になる。「うちにいました」

「そのとき、なにをしていたんですか?」

ダグラスは黙ったまま思い出そうとしている。「映画を見ていたんです。息子たちは眠っていた。ぼくが見ていたのは……『ダーティハリー』です」

アランが顔をほころばせる。「クリント・イーストウッドか。いいですね。あなたはどう思います? 俳優か監督か、イーストウッドはどちらのほうがすぐれていますかね?」

バーンズが横目でわたしを見る。わたしは気にとめない。バーンズにはアランの意図がわからないのだ。わたしにはわかる。

ダグラスはけげんな顔をしながらも、質問に答える。「監督としてのほうがすぐれているんじゃないかな。彼の『ダーティハリー』シリーズもマカロニ・ウェスタンも大好きですけど、監督をしているときのほうが実力を発揮している感じがするんですよ」

「同感です。イーストウッドの映画では、どれがナンバーワンだと思います? 彼が監督した作品という意味ですが」

ダグラスは考える。アランの質問にいちいち答えているところをみると、ほぼまちがいなく罪を犯していると思う。身におぼえのある人間は、事情聴取の最中に親密な絆《きずな》を結べると感じれば、どんなチャンスにも飛びつく。捜査官と親しくなれば、信用してもらえると考えているのだ。ダグラス・ホリスターはアランに気に入られようと必死になっていて、どうしてクリント・イーストウッドの話をしているのだろうと不思議に思うこともない。

「『ミスティック・リバー』でしょうね」

「奥さんのヘザーが見つかったんですよ。生きています」アランはダグラスの答えを無視して話題を変える。

針を落としただけでも、音が聞こえたにちがいない。ダグラスは呆然としてアランを見つめている。釣りあげられた魚のように口をぱくぱくさせ、大きな音をたてて不安げにつばをごくりと飲みこむ。「見つかった？」と、ようやくことばを発する。「ど、どこで？」

わたしは眉をひそめる。ダグラスは〝見つかった？〟といった。〝生きている？〟ではなく。ことばの選び方がおかしい。

「車が走ってきて、ホテルの駐車場に放りだされたんです。わたしは同僚たちとそのホテルで結婚式に出席していたんですよ。犯人がそんな場所を選んだのは、法執行機関の人間が大勢いたためではないかと考えています」

「大勢って？　どういうことですか？」

この質問もはなはだおかしい。

「結婚式の出席者の大半がFBIやロス市警の人間だったんです」

ダグラスが視線をそらす。わたしに目をむけ、すぐにまたべつの方向を見る。もはや汗だくになっている。わたしはじっくり観察する。シャツの脇にも汗じみが見える。

「驚いたな」ダグラスはやっとの思いでことばを発する。「どういえばいいのかわからない。なんとなくショックで」

なんとなく？

ダグラスはバーンズを指さし、憤慨して当然だといいたげに顔をゆがめる。「ほら見ろ！　いったじゃないか、殺してなんかいないって。あんたはしつこく追及しつづけたけど、彼女は生きている。元気でぴんぴんしているんだ」

わたしは思わず口をぽかんと開けそうになる。「元気でぴんぴんしているとはいえないでしょうね。ヘザーは八年間も監禁されていたとみられています。精神を病んでいるんですよ。元気でぴんぴんですって？　残念ながら、いまの彼女の状態を説明するのに適した表現とは思えません」

アランの視線を感じる。ことばに気をつけろといっている。わたしは感情を抑える。

「たしかに」ダグラスは胸が痛むとばかりに片手をあげてみせる。「すみません。ピンボールマシンのなかを跳《は》ねまわるピンボールみたいな気分だ。なんていうか……」両手を合わせて脚のあいだにはさみ、膝に目を落とす。「八年は長い。ヘザーが姿を消したときは、頭がおかしくなりそうだった。そのうち犯人扱いされて、彼女をどこかに閉じこめているんじゃないか、殺したんじゃないかと責めたてられた」バーンズのほうをむく。「職務を遂行していただけだというのはわかっています。先ほどは失礼なことをいってすみません」

「気にしないでください」と、バーンズがいう。理解を示すふりをしているが、緊張しているのがわかる。

「彼女はどこにいるんですか？」と、ダグラスがたずねる。「けがをしているんですか？　会わせてもらえます？」

まっ先にたずねるべきことを、いまごろになって矢継《やつ》ぎばやに訊く。

「まだ検査をうけている最中です」と、アランがいう。「現段階でわかっているのは、身体的な傷はどれもいずれ完治するが、心の傷となると別問題だということです。医師たちに訊いても、面会は控えたほうがいいというでしょう」

アランは話しぶりをいとも簡単に変えることができ、わたしはいつも驚かされる。ふだんのアランはゆったりした口調で話す。スラングを少しだけ織りまぜたり、罰あたりなことばをちょっぴり取り入れたりすることもある。どこにでもいるごくふつうの人。いまのアランは、堅苦しいといってもいいほどあらたまった話し方をしている。

「なるほど、そうですか」と、ダグラスがいう。同意するにしても、少しばかり早すぎる。「見当はついているんですか？　彼女をひどい目にあわせたのはだれなのか、犯人の目星《めぼし》はついているんでしょうか？」

いまのは彼が本気で知りたがっていることだ。アランはすぐには答えずに、ダグラス・ホリスターを見つめたまま必要以上に間をおく。「いいえ」と、ようやく答える。「残念ですが、まだなにもわかっていません。わたしたちはミズ・ホリスターが話せるようになって、手がかりをあたえてくれることに期待しています。むろん、いつか口がきけるようになれば、の話ですが」

ダグラスがわずかに身を乗りだす。見逃しそうなほどかすかだが、しきりに知りたがっているようすがうかがえる。「それで?」と、彼が訊く。「彼女はいつか口がきけるようになるんでしょうか?」

やれやれ。この男ときたら、世界一のうそつきか、気が動転して自分の立場がわからなくなっているか、そのどちらかとしか思えない。

アランはこんどもまた必要以上に長い間をおく。間が長引くにつれ緊張感が高まって、ダグラスの片目がぴくぴく引きつりはじめる。「あいにく、いまのところはまだわかりません」「そうですか」ダグラスはまたしても口もとをほころばせ、おもねるような気味の悪い笑みを浮かべてみせる。「みなさん、ビールでもいかがですか?」と、彼が訊く。「一杯飲まないとやってられませんよ」

なんとも場ちがいなことばだ。アランがうまくかわしてくれる。

「せっかくですが、勤務中ですので遠慮します。つきとめたかったことは――いや、こちらにうかがった目的は、おかげさまでほぼ達成できました。申しわけありませんが、あと少しだけ辛抱しておつきあい願えますでしょうか?」

アランは意識的に〝口をすべらせた〟のだ。〝つきとめたかったこと〟ということばを聞いて、ダグラスの目がまたもや引きつりはじめる。

「はあ、かまいませんよ」ダグラスがアランを見すえたまま答える。綿を頬ばっているような声だった。口のなかがからからに乾いているのだろう。

「なにか心あたりはありませんか？　わたしたちの役に立ちそうなことならなんでもけっこうです。ヘザーが見つかったことで、捜査はまちがいなく進展したといえるでしょう。最近、この件に関係がありそうなできごとはありませんでしたか？　だれかあなたに接触してきたとか、メールを送ってきたとか、奇妙なメッセージを残していったとか、そんな人物はいませんか？」

「いいえ、そんな人はいません」と、ダグラスはいう。

「思いあたることは？」

「いや、ありませんね。それがいちばん奇妙なことなんです。三日前まではなにもかもふだんどおりでした。ところが、いまはなにもかも変わった」

これが本音だろう。ダグラス・ホリスターの声を聞けばわかる。こんどもまた、ことばの選び方がおかしい。三日といったが、期間が長すぎる。ヘザーが見つかったのはきのうのことだ。

アランが同情してうなずく。「そんなときもありますよね」と、彼がいう。「不測《ふそく》の事態にそなえて万全の措置《そち》を講じていても、自分でミスをすることがあるんです」

「そう、そうなんですよ」と、ダグラス・ホリスターが同調する。やりきれない思いをしながらも感心しているような目で、アランをじっと見つめている。

「ミスター・ホリスター、おたくには息子さんがふたりいるんですよね？」

「ええ。エイヴリーとディランです」

「今回のことを知ったら、ふたりはどんな気持ちになるでしょう？」

「さあ、どうですかね」

ダグラス・ホリスターの〝情動〟が変化した。目つきが冷ややかになってきた。声色《こわいろ》が単調になった。なぜ？

アランも気づいている。「ミスター・ホリスター、エイヴリーとディランはどこにいるんですか？」

「友だちの家に遊びにいっています」

アランがダグラスを凝視しているのを見て、妙なことが起こっているとわかる。アランはこの家に入ってからずっとダグラスの目を見つめていたが、そのときはじめて視線をそらす。わたしに目をむける。本気で憂慮しているのがわかる。アランがダグラスに目をもどす。「上司とふたりで少し話をさせてください。そしたら引きあげます。あなたはバーンズ刑事と旧交をあたためてください」

ダグラス・ホリスターがうろんな目つきでバーンズをじろじろ見る。「はあ。わかりました」

アランは立ちあがると、わたしをうながしてキッチンにむかう。「まずいぞ」と、彼がいう。

「なに？」

「エイヴリーとディランは友だちの家に遊びにいっていると答えたが、あれはうそだ。どうしてうそをつく？　自分の子どもがどこにいるか訊かれて、うそをつく必要があるのはどんなときだと思う？」

アランの求めている答えがなんなのか、わたしにはなかなかわからないが、わかるなり凍りつく。「この家にいると考えているの？」

アランはしばらく黙っている。「その可能性はあると思うが、だとしたらやばいことになっているはずだ。ホリスターは明らかに自制心を失っている。なにか、あるいはだれかのせいで取り乱しているんだ。あんなふるまいを最後に見たのは、被疑者の自宅で本人の事情聴取をしたときで、あとでわかったんだが、その男はおれたちが到着する直前に妻を殺害していたんだよ。そのときもノックしてから玄関のドアが開くまで、やけに時間がかかったんだ。ホリスターと同じさ。なぜかわかるかい？」

「死体を隠していたから？」

「惜しい。そいつは手についた血を洗い流していたんだよ。おれたちが事情聴取をしているあいだじゅう、死体はソファのうしろに押しこまれていた」

「信じられない」ぞっとする話を聞いて、激しい怒りがこみあげてきた。

「どうする？」

ダグラス・ホリスターはアランにいわれてしかたなくバーンズと話をしており、わたしはそのダグラスに意識を集中させる。問題は、相当な理由――捜索をおこなうことを正当とさせる根拠――があるかどうかだ。わたしたちはホリスターの家に招き入れられたが、捜索令状をとってきたわけではない。利用できる証拠といっても、自分たちの目で見えるものしかない。

「そろそろ圧力をかけたほうがよさそうね」と、わたしはアランにいう。「この家を捜索する法的根拠はまだないわ。根拠がないのに捜索した場合は、たとえなにか見つかったとしても、法廷で証拠として認めてもらえなくなる危険性がある。だから、どうにかしていまここであの男の口を割らせないと」

「白状しなかったら？」

わたしはアランの顔を見つめる。「あなたの勘では？　息子たちは生きてると思う？　それとも死んでる？」

「死んでる」と、アランは迷わず答える。「エイヴリーとディランの話をもちだしたら、あの野郎は度を失ったじゃないか」

「口を割らせることができなかったら、なにかべつの手を考えるわ」

アランはダグラスに目をもどし、指の関節をボキボキ鳴らす。「いまの時点では、直接的にアプローチしたほうがいいだろう」考えこんでいるような口調だ。「まず、あの男に神経言語プログラミングについて説明する。そこでひとまずようすを見よう」

わたしたちはリビングルームに引きかえす。アランは先ほどと同じ場所にすわる。わたしは立ったままでいる。

「失礼しました」と、アランがいう。

「いえ、かまいませんよ」と、ダグラスがいう。バーンズとの会話を切りあげることができてほっとしたらしい。

「ミスター・ホリスター、ここでちょっと神経言語プログラミング尋問《じんもん》について話したいんですが、よろしいでしょうか？」

ダグラス・ホリスターが顔をしかめる。「神経……なんですって？」

「神経言語プログラミング尋問。専門用語は抜きにして、できるだけわかりやすく説明します。神経言語プログラミングというのは、尋問の対象者が答えるときに、認知過程を使っているのか、なにかを思い出しているのかを調べる方法なんです。認知過程というのは、考えることとです。問題に対し、答えをつくりだすわけです。たとえば先ほど、クリント・イーストウッドの監督作品のうち、ナンバーワンはどの映画だと思うかと訊かれたとき、あなたはいままでに見てきた映画を振りかえってから、自身のデータにもとづいて答えを出さなければならなかった。わかりますか？」

「はあ」

「なにかを思い出すときは、認知過程を使う必要はありません。記憶だからです。その記憶をさがしだせばいい。脳にはさまざまな機能をつかさどる部分があって、わたしたちはそのときに必要な部分にアクセスします。そのさい、わたしたちは特定の生理的反応を示すんですよ」アランは身を乗りだす。「反応は目にあらわれます」

ダグラスの片目がまたしてもぴくぴく引きつりはじめる。「目に？」と、間の抜けた調子でくりかえす。

アランがうなずく。「そうです。なにかを思い出そうとするとき、たいていの人は上を見てから右に目をむけます。問題の答えを出そうとするときは、下をむいてから左に目をむける。質問はそのときによっていろいろですが、尋問する側は、記憶をたどる質問と、答えを考えだす質問をして、基準となるベースラインをつくるんです。なんのためにそんなことをするのか、わかりますか？」

「うそをついているかどうかたしかめるため」と、ダグラスがささやき声で答える。目が落ちくぼみ、戦々恐々《せんせんきょうきょう》としている。

「そのとおりです。記憶をたどる質問をされたのに、尋問の対象者が脳の認知機能の部分にアクセスしたら、その人物はうそをついていることになるわけです。たとえば、奥さんが行方不明になったのは何曜日だったかおぼえていますかと訊かれたとき、あなたはうそをついていなかった。思い出していたんです」アランは肩をすくめる。「いうまでもなく、うそをついていることを示すものは、それだけじゃありません。そわそわするというのも、まちがいなくそのひとつです」そこでにっこりする。「わたしたちがやってきたとき、あなたはそわそわして汗だくになっていました。具合が悪くて寝ていたといいましたが、そんなことはないと思いますよ」

ダグラスはなにもいわない。蛇に見こまれた蛙になっていた。蛇はアランだ。

「じつは、とても懸念《けねん》していることがひとつありましてね、ミスター・ホリスター」アランはダグラスに体を近づけて脚のあいだに膝を押しこみ、男性自身をそれとなく脅かす。「先ほど息子さんたちのことをたずねたでしょう？　エイヴリーとディランはどこにいるのかと訊きましたよね？　あなたはうそをつきました。わたしにはわかったんです。わたしには――わたしたちには――それがどうも引っかかるんですよ。息子さんたちはどこにいるのかとたずねられて、なんだってうそをつく必要があるんですか？」

ダグラス・ホリスターは目を大きく見開いている。口はあんぐりと開けているが、本人は気づいていないらしい。わたしたちの目の前で自滅しようとしている。

「わたしたちは相手のいわゆる〝情動〟にも注意を払う訓練をうけているんですよ、ミスター・ホリスター。おおざっぱにいうと、ある種の感情もしくは複数の感情を味わっている人を見て、感情の動きを観察するんです。情動には、退屈や悲しみなどいろいろあります」アランはさらに体を近づけ、膝を奥に押しこんでいく。もうダグラスの股間のすぐそばまで迫っている。

ダグラスがおならをする。一回。当人は気づいていない。プッという小さな音だが、わたしたちにとっては手がかりになる。高度な技術をもつ取調官に尋問されて、おならやげっぷをする人は少なくない。放屁《ほうひ》したからといって、恥じ入る必要はない。不安になっているときの生理的反応なのだ。

「それまでは不安にさいなまれていたのに、息子さんたちのことをたずねられると、感情という感情を失いかけた。その種の反応を示すのは、どういう人間か知っていますか?」アランが首を前に伸ばすと、彼の鼻がダグラスの鼻にくっつきそうになる。「殺人犯です」

「ううう……」と、ダグラスがうなる。

もはやこわれかけている。尋問がどんなに破壊的なものか、世の大半の人には想像もつかないだろう。容疑をかけられ、バッジをつきつけられただけで、たちまち気を失った男たちも大勢いる。

「まいったな。こいつ、小便をもらしてるぞ」と、バーンズがつぶやく。

尿のしみがひろがっていくのが目に入り、つづいてにおいが鼻をつく。アランは身じろぎひとつしない。

「エイヴリーとディランの遺体はどこですか?」と、アランがたずねる。

ダグラス・ホリスターは返事をしない。気が動転してことばを発することができないのだろう。腕を伸ばし、階段を指さす。

わたしは即座に動きだす。ダグラス・ホリスターをアランとバーンズにまかせ、ベージュのカーペットを敷きつめた階段を駆けあがって二階にむかう。二階の廊下は照明がついている。白い壁のあちこちに、フレームに入った写真が丁寧にかけられている。寝室の数については見込みちがいをしていた。二階にはふたつしかない。両開きの扉のついた主寝室と、廊下のつきあたりの右側にある片開きの扉のついた寝室。もうひとつはバスルームだ。ドアが開いているからわかる。

わたしは主寝室から取りかかる。ドアを開けるなり、排泄物のにおいがかすかにただよってくる。思わず鼻にしわを寄せ、拳銃を抜いて入っていく。平凡とはいえ、センスのいい部屋であることは認めざるをえない。キングサイズベッドの上の天井から、シーリングファンがさがっている。壁のひとつはアクセントウォールでダークブルーだが、残りはいずれも白だ。家具はどれも木製で、古すぎることも新しすぎることもない。

いままではベージュ色を見て、個性がないのも悪くはないと思っていたけれど、これからは嫌いになりそうだ。

くだらないことを考えてみたところで恐怖感が消えることはなく、物音がするともう少しで銃を発砲しそうになる。バスルームから聞こえてくる。鼻を鳴らすような音につづいて、舌なめずりをしているような湿っぽい音がした。バスルームから聞こえてくる。わたしは深呼吸をして頭をはっきりさせ、バスルームにむかう。少しだけ開いているドアの前に立ち、思いきって開け放つ。

エイヴリーとディランの姿が目に飛びこんでくる。予想はしていたが、それでもやはり心が萎《な》える。バスルームの床には毛羽《けば》だったカーペットが敷いてあり、バスタブとシャワールームまでつづいている。少年のひとりは横むきに寝ており、顔をカーペットに埋めているものだから、後頭部と耳しか見えない。首のまわりにあざがある。もうひとりはあおむけに寝ていた。目は閉じているが、口は開いている。わたしはひとりめの男の子のそばで膝をつき、脈があるかどうかたしかめてみる。希望は捨てていないが、ほんとうに期待しているわけではない。脈はない。

舌なめずりのような音がまた聞こえ、わたしはとっさに立ちあがって銃をかまえた。深めのジャグジーバスから聞こえてくる。おそるおそる近づく。バスタブのなかに死体袋らしきものが見える。袋から透明のチューブがつきだしている。袋がいきなり動いたかと思うと、うがいをするような湿った音が聞こえる。

わたしは拳銃をホルスターにおさめ、躊躇なくバスタブに入っていく。震える手で袋のファスナーを開ける。排泄物のにおいは強烈だが、気にしている余裕はない。いま考えられるのは、袋のなかに生きている人がいて、けがをしているかもしれず、これが一刻を争う事態だということだけだった。袋の折り返しを左右に分け開くと、なかからすさまじい悪臭がもれてくる。わたしは袋のなかの女性を見て、自分の顔から血の気が引いていくのを感じた。めまいがする。

バスタブの縁に腰をおろす。アランを呼びたいのに、声が出ない。ただ見つめるだけで、なにもできない。

デイナ・ホリスターだ。白黒写真で見ていたからわかる。裸だ。うつろな目で宙を見つめており、本能的に飢えを感じとっているのか、口を開いたまま左右に動かしている。そのうち、プラスチックのチューブがはずれて落ちる。

「デイナ？」と、ささやき声で呼びかける。

返事はない。あいかわらず宙を見つめている。よだれをだらだらたらし、生気がまったくなく、脱《ぬ》け殻《がら》のような感じがする。深い悲しみと激しい怒りと苦しみの入りまじった感情がこみあげてきて、わたしはいたたまれなくなる。デイナのそばで膝をつき、袋を大きく開ける。においなんかかまっていられない。どこかにまだ意識が残っているとしたら、彼女にふれ、ひとりぼっちじゃないことをわからせてあげたい。わたしは袋のなかに腕を伸ばしてデイナの手をつかむ。その手をそっとささえると、つづいて彼女の顔に腕を伸ばして額をなでる。反応はない。一度だけ口を開け閉めし、音をたてて舌なめずりをする。

デイナの目の上、眼窩《がんか》の内側に穴があいていることに気づいたとたん、全身を戦慄が駆け抜ける。

これはわたしが考えているものと同じだろうか？　こういう穴なら、前にも見たことがある。

もうひとりの男の子が――デイナの音に驚いてまだ調べていなかったほうの子が――小さなうめき声をもらすと、わたしは心臓がとまるほどぎょっとして、あやうくバスタブの縁からうしろにころげ落ちそうになる。すぐに落ちつきを取りもどし、少年のそばに這っていって脈を確認する。弱々しく頼りないが、脈はある。男の子が咳を二回して、まぶたを震わせる。

「アラン！」と、大声で呼ぶ。「二階にあがってきて！　早く！」

階段をのぼる重い靴音が聞こえてくるまで待ってから、わたしは気をゆるめて涙を流す。悲嘆、不安、恐怖。少年を抱きあげ、この子をうめかせてくれた神に感謝する。うめいたということは、生きているという意味なのだから。デイナ・ホリスターが一度鼻を鳴らす。もうひとりの子は、見えない目でカーペットをのぞきこんでいる。

わたしたちのすることは本能的で、動物と少しも変わらない。

16

デイナとディラン・ホリスターは救急車で搬送《はんそう》された。わたしはふたりがヘザーのいる病院につれていかれるように手配しておいた。エイヴリー・ホリスターは死亡が確認された。悲嘆は激しい怒りの熱風に吹きとばされて消えうせた。ダグラス・ホリスターの手足をもぎとり、目玉をえぐりだし、舌を引っこ抜いてやりたかった。

肩に大きな手を感じる。「さあ、こんどこそ本腰を入れてダグラス・ホリスターの事情聴取をしよう」と、アランがいう。「被疑者の権利はもう読みあげた。やつは、弁護士は必要ないといっている。ぜんぶ吐かせるつもりなら早いほうがいい。鉄は熱いうちに打てっていうだろ」

目を閉じて耳を澄ませば、遠くで響く救急車のサイレンがいまもまだ聞こえる。「その前に彼を移送する？」

「いいや。考える時間をあたえればあたえるほど、あの手この手で保身《ほしん》をはかる可能性が高くなる。ダグラスにはもう確認した。ここで事情聴取をうけることに同意したよ。あの男、ご親切にもビデオカメラと新しいテープまで用意してくれた」

「どうしてそんなに協力的なの？」

「おびえているんだよ。デイナにあんなことをしたのは、あいつじゃないんだ」

わたしはそこから派生するさまざまな問題について考えてみる。「先に電話をかけさせて。それが終わったら、そうね、ここで事情聴取をしましょう」

キャリーは黙ったまま、わたしから聞いたデイナと息子たちに関する情報を頭のなかで整理している。

「あらあら」キャリーがようやく口を開く。「わたしたちはなにをすればいい？」ふだんとちがって無駄口をたたかずにてきぱきしている。

「ジェームズには事件ファイルから必要な情報を抽出する作業をつづけさせて。あなたはＶＩＣＡＰで検索して。デイナ・ホリスターの件と同様の犯行をさがしてもらいたいの」

「犯人は前にもやったことがあると考えているの？」

「それはわからないけど、犯行の手口が独特だとは思っている。やったことがあるとしたら、まちがいなくＶＩＣＡＰに登録されているはずだし、犯人はまちがいなく同一人物よ」

暴力犯罪者逮捕プログラム《ＶＩＣＡＰ》は、一九八五年にＦＢＩによって設立された。天才的なひらめきで、その名に恥じない働きをしてきた。協力が不可欠なこころみだった。ＦＢＩは必要事項を記入できる書類を作成し、プログラムに参加している全国の法執行機関に配布する。書きこまれる惨事はどれも身の毛がよだつほど恐ろしいのに、書類そのものはきわめて事務的で、わたしはその対比にいつも面食らう。〈答えが〝はい〟ならば、つぎの項目へ……〉という指示が延々とつづき、込みいった納税申告書を思わせる。

〈被害者に対して、異常な暴行／外傷／拷問はくわえられていましたか？　はい／いいえ／不明〉。〝はい〟にチェックを入れた場合は、あらゆる種類の虐待が列挙されている88bの質問に答える。〈〝はい〟ならば、どのようなものがありましたか？（該当するものをすべてチェックして説明してください）〉。ほんの一例だが、つぎのような選択肢がある。〈手／こぶし／物で性器を殴打する、体腔《たいこう》や傷口を探る／調べる、人肉を食べる、被害者に灌注／浣腸をする、皮膚を剝ぐ〉など、残酷な仕打ちが並ぶ恐ろしく長いリストの最後に、わたしのお気に入りがある——〈その他〉。

VICAPの書類をはじめて見たとき、わたしは質問や選択肢を思いついた人たちのことを考えた。あんなチェックリストをつくれるようになるまでに、どんなものを目にしなければならなかったのだろう？　もれがないと請けあえるようになるには、どんなことを知らなければならないのだろうか？　そのころは不思議に思ったものだが、いまはもう当時のような未熟者ではない。自分の目で見てきたものを思い出せば、リストにある選択肢の大半はすらすらいうことができる。

記入がすむと、書類はクワンティコのVICAPに送られる。情報はデータベースに登録され、そこまで終わると、既存のデータベースと照合し、類似事件があるかどうか確認できるようになる。

「関連情報を教えて」と、キャリーがいう。

キャリーがこれから記入する書類を頭に浮かべ、わたしはできるだけ客観的に伝えるようにと自分にいいきかせる。もれなく話すことはできない。いまはその必要はない。キャリーに調べてもらいたい事柄について説明する。医師にはまだ確認してもらっていないが、わたしが直感で事実だと考えていることを話す。

キャリーはしばらく黙っていた。「それ、たしかなの?」

「百パーセント確実じゃないけど、わが家を賭けてもいいわよ」

「さっそく調べてみるわ」

わたしたちが玄関のドアをノックしたときとくらべて、ダグラス・ホリスターはだいぶ落ちついてきたように見える。さほど意外なことではない。罪を認めた人によく見られることなのだ。みずから犯した罪を隠していると、ストレスがたまる。犯罪者のひとりがその心境を〝プレッシャーが大きくなってくばかりで、はけ口がない感じ〟と表現したのを思い出す。これでもうひた隠しにする必要はないとわかると、多くはほっとするようだ。わたし自身の経験からいって、白状したあとの犯罪者はたいてい眠らせてほしいと頼む。ようやくリラックスできるのだろう。

ダグラスはソファにすわっていた。アランがコーヒーテーブルを移動し、ビデオカメラをダグラスの真正面にすえた。先ほどと同じように、ダグラスのすぐそばにはアランがすわっており、となりにはバーンズがいる。わたしは立ったままでいることにした。ダグラス・ホリスターにあまり近づきたくない。自分がなにをしてしまうかわからなくてこわい。

裏庭につづくガラスの引き戸から陽光が入ってくる。ここには似つかわしくないが、太陽は別けへだてなくだれにでも光を降りそそぐ。

「たばこを吸ってもいいですか？」と、ダグラスがいう。「かまいませんか？　デイナはいやがっていましたが、もういいんじゃないかと思って」

「どうぞ。ここはあなたの家ですから」と、アランがいう。

冷たい感じはしないが、きわめて事務的な口調だ。これも仕事の一部――相手に協力し、相手からも丁重な扱いをうける。なぜ？　わたしたちの仕事では、実際的な考え方をする必要があるからだ。被疑者にはしゃべらせなければならない。黙りこまれると困る。そんなわけで、感情的には火あぶりにしてやりたくても、彼らが自分の罪を白状しつづけるかぎりは、飲み物をもっていき、たばこに火をつける。

「キッチンにあるんです」と、ダグラスがいう。「とってきていいですか？」

「どこですか？」と、バーンズが訊く。彼も丁寧な話し方をする。自分の手でダグラスを絞しめ殺してやりたいと思っているはずだが、どうふるまうべきか心得ている。

「レンジの左にある引き出しのなかです」

バーンズが腰をあげ、しばらくしてマルボロレッドとグリーンのライターを手にもどってくる。わたしの心を渇望と皮肉というふたつの痛みが駆け抜けていく。たばこをやめて四年近くたつのに、ストレスを感じるといまでも吸いたくてたまらなくなることがある。かつてはわたしもマルボロレッドを吸っていた。ダグラスがたばこに火をつけるのを、憎悪のせいで何倍にもふくれあがった羨望のまなざしでながめる。ダグラスは煙を深く吸いこむと、目を閉じてつかのまの至福を味わう。

アランがビデオカメラの録画ボタンを押す。

「FBIのアラン・ワシントン特別捜査官です。これよりダグラス・ホリスターの事情聴取を本人の自宅でおこないます。自宅の所在地は……」日にちと正確な時間、同席者の氏名とその場にいる理由など、関連情報を列挙していく。ダグラスは遠くにあるなにかに目を凝らし、たばこを吸いながら聞いている。「ミスター・ホリスター、わたしはあなたの権利をすでに読みあげました。まちがいないということを、カメラにむかって証言していただけますか？」

「はい。まちがいありません」

「あなたはこの事情聴取に弁護士を同席させる権利を放棄しました。そのとおりだということとを、カメラの前でいっていただけますか？」

「はい。そのとおりです」

「この事情聴取には自分の意志で応じたのであり、威嚇《いかく》されたり強要されたりしたためではないことを、確認してもらえますか？」

「はい」

「この事情聴取に応じ、供述の模様を録画することに同意したのはなぜなのか、話していただけますか？」

ダグラス・ホリスターは間をとり、たばこをもう一服する。灰皿はないが、気にしていない。コーヒーテーブルに灰を落とす。

「こわいんです。デイナに……あんなことをした男……彼はぼくを狙っている。助かるには、警察に保護してもらうのがいちばんだと思ったんです」

「ありがとうございます。最後にもうひとつ。このビデオカメラを貸してくれたのは、あなたですね？」

「はい」

「この事情聴取の模様を録画するのに使用しているテープをもってきてくれたのも、あなたですね？」

「そうです」

「わたしたちがビデオカメラやテープに手をくわえていないことを、ここで確認してもらえますか？」

「いかにも！」ダグラスはそういってクスクス笑いだす。

「現在使われていることばで肯定していただけますか？」アランはあくまでも辛抱強い。驚嘆に値する。

ダグラス・ホリスターはコーヒーテーブルにたばこを押しつけてもみ消すと、もう一本取りだして火をつける。「すみません。はい、ビデオカメラやテープに手はくわえられていません」

「ありがとうございます」アランはしばらく黙っている。考えをまとめ、この事情聴取にどれだけ時間がかかろうと、腰をすえて取り組む準備をしているのだろう。「ミスター・ホリスター、エイヴリーについて話してください」

ダグラスは縮みあがってそのまま消えてしまいそうになる。気まずそうに目をそらす。

「エイヴリー」

「エイヴリーはあなたの息子ですよね？」

「はい」

「エイヴリーは、この家の主寝室にあるバスルームで遺体となって発見されました。絞め殺されたんです。あなたが殺したんですか？」

「はい。はい、そうです」驚いているような声だ。

「殺したのはいつですか？」

「ゆうべ、深夜」

「時間は？」

「午前三時ごろだと思います」

「どうやって殺したんですか？」

ダグラスは片手で目をおおってしゃべっている。話すあいだ、わたしたちに見られているのを見たくないのだろう。「息子たちを眠らせようと思って、ふたりにドラッグをあたえました。薬だよといってのませたんですよ。息を引きとるときに、目をさましてこわがったりしないようにしたかったんです。ぼくはまず、エイヴリーの寝室に行きました。枕を押しつけて窒息させるなんてことはしたくなかった――できるかどうかわからなかったんです。時間がかかりそうで。きのうインターネットで頸動脈について調べたんです。そこを押さえると、相手はあっというまに気絶するとかって。万一ドラッグが効いていない場合にそなえて、取りあえずそいつをやってみようと思いました。あの子がまちがいなく意識を失っているようにしておきたかったんです」

バーンズが手帳にすばやくなにかを書きとめる。ダグラスのコンピューターのウェブサイト閲覧履歴を調べるのを忘れないように、メモをとったのだろう。

「寝室に入っていって、息子を起きあがらせてうしろにまわりました。両腕を首に巻きつけると、あの子が目をさましかけたんです。なにがあったのかわからない。ドラッグはじゅうぶんにあたえたつもりだけど、もしかしたらぼくが見ていないときに、エイヴリーがカプセルをディランにこっそりわたしたのかもしれない。エイヴリーはそういうことを要領よくやる子なんです」ダグラスは喉ぼとけを大きくあげさげして、ごくりとつばを飲みこむ。「あの子はもがきつづけていました。頸動脈を押さえても意識を失わなかったんです」あいかわらず手で目をおおっている。「だから、むかしながらの方法でやるしかなかった。たばこは忘れられたまま燃えつづけている。もう一方の手は膝にのせており、ぼくはエイヴリーの顔をなぐったんです。エイヴリーを放してみたら、あの子はうろたえていました。ぼくはエイヴリーの顔をなぐったんです。二回、思いっきりなぐりました」

「こぶしでなぐったんですか?」と、アランがたずねる。詳細をできるだけ探りだし、ダグラス・ホリスターを絞首刑のロープのほうへそっと導いていく。

「はい」ダグラスは息をのむ。「あの子はなんとか口を開いてことばをいいかけた。なんていったと思います? 〝パ――〟といって、その瞬間、ぼくのこぶしが口にあたったんです。なんてことだ。あの子はまだ完全には目をさましていなかったのに」

「それからどうしたんですか?」

「エイヴリーの首を絞めはじめました。強く。ありったけの力で。生まれてこのかた、あんなに渾身《こんしん》の力を振りしぼって握りしめたことなんてありません。歯を食いしばっていたのをおぼえている。わかりますか? こんなふうに」野獣のように歯を剝きだしてみせる。目はいぜんとして手でおおっていた。「あのときのぼくはモンスターみたいに見えたはずです。エイヴリーはぼくの顔を見て、ものすごく怒っていると思ったんでしょうね。けど、ぼくは怒ってなんかいなかった。顔をゆがめていたのは、怒っていたからじゃない。がんばっていたんだ。あの子のために早く終わらせてやろうとしていたんですよ。力いっぱい絞めているうちに、手が痛くなって腕の血管が浮きだしてきたんです」ダグラスの声から苦しげな響きが消え、驚いているような口調に変わっていく。「エイヴリーの顔は真っ赤になっていた。どす黒い赤というか。息子は目をかっと見開いて舌を出し、小便をもらしていました。もう、つらくて見ていられなかった。手は両方ともぼくが膝ではさんで押さえつけていたので、胸がびくっびくっと動いてぶつかってくるのを感じました。そのあと――とまったんです。動きがとまった。なにもかもとまったんです。あの子は死んでいました」ダグラスは目をおおっていた手を離す。たばこを深く吸いこむ。

わたしはダグラス・ホリスターを殺したい思いにかられる。せめてもの救いは、彼が涙を流していないことだろう。空涙を見せられたりしたら、わたしはなにをしでかすかわからない。

「エイヴリーをバスルームに運んだのはいつですか?」と、アランが質問する。

ダグラスは二本めのたばこをもみ消し、三本めに火をつける。「そのすぐあと。重くてびっくりしました。自力で動けないものの重さを〝死重《デッドウエイト》〟というけれど、いまならそれもよくわかります。信じられないほど重かった。心臓がどきどきして、なにからなにまですごく鋭敏になった感じがしたんです。どういうことかわかりますか?」

「なんとなく」

「ぼくはエイヴリーをバスルームに運びこんで床に寝かせました。最初はあおむけに寝かせていたんですけど、そのうち顔をカーペットのほうにむけたんです。目が開いていたものですから。死んでいるのに宙を見つめさせたままにしたら、罰があたるんじゃないかと思って。わかります？　ぼくとしては精いっぱい気をつかったんですよ。わかるでしょ？」にやりと笑う。墓をあばいて死人を食う悪鬼みたいで、常軌を逸している。笑みが消えていく。「もうたいへんで、お手あげでしたよ。すぐにディランのところに行けばよかった。エイヴリーと同じように、あの子も片づけるべきだったのに、どうしてもできなかったんです。ディランをバスルームに運びこむところまではしたものの、エイヴリーのことでまだ気が動転していて、ディランを殺すなんてできなかった。時間が必要だったんですよ」自分にいいきかせるように一度うなずく。「そう。時間が必要だった」

アランはなにもかも冷静に受けとめる。「ミスター・ホリスター、エイヴリーを殺害したのはなぜなのか、理由を話してもらえますか？」

ダグラス・ホリスターは遠い目をして考えている。いまこうして落ちついて振りかえってみて、自分の考え方に疑問をいだきはじめたのかもしれない。

「ミスター・ホリスター？」といって、アランが返事をうながす。

「逃げなきゃならなかったんですよ。銀行の預金を全額引き出して、逃げださないといけなかった。現金だけで生活するんです。そんな生活、幼い息子たちにはできっこない」

わたしはこの種の考えをいやというほど聞いてきた。たちの悪いナルシズムの典型なのだ。父親や夫が、失踪《しっそう》あるいは自殺しようと考える。彼は自分がいなくなったら、家族は生きていけないと考えて妻子を殺す。じつは、自分がいなくなったときに、家族に情けない男だと思われるのが耐えられないのだ。

「どうして逃げださなければならなかったんですか？」と、アランがたずねる。

「取り返しのつかないことをしちゃったんですよ。彼に金を支払うことになっていたんです。なのに、払わなかった。だから、彼はデイナをつれさって……あんなことをしたんです」ダグラスはデイナのことを思い浮かべて顔をゆがめる。「彼はヘザーを解放するといいました。そのあと、ぼくもデイナと同じ目にあわせるといってきたんです」

「〝彼〟とは、だれのことですか？」

ダグラスの声が低くなっていく。「いろいろ経験していくうちに、たいがいのことは耐えられるようになります」と、彼はいう。「毎日のことじゃなければ、なんだろうとたいして苦にならない。最初の数週間か数カ月はきついかもしれないが、時間がたてば、なんていうか……なにもかもほこりをかぶる。現実の世界と同じですよ。月日が流れ、あらゆるものにほこりが積もり、ほこりは土になって、土からは木が生える。ほどなく、家が建ち並ぶと、そのぴかぴかの真新しい家が、じつは墓地の上に建っているなんてことは、だれにもわからなくなる」

ダグラスはたばこの煙を深ぶかと吸いこみ、びくっとして咳をする。「最初のうち、ヘザーとは愛しあっていました。ぼくは彼女を心から愛していたんです。ヘザーは頭がよくて、やさしくて、ベッドでも相性がよくて、すばらしい母親でもあった。仕事に打ちこんでいて、それはちょっと不満でしたが、はじめはそんなに気にならなかったんです。少なくとも、そのころは問題にしていなかった。ぼくはまちがっていたんですよ。

時が流れた。ヘザーは変わり、ぼくも変わり、やがて、彼女はぼくの求めていた相手ではないと気づいたんです。ほんとうはぼくに気を配って、わがままを聞いてくれる相手を求めていたんですよ。ヘザーのほうは、仕事に専念させてくれる相手を求めていた。

それにね、不満をもっていたのは、ぼくだけじゃなかったんですよ。ヘザーはアボットというめめしい不動産屋とつきあうようになったんです」

これもナルシズムだ。ダグラスは妻を愛していないとわかると、彼女のかわりをさがしはじめたものの、妻も似たようなことをしていると知り、ショックをうけて腹を立てた。

「ぼくはラッキーだった。デイナと出会えたんですからね。ヘザーとちがって、すごくいい体をしているわけじゃない。けど、どんなことでも心をこめて一生けんめいやってくれた――ぼくのためなら。〝彼氏〟のためなら」ダグラスはアランにむかってほほえむ。病的な笑みだ。「ぼくのことをそう呼んでいたんですよ。彼氏って。デイナは自分の理想よりいつも少しだけ体重がオーバーしていました。太る体質なんでしょうね。それでも、日曜以外は毎日ジムに通って一時間運動していました。彼氏のためにきれいになりたかったからです。彼女は料理をつくってくれました。セックスを拒んだこともなければ、武器として使ったこともない。ぼくはそんな妻を求めていたんですよ」

わたしはダグラスの話を聞いて、欠けている部分について考える。ヘザーは強い女性だった。時代遅れの男だということを承知のうえで、ダグラスと結婚するわけがない。彼が本性を隠していたのだろうか？　それとも、ただの錯覚？　カップルにときおり見られる思いちがいのようなもの？　人間はだれでもひとつの面しかもっていないわけではない。いろんな面をもっていて、その人をつき動かす主要な部分は、表面にはあらわれないさまざまな要素で形成されている。

思い出にふけっているとみえ、ダグラス・ホリスターは黙りこんでいた。話をつづけさせようと、アランがうながす。「それで、どうなったんですか？」

「ぼくは悩んでいました。ヘザーは銃をもつ最低女だったんです。離婚することになったら、息子たちも家も取りあげられるにちがいない。デイナはささえになってくれるといいましたが、そんなことをいったって――自分のアパートメントに負け犬がころがりこんできて喜ぶ女なんているわけがない。そうでしょ？　ぼくは頭をかかえるばかりだった。思いつめて眠れなくなったんです」ダグラスは敵意に満ちた目でわたしをぎろりとにらみつける。おそらく、わたしも〝銃をもつ最低女〟だからだろう。「そうこうするうちに、ベッドでもうまくいかなくなってきたんですよ！　信じられないでしょう？　ぼくの望みといったら、愛する相手を堂々と愛せるようにしてほしいということだけだった。なのに、ヘザーは息子たちを、ぼくの家を、性機能まで奪おうとしていたんですよ！」

「離婚について、彼女と話しあったことはないんですか？」と、わたしはたずねる。ほんとうはなにもいわずにすべてをアランにまかせておくべきなのだが、ダグラスから返ってくる答えがほぼ確実にわかっていただけに、口をはさまずにいられなかった。

「話しあう?」笑い声をあげ、わたしの質問を一蹴《いっしゅう》する。「話しあうまでもなかった。どんなことになるかわかりきっていましたからね」

わたしは喉まで出かかったことばをのみこむ。ダグラスはヘザーと話しあおうともしなかった。彼女がどんな女性でどう出るか決めてかかっていた。彼女とすごした年月にもとづいて判断したわけではない。自己愛にもとづいて判断したのだ。

話しあっていれば、ヘザーは家くらいは彼に譲っていたかもしれない。

「それで、どうなったんですか?」と、アランが主導権を取りもどしてたずねる。

ダグラスは最後にもう一度うろんな目つきでわたしを一瞥してから、アランに注意をむける。「夜ふかしすることが多くなりました。ずっとネットサーフィンをしていたんです。なんでもいいから楽しいことをしていたかったんですよ。そのうち、あるウェブサイトを見つけました。ぼくと同じように、愛してもいない相手と結婚してうんざりしている男たちのウェブサイトです。妻たちは夫から身ぐるみ剝いでやろうと、手ぐすね引いて待っている。サイトにはフォーラムとチャットルームがあって、ぼくはそこにくわわって何時間もすごすようになりました。安全な場所だから、日ごろの怒りをぶちまけたりアドバイスをあたえあったりすることができるんですよ。どうやって見つけるのか、たまにどこかのフェミニストがそのサイトにまぎれこんでくることもあった。彼女たちのことを〝雌豚〟と呼んでいたっけ」といい、そのときのことを思い出して笑みをもらす。「そんな手合いが入りこんだとわかると、サイトの管理者がすかさず追いはらうんですよ。まあ、仲間を見つけたからといって、問題が解決したわけじゃありませんが、気が楽になったのはたしかです。

　メンバーのなかには妻と離婚してからも、まだ離婚していない仲間の力になろうとして残っている人もいました。再婚したメンバーも何人かいたけど、相手はみんなむかしながらの気立てのいい女性でしたよ。ロシアとか南米。タイ人もいたかな。とにかく、アメリカの女は論外ですよ」と、小声でいう。「勘ちがいもはなはだしい雌豚どもなんて、まっぴらごめんだ。メンバーのひとりがいっていましたよ。〝スウェットパンツをはいたデブ女が、スーパーマーケットで色気たっぷりに『あーら、そそられるわ』なんていうのを聞いたら、その場でゲロを吐くだろうな〟ってね」ダグラスは自分の訓話に夢中になっているとみえ、主張を通そうと身を乗りだしてアランに指をつきつける。

「買い物をしているロシアの女を見たことがありますか？　スウェットパンツ姿を見られるくらいなら、死んだほうがましだと思っているんですよ。ベッドからころがりでると同時にメイクをするんだ」敵意をふくんだ目でまたわたしをにらみつける。「それはともかく。どこまで話したっけ？」たばこを吹かす。「メンバーのほとんどは、そういうことで文句をいっていました。だからぼくが理想の女を見つけ、しかもれっきとしたアメリカ人だって伝えると、みんなにどれだけうらやましがられたか、おおかた想像がつくでしょう。信じられないといったやつもいる。ぼくはその気持ちもわかるといった。宝くじにあたるようなものだって。でも、デイナは本物だったんです」そこでにやりと笑う。「とはいえ、連中には一本とられましたよ。古株のメンバーのひとりがぼくに、彼女の母親のことを調べたほうがいいといったんです。そこで、デイナに訊いてみたんですよ。そしたら、どうだったと思います? デイナはアメリカで生まれたが、移民の子だった。両親はポーランドからアメリカに移住してきたんです。メンバーたちはそれをネタに爆笑してたけど、ぼくはどんなに笑われても平気でしたよ」そのときを振りかえって得意げに話す。「〝ほら、やっぱり〟と、彼らはいった。〝彼女には男の扱い方を心得ている母親がいたんじゃないか〟とかって。まさにそのとおり。デイナの両親にはそれから何度も会いましたけど、彼女は母親そっくりなんですよ」

ダグラスの話にげんなりしたり不快な思いをしたりしているとしても、アランはそんなようすはいっさい見せない。「あなたはそのフォーラムやチャットルームにちょくちょく参加するようになった。それから?」

「すると、ある日、プライベートチャットがしたいというリクエストがあったんです」

「プライベートというと?」

「レギュラーチャットルームは公開されていて、だれでも参加できるんです。チャットルームに入れば、全員のメッセージを読むことができる。プライベートチャットの場合はべつのウインドウが開かれて、話をしているふたりの人間しか読むことができないんですよ」

「わかりました。つづけてください」

「その男のハンドルネームはDali《ダリ》っていうんです。変わった名前だと思ったのをおぼえています」

「あなたのハンドルは?」と、わたしはたずねる。

「TruLove《トゥルーラヴ》です」と、開きなおって答える。

吐き気がするが、わたしは黙っている。

「知らない男でしたが、新しいメンバーは絶えずあらわれますからね。雌豚どものあらたな犠牲者です。仲間うちでは、〝歩くタマなし《ウォーキング・ボールレス》〟と呼んでいました」アランにむかってにやりと笑ってみせる。「わかるでしょ?　歩行可能な負傷兵《ウォーキング・ウーンデッド》みたいな――ただし、タマはない」

アランは義理でにっこりする。「じつにうまい。で、ダリはなんといってきたんですか?」

「ぼくの悩みを解決してくれるって。妻を失踪させ、遺体はぼくが望むときまで、あるいは永遠に見つからないようにするといったんです。当然のことながら、ぼくは不審に思って、自分の考えを彼に伝えました。〝もしかして、警察官なんじゃないのか?〟って。すると、彼は〝警察官ではない。それを証明してみせよう〟といってきた。〝職場の同僚――男でも女でも――で、むかつくやつはいないか?　どうも好きになれない相手はいないか?〟といったんですよ。

それならすぐに答えられる。だれにでも気に食わない上司や同僚のひとりやふたりはいますからね。ぼくの場合、相手は女でした。直属の上司ではなく、うちの部署となにかにつけてかかわりのある部署の部長です。名前はパイパー・スタイルズ――ばかげていて笑っちゃうでしょ――どうしようもなく鼻持ちならない女でした。お尻をじろじろ見ていたといってぼくに食ってかかり、セクハラで訴えてやると脅したことだってあるんです」ほとほと愛想がつきるとばかりに顔をゆがめる。「あの女ときたら、ぴっちぴちのスラックスをはいていたんですよ――ケツを見たからって、無理はないでしょう！　そんなわけでダリにたずねられると、その女が頭に浮かんで、彼女のことを伝えたんです。ダリは女の名前の正確なスペルと容貌を教えてくれといいました。それから、彼女が乗っている車種と色はわかるかと訊いて、ぼくはエメラルドグリーンのマツダ・ロードスターだと答えたんです。

　ダリは、数日後にパイパーの身になにか起こるといいました。命にかかわるようなことじゃないが、ひどい目にあうから、ぼくの耳にもかならず入るというんです。〝それで、わたしが警察官じゃないことも、本気だということも、証明されるはずだ〟と、ダリはいいました。ぼくは〝オーケー、いいだろう、相棒〟とかなんとか、そんな感じの返事を送ったんです。どうせでたらめだろうと思っていたんですよ。〝最後にもうひとつ〟と、彼はいってきました。〝この話は他言無用だ。だれかにひとことでももらしてみろ、エイヴリーとディランの命はない〟といって接続を切断したんです。ぼくは取り残されて、たったいまやりとりをしていた相手はだれなんだろうと考えた」たばこを見つめ、指にはさんでころがす。「取りあえず、パイパーの身になにか起こるかどうかようすを見ることにしたんです。それまでは、息子たちのためにも口を閉ざしておこうと決めました。万が一にそなえてね。たぶん、あいつは頭がいかれているんだろうと思っていました。じつはメンバーのひとりで、悪ふざけをしてぼくをからかっているのかもしれないって」ダグラスは肩をすくめる。「とはいえ、用心するに越したことはない。エイヴリーとディランはぼくの息子だ。あの子たちを危険にさらすわけにはいかない」

その息子のひとりがダグラス自身の手にかけられ、遺体となって二階に横たわっているという事実を考えれば、なんともばかげたことばに思えるが、ダグラスの理屈には数えきれないほど穴があり、彼がその矛盾に気づいていないのと同様に、これがおかしいということがわかっていないのははっきりしている。ダグラスは自身の行為を無理やり正当化し、わたしたちではなく、自分を納得させることができればいいと思っているのだ。

「パイパー・スタイルズにはなにかあったんですか？」と、アランがたずねる。

「ええ、そうなんですよ」事情聴取がはじまってからはじめて、ダグラスの顔に本物の笑みが、不快な笑みが浮かぶ。「何者かがあの女の家に侵入して、ナイフで顔に切りつけたんです。あなたとちがって、片側だけじゃなかった」と、わたしを見ていう。「右も左も切られたんです。あちこちの新聞に載っていました。ダリはあの女の顔に一生消えない傷を残したんですよ」薄ら笑いを浮かべる。「彼女が職場にもどってくることはなかった」

ダグラスがあっさりと本性をあらわしたのには驚く。アランが信頼関係を築いてダグラスを安心させ、仮面をつける必要がなくなったと感じてダグラスがすっかり気を許した結果だろう。わたしたちがいま目にしているのは、なにかが起こってからのダグラス・ホリスターではない。本来の姿なのだ。ダグラスはもともとヘザーを愛してなんかいなかった。人を愛することのできない男なのだ。ヘザーと結婚したのは、強い彼女をなんらかの方法で服従させたいと思っていたからだろう。それができないとわかると、ダグラスは従順な女性を見つけた。

「そのときから、ダリの話を本気にするようになったんですね?」と、アランがいう。

「そうですよ。あなただって本気にすると思いませんか?」

「でしょうね」

「それから何日かして、ぼくがオンラインでチャットしていると、彼が連絡してきたんです。〝証明してみせただろう?〟と、彼は訊いた。ぼくは、よくわかったと返信しました。それで、彼はぼくを釣りあげたんですよ」ダグラスはそこでひと呼吸おく。「いや、釣り針をわたして、ぼくに自分から食いつかせたといったほうがいいかもしれないな」たばこを吹かす。いまはもう薄笑いも不快な笑みも浮かべていない。「『ファウスト』を読んだことはありますか? メフィストフェレスと取引をするやつですよ」

「読みました」

「ファウストという男がいた」読んだといわれても、ダグラスはおかまいなしにあらすじを語りだす。「錬金術師《れんきんじゅつし》というか科学者というか、そんなやつなんだ。真実を探求する男。ファウストは限界を感じて絶望している。生命や森羅万象《しんらばんしょう》について、それ以上知ることができないんですよ。すると、悪魔のメフィストがそれに気づいて取引をもちかける――自分はあらゆる面で助力するが、ファウストが現世で考えうる最高の快楽を体験したら――そのときには魂をいただくという。ファウストは〝いいですよ。わかりました〟といって取引に応じる。最高の快楽を味わうときなんか訪れるわけがないと決めてかかっていたからです。メフィストの力を借りて、天地万物の神秘を好きなだけ追求すればいい。魂を引きわたすことなんかぜったいにないと思っていた。ところが、ファウストは魂を差しだすはめになる」ダグラスは吐息をつく。「ダリはぼくが選択できるようにした。でも、ぼくに〝選ばせた〟わけじゃない。ぼくが自分で選んだんですよ。

いうまでもなく、神は最後にファウストを救う。ファウストの努力と熱意を評価したからです。どんなにまちがった取引だとしても、ファウストが応じたのは、価値ある努力のため――知識を得るためだった。一方、ダグラス・ホリスターは比較にならないほどつまらないことのために魂を売りわたしてしまったんです。

ダリはいいました」といって、ダグラスはさらにつづける。「一日あたえるから、よく考えるようにって。〝ここから先に進むと決めた場合は、もうあともどりはできない。わたしたちは契約を結ぶことになる。おまえがわたしに約束するんだ。約束を破ったら、ただではすまない〟といい、ログアウトした」

「それで、考えたんですか？」と、わたしは訊く。ほんとうに知りたかった。

ダグラスはわたしをじっと見るが、こんどは軽蔑《けいべつ》したようなまなざしではない。質問を評価しているのがわかる。「たいして考えませんでした」と、正直に答える。「とにかくヘザーに消えてほしいと思っていたんです。ダリはぼくの気持ちを知っていたんでしょうね。力を貸すといったときから、ぼくが餌に食いついてくるとわかっていたんですよ。あとはリールを巻いてぼくを釣りあげるだけでよかった。

おそらく、彼のいうとおりなんでしょう。反社会的な人間どうしは理解しあえるんですよ。類は友を呼ぶってね」

「ダリはどんな取引をもちかけてきたんですか?」と、アランがたずねる。

ダグラス・ホリスターの顔に疲れが見えはじめる。数日前から神経がたかぶっていたのだが、アドレナリンの効果が薄れてきたらしい。いまは自分の将来を見すえているのだろう。死んだ息子の目、殺さないでと懇願《こんがん》する目を脳裏に焼きつけたまま、刑務所ですごす数年間を。ダグラスは四本めのたばこを最後にもう一服すると、コーヒーテーブルに押しつけてもみ消した。五本めには火をつけない。

「ヘザーと不倫相手のアボット、ふたりとも姿を消すようにしてやるといいました。ふたりを拉致するというんです。殺すつもりなのかどうかはいわなかった。ぜったいに見つからないようにするとしかいわなかったんです」

「あなたは見返りになにかすることになっていたんでしょう?」

「そこがなんとも冴えているところなんですよ。ぼくは七年待つ。そうすれば遺体がなくても、ヘザーは法的に死亡したと判断されるわけです。生命保険金が手に入ったら、ダリが接触してきて、保険金の半分を——現金で——受けとる手配をする。リスクのない取引に思えました。遺体がないわけだから、殺人であると証明できる人間はいない。その時点では七年が経過している。そうとう長い年月です。そのころには、みんなだってほかのことに気をとられているでしょう。

〝おまえがしなければならないことは三つだけだ〟と、ダリはいった。〝取引に応じると答え、七年にわたってふだんどおりの生活を送り、保険金が入ったらその半分をわたしに送る〟」ダグラスはにやりと不気味な笑みをもらす。事情聴取がはじまってからまだそんなにたっていないのに、顔色がすっかり変わってきた。憔悴《しょうすい》し、青ざめている。「そんなわけで、ぼくは応じると伝えました。すると一週間後に、ヘザーとアボットが姿を消したんです。その後、ダリが接触してきたのは一度だけ、警告つきでした。〝忘れるな――ただではすまない〟といったんです。〝どんなかたちであれ、約束を破った場合は、おまえやおまえの愛する者たちの身に恐ろしいことが起こる〟って」

なにがあったのか、ようやくわかってきた。「あなたは支払わなかった」と、わたしはいう。「そうでしょう？　あなたは保険金を受けとっただけで、彼には払わなかった」

「だって、七年もたっているんだ！」と、ダグラスはあわれっぽい声でいう。まるで、わがままを通そうとするだだっ子のようだ。「ぼくら一家は平穏な毎日を送っていたし、幸せだった。彼のことなんか忘れていたくらいだ。いや、忘れていたわけじゃなくて……なんていうか……」間をおき、ことばをさがす。「最初からなかったことみたいに思えるようになっていたんですよ。夢で見たことみたいな。わかるでしょう？　七年のあいだ、彼は連絡してこなかった。ただの一度も。それに、こっちから連絡する手立てはまったくなかった。だから、実在している感じがしなくなったんですよ。

ある日、彼がEメールを送ってきて、支払いの時期が来たというんです。いきなりですよ」ダグラスは肩をすくめる。控えめに驚きをあらわしているのだろう。「ぼくはそのメールを削除した。削除ボタンをちょっとクリックするだけ。すごくこわかったけど、なんだか強くなった気もした」頬の筋肉が引きつる。「彼はいまでもヘザーをとらえているはずだけど、ほんとうだろうか？　って、そんなことを考えていたのをおぼえている。拉致してすぐに殺した可能性だってあるじゃないかってね」ダグラスの視線が動いて、アランとわたしのあいだをすばやく行ったり来たりする。彼の目にはいらだたしげで独善的な表情が浮かんでいる。「彼はぼくの弱みを握ってなんかいないのかもしれない。おおいにありうることだ。ぼくは新しい生活を送っている。あの金はぼくらのものなんだ！」

わたしは自分を抑えられなくなる。抑えておかなければならないのはわかっているが、我慢の限界を超えていた。わたしは歩きだし、ビデオカメラのうしろに立つ。録画を一時停止してダグラスを見おろし、ここでは不足することなんかないが、ありったけの軽蔑をかき集める。

「ダグラス、あなたは人間のくずよ。平穏な毎日を送っていた？　幸せだった？　そのあいだずっと、ヘザーがどんな目にあっていたか知っている？　手錠をかけられるか鎖でつながれるかして、ひとりぼっちで暗闇に閉じこめられていたのよ。八年も！　あなたがテレビを見たり、新しい奥さんとよろしくやったり、息子たちといっしょにリトルリーグの試合に行ったりしているあいだじゅう、あなたはヘザーからなにもかも奪ったのよ。それも、なぜ？　彼女と夫婦でいるのがいやになったから？」わたしは自制心を失いそうになり、つかのま手のひらをまぶたに押しあてる。そうやって気をしずめる。「いっても無駄なのはわかってるけど、少しは考えてもらいたいのよ、ダグラス。あなたがこのすてきな家にすわってディナーを楽しんでいるあいだ、ヘザーは裸にされ、暗闇のなかで悲鳴をあげていた。どうしてそんな目にあわなければならないのか、彼女にはわからなかったはずよ。息子たちが生きているのか死んでいるのかもわからない。ひょっとしたら、となりの暗い部屋に閉じこめられているのかもしれないと思っていたんじゃないかしら」

ダグラスはうなり声を発してから、最後の抵抗をこころみる。気力がみなぎってきたのは、わたしがあらゆる点で彼の嫌悪する女性のイメージにぴったりあてはまるせいかもしれない。「ヘザーはぼくにつらい思いをさせたんだから、当然の報いさ。あの女さえいなければ、デイナはあんなことにならなかったし、エイヴリーだって生きていたはずだ」

わたしは唖然としてダグラスを見つめる。もちろん、こういうのは前にも見たことがある。信じがたいほどの責任転嫁。ひとりの小児性愛者が真顔でわたしにいったことがある。〝けど、あの子たちはさわってもらいたがっていたんだ。求めていたのなら、生理的なものなんだし、生理的欲求には逆らえない。そうだろ？〟

こんどはわたしが意気阻喪《そそう》する。精根つきる。わたしはビデオカメラの録画ボタンを押す。「つづけて。あとはあなたにまかせるわ」と、アランにいう。「役に立ちそうなことがあれば、終わってから聞かせて」

「あんたには手に負えないってわけかい?」ダグラス・ホリスターがせせら笑う。「あの雌豚どもといっしょだな。男と同じ仕事をしたがるくせに、やっかいなことになったり尻に火がついたりしてもてあますと、すぐに投げだしちゃうんだ」

　わたしはあきれて怒る気にもなれない。それはそれでかまわない。疲弊しているというのがいちばん当を得た表現だと思う。

「ダグラス、わたしがいやになっているのは、やっかいなことになってもてあましているからじゃないの。わたしがいやになっているのは、あなたが……」――適切なことばをさがす――「独創性に欠けているからよ。あなたはひどいことをしたけど、あなたのやったことは下手な模倣にすぎない。どういう意味かわかる?　あなたを相手にしていても、こわくなんかないわ。あなたを相手にしていると、すごく疲れるのよ」

　ダグラスは憎悪を剝きだしにしただけで、なにもいわない。憎しみは最初からあらわにしていた――まなざしにこめて。

　わたしは背をむけてその場を離れるとガラスの引き戸を開け、心地よい開放感を味わえる裏庭に出ていった。

17

「バーンズが制服警官に連絡して、ダグラス・ホリスターを迎えにきて署に連行していくようにと頼んでくれた」と、アランがいった。

わたしは広い裏庭に――前庭とよく似ており、木が一本だけそびえたち、青々とした草が生い茂っている――たたずんで、ぼんやりとあたりをながめていた。先ほど聞いた話を理解しようとしていた。「ダグラスは自分から連絡をとる手立てはまったくなかったっていっていたけど、あれはほんとなの?」と、わたしは訊く。

「ほんとだ。ダグラスが自分から連絡をとったことはない。いつだって犯人のほうから連絡してきたんだ。Eメールか携帯電話で。Eメールの場合は、つねに無料サービス・プロバイダーを使っていた。YahooとかGmailとか。脅されると、ダグラスは犯人がかけてきたいくつかの携帯電話にかけかえそうとしたが、どの番号も使用されていなかった」

「プリペイド式の携帯電話でしょうね」わたしはため息をつく。「犯人は頭の切れるやつなのよ。自分からしか連絡できないようにすれば、正体がばれにくくなる。ダグラス・ホリスターと一度も会わなくても、約束を履行できることを証明してみせ、支払いに関する詳細はそのときが来るまで伝えない」わたしはアランに目をやる。「ふたりは一度も会っていないんでしょう？」

「顔を合わせたことは一度も」

「やっぱり」わたしはうなずく。「抜け目ないわね」

「利口《りこう》なのは、七年も待つ点だよ。七年のあいだに、大都市の警察でどれだけ変化があるかわかるだろ？　人事異動もあるし、解雇される者、退職する人もいる。新しい署長がやってきては去っていく。いうまでもなく、あらたな事件もつぎからつぎへと起こる。ぜったいに忘れられない事件はべつとして、七年前の犯罪を選びだして捜査する可能性はきわめて低い」

「そう考えると、ヘザーの状態もある程度説明がつくわね」と、わたしはいう。「度を越した暴行はくわえられていない。レイプされた形跡もなし。もしかしたら、犯人はほんとうにただの金銭取引をしようとしただけなのかもしれないわよ」

「そのためにヘザーをつれさって監禁し、たまに食料を投げこんでやったというのか？」

「そう」

「それじゃ、背中の傷痕は？」

わたしはそれについて考えてみる。「処罰されただけじゃないかな。あの傷痕にしても、抑えのきかなくなった人間の仕打ちという感じはしないはずよ。八年は長いわ。ヘザーだって逆らったこともあるでしょうし、犯人としてはだれがボスなのか教えこむ必要があったのかもしれない」

「犬みたいだ」アランは不快そうに口もとをゆがめる。

「冷酷ね」わたしは考えを口に出す。「病的ではあるけれど、激情は感じられない。わからないわ。変わってる」

金だけが目的だという考えは受け入れがたい。金を受けとるために歳月を費やすにしても、七年は長すぎる。

わたしの携帯が鳴り、電話に出る。「バレットです」

「被害者がもうひとり見つかったわ」と、キャリーがいう。「男性、呼びかけても反応しない。デイナ・ホリスターと同じよ」

胃がむかむかしてくる。「どこで？」

「シミバレーにある病院の駐車場に遺棄されていたの。呼吸用のチューブのついた死体袋に入れられて。気の毒なおばあちゃんが、人工関節置換手術後の検査をうけにいく途中で物音を聞きつけ、調べにいって彼を見つけちゃったのよ」

「被害者の身元は？」

「わかっていない。発見されてから、まだ二、三時間しかたっていないんだもの。わたしはなにをすればいい？」

わたしはつかのま額に手をあてる。いろんなことがつぎからつぎへと起こっている。デイナ・ホリスターがバスタブで見つかり、ヘザー・ホリスターは病院に、ダグラス・ホリスターは拘置所にいて、ディランは生きつづけようと懸命に戦っている……かわいそうなエイヴリーは数に入れない。彼を待ちうけているのは、屈辱的な検死解剖と葬儀だけだから。「VICAPの検索はどうだった？」

「完了してる。犯行の手口が似ている事件は、この七年から八年のあいだに三件あったわ。ラスベガスの近くで一件、ポートランドで一件、いちばん古いのはロサンゼルスよ。被害者は三人とも眼窩に同一の傷がある。精神状態も同じで、呼びかけにまったく反応しない」キャリーはそこでひと息つく。「あなたの読みどおり、三人とも犯人の自己流ロボトミー手術をほどこされているのよ」

デイナとあらたに発見された男性被害者については、まだ医学的に確認されているわけではないが、かならず同じ結果が出ると思う。犯人は切れ者だが、完全無欠ではない。完全無欠なら、ずっと気づかれずにいる。被害者を遺棄していくのは、わたしたちのためにパンくずを落としていくようなものだ。わたしはそうであってほしいと願っている。

「ねえ、ハニー？」と、キャリーがいう。「わたしはなにをすればいい？」

「その新しい男性被害者がだれなのか、おおよそ見当がついているの。ヘザーには不倫相手がいたのよ」わたしはジェレミー・アボットのことをキャリーに話す。

「なら筋が通るわ」と、キャリーがいう。

しかめて」
「タイミングを考えれば、まずまちがいないでしょうね。わたしのいったとおりかどうかた
「ジェームズにはなにを頼む？」
「引きつづきデータベースを調べるようにいって。犯人はとびきり頭のいい男よ。わたした
ちとしてはこまかいことにとくに気を配って、彼の犯したミスを見つけださないと」
「うわさをすればなんとやらで、癇《かん》にさわる男があなたと話したがってるわよ」
「かわって」
「興味ぶかいものを見つけたんだ」ジェームズがいきなり用件を切りだす。「ヘザー・ホリ
スターが拉致された夜に、妙なことがあったと捜査担当者が書いている――自動車事故が立
てつづけに起こったんだよ。ぜんぶで四件。いずれも例のジムの駐車場を出ようとした車の
事故なんだ」
わたしはわけがわからずに顔をしかめる。「車四台の玉つき事故っていう意味？」
「ちがう。四台の車がべつべつに衝突事故を起こしたんだ。どれも関連性がない」
「奇妙ね」
「ありえないよ」と、ジェームズがいう。「例外的なできごととは思えない。詳細がわかる
かどうか調べてみる」
なにもいえないうちに、ジェームズはさっさと話を切りあげ、キャリーにかわる。「あら
あら、ジェームズ。いかにもわれらがジェームズらしいわ」と、キャリーが残念そうにい

う。「あいつだけは耐えられない。真綿《まわた》で首を絞めて殺しても気がすまないわ」

「ジェームズがなにをいっていたかわかる？　車の事故がどうしたっていうの？」

「わかるわけないでしょ？　あいつときたら、けんもほろろで取りつく島《しま》もないんだから。わたしはあなたがジェレミー・アボットかもしれないと考えている男性のところに行ってくるわ」キャリーはそこでいったんことばを切る。「ひどいの？」

わたしは虚空《こくう》を見つめるデイナ・ホリスターを思い浮かべる。「最悪。見たこともないくらい」

「どんどん奇怪なことになっていく」と、アランが沈んだ声でいう。

わたしはキャリーと電話で話した内容を彼に伝えたところだった。

「で、これからどうする？」と、アランが訊く。

わたしは腕時計に目をやる。まもなく四時になろうとしている。一日がまたたくまにすぎていく。太陽は放れ馬を思わせる。「病院に行ってもいいわね」と、わたしはいう。「もう一度ヘザーに話しかけてみてもいいかも」

アランは首を振る。「それはやめておいたほうがいいんじゃないかな。彼女をもうひと晩休ませて、それからバーンズといっしょに会いにいったらどうだろう？　あした、病院で待ち合わせをすればいい」

鑑識はすでに到着していた。ダグラス・ホリスターは手錠をかけられ、泣きながらつれさられた。エイヴリー・ホリスターの遺体は二階のバスルームで腐敗しつつ、検死官を待っている。ディラン・ホリスターは病院に搬送され、胃を洗浄してもらっていた。ふと、冷蔵庫のドアにくっついていたマグネットが頭に浮かび、わたしはボニーに会いたくていてもたってもいられなくなる。

「うちに帰りたい」と、わたしはいう。「おかしい？　休暇旅行からもどってきたばかりなんだから、一心不乱に仕事をすべきだと思うんだけど、どうしてもその気になれないの」

「わかるよ。おかしくなんかないさ。そういう声が聞こえてきたときは、耳をかたむけるべきだと思う」

アランはこの数年間に何度か同じことばを口にしている。声。わたしたちの体のなかにあるヒューズボックスが語りかけてきて、それぞれの限界を知らせてくれるのだという。

〝ここ数日は尋常じゃなかった〟――わたしはひとりごとをいい、心のなかで都合のいい理由づけをして自分の行動を正当化しはじめる。〝ボニーは猫を殺すし、長官からはストライクチームの話をもちかけられるし、キャリーの結婚式は中断されるし、そのあともまだまだいろんなことがあった。わたしだって生身の人間なのよ。そうでしょ？〟

わたしは意気地のない自分のいうことにしたがう。

「やっぱりうちに帰ろう」

「おれはここに残るよ」と、バーンズがいう。「いうまでもないがね。鑑識がなにか見つけ

たらすぐに知らせてくれるんで、おれからあんたたちに連絡する。それなら互恵《ごけい》的関係とい
えるだろ？」
「了解」わたしは指を三本立てて、むかしながらの敬礼をしてみせる。
「そいつはボーイスカウトの敬礼だよ。あんたは女性じゃないか」
　疲れきっていたにもかかわらず、わたしはにっこりする。「協力するとなったら、わたし
たちはぜったいにごまかしたりしないのよ。約束するわ」
「わかった」バーンズは薄くなりかけた髪に手を走らせる。「ひどい話だが、聞く気はある
かい？　じつをいうと、おれはわくわくしているんだ。こんなことになったというのに、お
れは喜んでいる。これでやっと事件解決の糸口が見えてきたからだ」
　わたしはもう一度無理やりにっこりするが、バーンズとちがって楽観視しているわけでは
ない。「うちのコンピューター犯罪課にダグラスのパソコンを調べさせたいんだけど、差し
つかえないかしら？」
「おれはかまわないが、うちのコンピューター犯罪課はつむじを曲げるかもしれない。協力
するとなれば、かなり度量の広いところを見せるんだが、なにもかももっていかれるといや
な顔をするんだよ」
「それじゃ、歩みよるっていうのはどう？　うちの専門家をロス市警に送って、いっしょに
調べさせるの。そうすれば、縄張り争いはなくなるわ」
「それならうまくいくだろう」

「あんたたちの仕事に口出ししたくはないんだが……」と、アランがいう。

バーンズがかまわないというように手を振る。「捜査関係者のアドバイスは聞くよ。気づかいは無用だ」

「おたくの鑑識にいって、デイナ・ホリスターが入れられていた死体袋の指紋を調べてもらったほうがいい。あの素材は指紋を採取しやすいんだ」

救急隊員たちはぐったりしているデイナを運んでいっただけで、彼女が入れられていた袋はいまもまだバスタブのなかにある。

「指紋を残すなんて、そこまで不注意なことをするやつだと思っているのか？」

アランは肩をすくめる。「落とし穴は思わぬところにある」

「さっそく取りかからせるよ。それと、もう一度ヘザーに会いにいくといっていたが、いつにする？」と、バーンズがわたしに訊く。

「あすの午前中。十時でどう？」

「すまんが、十時半にしてくれ。今夜はこの件で夜ふかしすることになりそうだ。うちの警部が九時半から打ち合わせをするといいだすと思うんでね」

わたしたちは合意して握手をかわす。バーンズは険しい表情を浮かべながらも、意気ごんで顔を上気させている。わからなくはないが、いまのわたしはどうしてもそんな気持ちになれなかった。

アランがわたしの車まで送ってくれた。太陽が西にかたむいて空を血の色に染める準備に入ると、駐車場の車の数が急に少なくなってきた。

「おれはオフィスに行って、ジェームズを少しばかりいらつかせてくるよ」と、アランがいう。「あんたはもう帰ったほうがいい」

「ありがとう」アランは事実上チームの副リーダーをつとめている。彼に引退されると困る理由のひとつでもある。

「一点だけ。ダグラス・ホリスターの事情聴取をしているとき、あいつはまだなにか隠しているような気がしたんだ」

「うそをついていたという意味?」

アランは目をぐっと細めて考える。「いや、うそというほどじゃなくて、なんだろう……省《はぶ》いた? くそっ、わからない。勘でしかないんだよ」

「わたしはあなたの勘を信じてる」

彼は自分の頭を軽くたたく。「冴えてるからな」

「驚異的よ」

アランがにやりと笑う。笑顔を見るたびに思うことだが、彼の真っ白な歯がうらやましい。わたしの歯があんなにきれいだったのは十五歳までだ。それからたばこを吸いはじめ、いまは自分が好んで使う〝卵の殻のような色〟をしている。アランの歯は百パーセント天然の化粧板みたいにきらめいている。「おやすみ」と、彼がいった。

車を自宅のドライブウェイに乗り入れたころも、空にはまだ薄明かりがさしていた。ささやかな奇跡といえる。たいていの場合、わたしを家の玄関に導いてくれるのは月なのだ。わたしはその日のできごとをなるべく考えないようにして車をおりた。

五年前でさえ、事件を捜査している最中にここまで早い時間に帰宅したことはない。

いま感じている罪の意識は、カトリックの罪悪感に似ている。世間の大半の人は批判するわけがなくても、自分はいま、あることをしていなければならないのにとか、こんなことをしていてはいけないのにと思う。いまはそんな気持ちになっている。わたしは玄関から家に入ろうとしている。わたしを愛してくれる人たちの待つ家に。あたたかいディナーを食べ、香りのいいコーヒーを飲み、会話をかわし、笑い声をあげ、テレビを見て、ベッドに入る時間を迎える。場合によっては、ちょっとしたストレス解消にセックスをするかもしれない。

わたしがそんなことをしているあいだに、エイヴリー・ホリスターは遺体安置所《モルグ》に運ばれる。ヘザー・ホリスターは皮膚を引っかいたり髪をかきむしったりしているにちがいない。ディラン・ホリスターは意識を取りもどし、父親が兄を殺害し自分を殺そうとした世界で生きていくことになる。デイナ・ホリスターと、ジェレミー・アボットと思われる男性は、音のない闇の世界に閉じこめられたまま日々をすごしていく。

とはいえ、ダグラス・ホリスターは刑務所に放りこまれる。

わたしは納得してうなずく。ダグラスのことを思うと、少しは気が楽になる。

玄関にむかう途中で、白い封筒に気づく。グリーティングカードのサイズで、ドアに立てかけられている。大きな文字で〈スモーキー〉と書いてある。わたしは眉をひそめてあたりを見まわす。封筒を拾いあげて封を切る。

なかには特徴のない白いカードが入っている。カードを開く。


最後にもう一度警告する。わたしをさがそうとするな。追跡したら、ただではすまない。この件には手を出すな。


胸のなかで心臓が早鐘《はやがね》を打ちはじめ、無意識のうちに拳銃に手を伸ばす。前庭を見わたす。夕闇が迫っているとタイマーに告げられ、街灯がつぎつぎに点灯しはじめる。わたしはつばを飲みこもうとするが、口のなかが乾ききっていて飲みこめない。

〝ここに来たんだ！　この家に！〟

ドアのロックを開けようとすると、手にした鍵が震える。震える手でドアノブをまわす。震えがとまらない。

〝落ちついて。トミーに話さないと。それは決まった。でも、ボニーに知らせる必要はない〟

わたしは目を閉じて息を深く吸いこみ、しばらくとめてからゆっくり吐きだす。もう一度。目を開ける。これでよし。顔に大きな笑みを貼りつけてうちに入る。

リビングルームに入っていくと、トミーが近づいてきた。わたしを抱きしめて頬にキスをする。ボニーもやってきてわたしを抱きしめ、にっこりする。五〇年代のホームドラマに登場する理想的な家族みたいで、夢を見ているような気がする。

「おなかすいた？」と、トミーが訊く。

あたりにただようにおいを嗅いでみて、たしかにおなかがすいていることに気づく。「おいしそうなにおい。なにをつくったの？」

「スパゲッティだよ。決め手はソースなんだ」

「ここからでもおいしいってわかるわ」

「いつもは残り物をあたためなおしているけど、きょうは早く帰ってきたから、つくりたての熱々を食べられるよ」もう一度キスをする。「ディナーは二十分後だ」ボニーはコーヒーテーブルにもどって宿題をしている。

わたしは二階にあがって楽な服に着替える。天候によるが、スウェットかショートパンツに、かならず――これだけは変わらない――ソックスだけはいて、靴ははかない。今夜はスウェットを着る。髪を束《たば》ねていたゴムをはずす。職場ではポニーテールにしているが、うちに帰ってからもまとめたままにしておくと、頭が痛くなることがある。いま一度目を閉じて深呼吸をする。「トミー！」と、大声で呼ぶ。「ちょっと来てくれない？」

「一分で行く」

わたしは考えながら待つ。トミーが〝一分で行く〟といったら、ほんとうに一分で来る。

たいていのことは本気でいう。階段をのぼる足音が聞こえたかと思うと、彼が部屋に入ってきてドアを閉める。

「なにを思い悩んでいるのか、やっと話す気になったのかい？　うちに入ってきた瞬間から気づいていたよ」

わたしは呆気にとられる。「知ってたの？」

トミーが腕を伸ばしてわたしの髪にふれる。こんなふうにおろしているほうが好きなのだ。「スモーキー、シークレット・サービスにいたころのおれは、やっかいな問題の兆候はないだろうかって、五百人の群衆を観察して何時間もすごしていたんだよ。愛する女性が悩んでいるのに気づきもしないなんて、ほんとにそんなふうに思っているのかい？」

わたしは顔をしかめる。道理に合わないのはわかっているが、こんなにたやすく見抜かれると思うとむしゃくしゃした。「だったら、どうして訊かなかったの？」

トミーは肩をすくめる。「きみを信頼しているからだよ。おれに話す気になったら、かならずそうするってわかっていたんだ」

「そんなに単純なこと？」

彼は思いやりのこもった目でわたしを見つめる。「いっしょに暮らしている相手のことは、なにからなにまで知っておかなければならないと考えている人はたくさんいる。相手の考えや行動をすべて見すかすことができないようでは、パートナーとして失格だと思っているみたいにね。おれとしては、重要なことは知っておくべきだし、パートナーに必要とされているときはそばにいるべきだと思っている。あとは相手を信頼していればいい」

「パートナーを組んでいる刑事たちの関係にそっくりね」

「そういう関係も悪くない。知らないほうがいいこともあるんだよ」

わたしは眉間にしわを寄せる。「ちょっと待って——あなたにはいまでも隠していることがあるという意味？　わたしに話していないことがあるの？」

「もちろん」

わたしはそのことを考える。「で、わたしがそれを知らなくても、おたがいに傷つくことはないといっているの？」

「そうだよ」

わたしはとっさにその考えをはねつけそうになるが、少しして落ちつきを取りもどすと、トミーのいうとおりだと気づく。わたしは彼を信頼している。隠しごとをしていても、わたしに話す必要はないと思っているのなら、そんな秘密は少しも気にならない。「それって、いい考えね、トミー」

「信頼とプライバシーは相容れないものじゃない。おれたちが惹かれあったのは、個人としての魅力を感じたからだ。個人的な面を失ってどうする？」

わたしは彼の首に腕を巻きつける。「キスして。思いっきり」

トミーは熱をこめてキスをする。「それじゃ、話を聞かせてもらおうか」

わたしはキャリーの結婚式で受けとった携帯メールのことを話し、バッグから先ほどのグリーティングカードを取りだしてトミーにわたした。彼は目を通し、読み終わるとわたしに返す。

「どうするつもり?」と、トミーがたずねる。

それだけ。怒りだすわけでも、こぶしを振りまわすわけでも、犯人を見つけて殺してやると誓いを立てるわけでもない。おだやかなまなざしでわたしを見つめ、簡単な質問をしただけ。

「カービーに頼んでボニーを警護してもらおうと思っているの。一日二十四時間、週七日。この件でほんとうに心配なのはボニーのことだけなのよ。携帯メールを受信したときは、気にしていなかった――ううん、気にしていなかったわけじゃないけど、あのときは危険にさらされるとすればわたしだけだった」といって首を振る。「今回はちがうわ。彼はこの家にやってきたのよ。ボニーの身の安全が保証されないかぎり、わたしは職務を果たすことができない」

トミーはちょっと考えてから、同意してうなずく。「カービーなら安心してまかせられる」

「ただ、それなりの料金を払わないとね、トミー。フルタイムのボディガードを、ただで引きうけてくれなんて頼めないもの」

「それは問題ない。きみからカービーに話して、おれに連絡するように伝えてくれれば、料金について相談する」

「あなたはどうするの?」と、わたしは訊く。

「自分の身は自分で守る」〝この話はこれでおしまい〟といいたげな口ぶりだった。「取りあえず、この家のセキュリティをチェックして万全にするよ。マットとアレクサを失ったあとのセキュリティ対策もしっかりしていたけど、今回はハイテク機器を導入しよう」

わたしはドアというドアに安全錠をふたつずつ取りつけていた。当時はそれで気が休まったが——あらためて考えてみると——あのころ、この家にいたのはわたしだけだった。

「こわいわ、トミー。幸せすぎてこわい」

彼はまたわたしの髪をいじり、手の甲で頬をなでると、わたしの手をとってドアのほうに引っぱっていった。「ワインとパスタは気持ちをなだめてくれる」と、彼がいう。「〝胃袋を落ちつかせれば、自分自身も落ちつく〟」と、だれかのことばを引用する。

「だれのことば？」

「おやじ」

わたしはトミーに手を引かれて階段をおりていき、やすらぎが約束されているダイニングルームにむかった。


ディナーは楽しい。トミーのいうとおりだった。不安をぬぐい去ってくれるわけではないが、地に足がついた気がする。

ボニーは張りきっていてよくしゃべり、自分の選んだ部活動について話していた。

「陸上部よ」と、彼女がいう。「足は速いほうでしょ。それに、競技会とかいろんなイベントがあるの。走るのは大好きだし、健康的なのも気に入ってるし、友だちだってできると思う」

ボニーが陸上部を選んだのは、大人になったらFBI捜査官になりたいという希望をかなえるためだろう。そうとしか思えない。けれども、彼女が嬉々《きき》としてしゃべっているものだから、問いただすのはやめにして軽く受け流す。

ボニーはもうひとつの取引——射撃練習場に行くこと——については、ひとこともいわない。気にかけているのはたしかだし、意識して話題にしないようにしているのもまちがいない。如才《じょさい》なく立ちまわろうとしているのがわかり、わたしはなんとなくほっとする。いかにもティーンエイジャーらしく、ふつうの子に近いからだ。

ディナーが終わると、ボニーはトミーといっしょにあと片づけに取りかかった。トミーは食器洗いが好きで、わたしは手伝わせてもらえない。

「食器を洗っていると、気分がほぐれるんだ」と、彼はいう。

トミーという男は、いつだって食器をひとつ残らず自分で洗いたがる。だからといって、当然のことながら、わたしにとやかくいわれる筋合いはない。

ふたりは静かにあと片づけをしている。ひとことも口をきかない。トミーは寡黙な男だが、ボニーにはそれが心やすく感じられるようだ。

トミーとボニーがわたしに見られていることに気づいていないときに、ふたりをながめるのはとても楽しい。わたしはうしろ髪を引かれつつ最後にもう一度ふたりの姿を見ると、二階にあがって寝室に入っていく。ドアを閉め、トミーがベッドに放り投げた携帯電話を手にとる。カービーにかける。呼び出し音が二度鳴り、カービーが電話に出る。

「ハーイ、スモーキー」と、朗らかな声でいう。カービーはいつもといっていいほど陽気にふるまっている。人を殺すときはべつだと思うが、ひょっとするとそんなときでさえあっけらかんとしているのかもしれない。

「結婚式ではほんとにいい仕事をしたわね、カービー」と、わたしは心からいう。「中断するはめになって気の毒だわ」

「いいの。気の毒なのは、わたしよりもあの丸坊主の女性よ」

「たしかに」

「いちばん頭にきたのはケーキなの。ったくもう、めちゃくちゃがんばって大幅に値引きしてもらったのに」

たぶん、拳銃をちらつかせ、まばゆいばかりの笑顔を見せて。

「キャリーはケーキを食べなかったの？」

「ふた切れだけ持って帰った。たったのふた切れ！　それだけ。信じられる？」

「残りはどうしたの？」

カービーはクスクス笑いだす。「ビーチにもっていって、たき火のそばで食べちゃった。みんなおなかをすかしていたから、大喜びしていたわ」

「男もいたんでしょ？」

「あたりまえじゃない！　っていうか、多少なりとも自尊心のある女の子なら、ウェディングケーキをビーチにもっていって、ひとりで食べるなんてことはぜったいにしないわ。あわれを絵に描いたようなものよ。そうでしょ？」

「ごもっとも」

「それで、ボス、仕事かなにか？　猛烈にファックしているうちに、エクスタシーに悶絶《もんぜつ》して秘密をばらしちゃった人を求めているの？　それとも、だれかをさがしだして超無口にしてやる必要があるとか？」

カービーは冗談めかしているだけで、本気でいっているのだ。わたしがだれかを殺してほしいと頼めば、彼女はたいして気にせずに引きうけてくれるだろう。相手を殺すと、〝うわー〟だの〝きゃー〟だのといいながらビーチに行って、マリファナを吸い、ウェディングケーキを食べ、男と戯《たわむ》れる。カービーはいまどきの女性で、自分の享楽《きょうらく》を疑問に思うことはない。うらやましいと思うこともあるけれど、そんなことはたまにしかない。わたしはいまの自分の道徳基準に満足している。

「ボニーのボディガードを頼みたいの。二十四時間態勢で。となると、だれかに手伝ってもらう必要があるでしょうね。ボニーにはあとで話しておくわ。頭のいい子だから隠しても無駄よ。かならず感づくわ」

つかのま沈黙が流れたことから、カービーがわたしの頼みを聞いて憂慮しているのがわかる。キャリーよりも考えが読みにくい相手といえば、カービーしかいない。それほど謎めいていても、わたしは彼女のあらゆる面を見てきて、態度のちょっとした変化まで感じとれるようになっていた。だからこそ、カービーがボニーのことを心配しているのが手にとるようにわかる。

「あの子、脅かされているの？」カービーの口調は冷静で、おだやかで、不穏な響きがこもっている。

「わたしよ。脅かされているのはわたしなの」わたしは事情を説明する。

「ふーん……」と、彼女がいう。「いいわよ。引きうけるわ。セックスライフに支障をきたすことになるけど、まあ、ビジネスってそういうものだから」

「当然だけど、料金は支払うわ。トミーがそのことについて相談したいから電話してくれっていってた」

「ちょっと、やめてよ！　あなたからお金なんかもらうわけにはいかないわ。手伝ってくれる人には払ってもらわなきゃならないけど、どんなことを頼まれようと、わたしは一セントだって受けとらないわよ」

「カービー」わたしはさとそうとする。「これは時間のかかる仕事なのよ。それに――」

彼女がさえぎる。「ねえ、わたしが金持ちなのは知ってるでしょ？」

「そうなの？」考えたこともなかった。

カービーがあきれて目をぐるりとまわすのが見えそうな気がする。「やっぱり、あなたも世間の人たちと同じで、ブロンド女はおつむが弱いと思ってるのね。そう、わたしは金持ちなのよ！　南米で麻薬カルテルの問題をつぎつぎに解決していったから、入ってくるのはたいてい現金だった——どういう意味かわかると思うけど。そのうえ、カルテルどうしが張りあうように仕むけたり、両陣営に情報を売ったり、わたしなりに守秘を誓ったりしてたのよ」そばにいれば、カービーはウィンクしていただろう。「そのあとは何年もフリーランスで働いていていたし。この手の仕事はめちゃくちゃ稼ぎがいいのよ、スモーキー。それにね、いまは高度に多様化されたビジネスをしているの。投資信託、純金、スイスの銀行口座——ありとあらゆる財テクをしてるのよ。それだけじゃないわ。大量の現金が必要になった場合にそなえて、恐喝のネタをひそかにためこんでいるの」

返すことばがない。「ありがとう、カービー。ほんとに感謝してる」

「いいのよ。それじゃ、大切な質問をさせて。訊きたくないけど、どうしても訊いておかないと。万が一のことがあった場合は、どんなかたちでけりをつける？」いつもと変わらぬ底抜けに明るい口調でたずねる。

「殺して」わたしは迷わず答える。

わたしの家族に手出ししたら、死をもってつぐなわせる。この倫理性に対しては、もはやみじんもジレンマを感じない。

カービーは少しもひるむことなく冷静に受けとめる。「まかせて。で、いつからはじめる？」

「できれば、あしたの朝」

「了解。じゃ、トミーに電話して詳細を煮つめたら、ビーチに行ってくるわね。もうひと晩だけ、いまつきあってる色男からウェディングケーキのクリームを舐めとったりして楽しんで、そしたら仕事に取りかかるわ」

わたしはとまどいながらも愉快な気持ちになって電話を切る。カービーと話をすると、たいていそんな気持ちになる。彼女は気ままなセックスや暗殺の話を楽しげによどみなく語り、聞いているほうはどこまでほんとうなのかと思ったり、自分もしくは彼女、あるいはふたりとも精神状態がおかしいのではないかと不安になったりする。

父がよくいっていたことばが頭に浮かぶ。〝風を追う者は、一生走りつづけることになる〟このことばはカービーにあてはまる。かかわりを断ち切るか、ありのままの彼女を受け入れるかしかない。彼女を手なずけることなんてできないのだから。カービーは風なのだ。

18

「相手が男だろうと女だろうと、殺人はコンクリートと土に似ている」少年が十六歳のときに、父親がいった。

少年は父の話ならどんなことだろうと熱心に耳をかたむけたが、この話にはいつにもまして好奇心をかきたてられた。内容のせいではなく、話に詩情が感じられたからだ。父は詩的な男ではなかった。ダリの作品やクラシックの激しいバイオリン演奏を楽しむことはあったが、どちらも例外で、たんに目的を達成するための手段にすぎなかった。

「非現実的な連中は、風や空の話をする。開放感などといったことばを口にする。そういったものは存在するかもしれないが、存在しないかもしれない。たしかなのは、わたしたちは空にふれたり風を見たりすることができないということだ。だが、目のとどくかぎりどこをながめても、コンクリートと土はある。どれも本物だ。自分の足で、あるいは車のタイヤで踏みしめて感じることができる。

殺人は、コンクリートと土に対してすることなんだ。人間が死んでいくときは血がそこに流れ、死んでからは屍《しかばね》がそこに行く。わたしたちが葬《ほうむ》られる場所でもある」

ふたりは裏庭にすわっており、父は遠くをながめていた。ふたりきりでバーベキューをしていた。七月四日、独立記念日で、夕陽がかたむいて空がさまざまな色合いの赤に染まっていた。父は殺人についてくわしく説明しながら、金属製の長いスパチュラでハンバーガーを裏がえした。

「海」少年はなにも考えずにそういうと、あわてて口を閉じた。耳の先まで真っ赤になっていた。

「なんていった?」と、父がたずねた。「話しなさい。一度口に出したことは、最後まできちんと話すんだ」

少年は咳払いをして背筋をしゃんと伸ばした。「すみません。ふと頭に浮かんだだけなんです。お父さんは、コンクリートと土はどこにでもあるといいました。目のとどくかぎり見えるって。でも……海にはありません。あるのは水だけです」

父はハンバーガーをひっくりかえしてうなずいた。「たしかにそのとおりだが、もっとよく考えてみなさい。あの水の下にはなにがある?」父は返事を待たなかった。「土だ。海に死体を投げこむと、砂や岩だらけの海底に沈む。沈んでいく途中で食われたとしても、死体を食った生物はいずれ死んで、しまいには海底に行きつく」いぶかしげな目つきでハンバーガーのひとつをじっと見る。どこかで爆竹がつづけざまに鳴った。「水から逃れることはできる。だが、土から逃れることはできない」

こんどもまた父のいうとおりだ。いつものように。少年の胸に誇らしい気持ちがこみあげてきた。こんなに立派な父親がいるなんて、ほんとうに恵まれている。

「ありがとうございます。おぼえておきます」

「いい子だ」父はハンバーガーをもうひとつ裏がえした。「いずれ」といって、いつものように急に話題を変えた。「おまえはひとり立ちし、わたしが教えてきたことを批判的な目で見て、片っぱしから調べはじめるだろう」

「お父さんの教えを疑問に思うことなんかありません」

「いまは本気でそういっているのだと思う。だが、なにごとも変わっていく。人間はとくに。いまのおまえはわたしのいいなりになっている。そのうち、そうではなくなる日が訪れるだろう。いつか、いいなりになるのをやめ――完全にやめ――重要な疑問が脳裏《のうり》に浮かぶはずだ」

少年はその先を待った。なにもいわないとわかると、少年は父が質問を待っていることに気づいた。「重要な疑問とはなんですか?」

父はハンバーガーをひっくりかえした。「重要な疑問とは――わたしがすべての事柄に通じた権威なのは、なぜなのか?」

父はかかとに体重をかけて空を見あげた。少年は父親を見てあれこれ考えた。父親がなにをいおうとしているのかわからなかった。お父さんが権威なのはなぜなのか、それを疑問に思う？ どうかしている。お父さんが権威なのは、父親だからだ。ほかにどんな説明が必要だというのだろう？

「いまのおまえがわたしのいうことを聞くのは、わたしがふたりのうちで大きな肉塊《にくかい》だからだ」と、父はいった。「男の子は大きくなっていく。おまえがわたしより大きくなることはないかもしれないが、わたしより強くなる日はかならずやってくる。その時が来たら、わたしが権威なのはなぜなのか、それをどう説明する？」

「お父さん――」

「心配するな。わたしはおまえに無理やり答えさせ、あとで処罰しようとしているわけじゃない。よく聞きなさい。そうすれば、おまえに伝えておきたいことを話す」

「はい」

父はハンバーガーをバーベキューグリルから皿に移し、生のハンバーガーをのせた。「わたしが子どものころ、うちは貧しかった。ラジオがないとか、まっさらなジーンズが買えないとか、そんな程度の貧しさじゃない。家具はぜんぶ手づくり、便所は屋外、つぎの食事がとれるかどうかさえわからなかった。母さんは体を売って家計のたしにしていた。父さんは役立たずで、母さんが隠しきれなかった金を一セント残らず酒に費やしていた。わたしには弟と妹がいて、三人ともときどき手を出された」

父さんには、酔っぱらうとだれかれかまわずファックする癖があった。わたしには弟と妹がいて、三人ともときどき手を出された」

父はハンバーガーを裏がえした。少年はわれを忘れて話に聞き入っていた。父が自分の過去について話してくれたことはない。これがはじめてだった。

「母さんはわたしが十四のときに死んだ。わたしはいちばん上の子どもだったが、妹や弟とさほど年が離れていたわけではない。妹のシシーは十三、弟——ルーク——は十二歳だった。父さんは仕事を見つける気もなければ酒をやめるつもりもなく、子どもたちに売春をさせて金を稼がせた。わたしたち三人に。

三人のなかでいちばん弱いのはシシーだった。むかしから弱かったんだ。シシーはつらい生活にどうにか耐えていたが、母さんの死から二年後に父さんのショットガンをもちだして、自分の頭を吹きとばした」父はそこでひと呼吸おき、遠い記憶に目を凝らした。「わたしが家に帰りついたのは、銃声が聞こえた直後だった。血が赤い霧みたいに宙をただよっていた。床におりてきたときはほこりのようだったが、濡れていた」もうしばらく遠くを見つめていたが、そのうち現実にもどってきたらしく、つい先ほどまで時間をさかのぼっていたのに、そんなそぶりはいっさい見せずに、手を伸ばしてハンバーガーをひっくりかえした。

「父さんはわたしたちに命じて、シシーを森に埋めさせた。それからわたしたちをなぐりとばし、これからはシシーのぶんも稼いでこいといった。だからそうした」

少年は父の声音がいつのまにか変化していることに気づいた。ちょっと前まではわからないくらいだった訛《なま》りが強くなり、話をするリズムや口調も変わっていた。父がどこで生まれ育ったのか、少年には見当もつかなかった。いまいるこの場所しか知らなかった。

「つぎはルークだった。どこかの変態野郎が、ファックしている最中にルークを絞め殺したんだ。父さんはわたしに変態野郎を殺させ、ふたりを森に埋めさせた。そのあとまたしてもなぐりかかってきたが、わたしはもうたくさんだと思った」父はハンバーガーの焼け具合をたしかめた。世にも恐ろしい話をおだやかな口調で語りつづけた。「そこで、わたしは父さんを殺して森に埋めた」ひと息つき、遠くをながめた。「その日、わたしにはわかったんだよ──魂などというものは存在しないと。わたしは存在すると思いこもうとした。母さんがうそをついて、存在するといったからだが、存在すると思いこもうとしたせいで、わたしがどうなったかわかるか？」

「わかりません」

「情けないぞ！　さんざんな目にあわされたというのに、わたしはあの男を愛さなければいけないという思いにかられたんだ。父さんが笑いかけてくれるとうれしかった。どんなに愛しても愛してもらえなくて、悲しくて泣いたこともある。わたしは子犬のようだった。父さんの足もとで食べ残しをねだり、ちょっとでもいいからなでるかほほえみかけるか、やさしいことばをかけてほしいと願っていた。自分には思いやりが必要だといつも思っていたのは、魂というものの存在を信じていたからだ」父親は身をかがめて地面につばを吐いた。「その日、わたしは真実をつかみ、ぜったいに手放さなかった。そして、自分に息子が生まれたら、わたしと同じあやまちを犯さないように、正しいことを教えようと心に決めたんだ」

爆竹が鳴りひびいたが、少年にはほとんど聞こえていなかった。

「とにかく、わたしは父さんを埋め、それから急いで逃げだして軍隊に志願した。その結果、朝鮮戦争の前線に送られた。なんとか年齢をごまかして、激戦地にまぎれこんだんだ」父はいったんことばを切り、ふたたび当時に目をむけた。「わたしは信じられないような光景を目のあたりにした。おまえには想像もつかないだろう。飛びだした内臓を引きずりながらライフルを掃射《そうしゃ》する男たち。雪のなか、食料が底をついて人肉を食う連中。女が死んでいることに気づかずに、夢中で死体をレイプする男」父はあいかわらず過去を見つめていた。いまは、驚いているみたいに目を大きく見開いている。「時期が時期だけに、わたしたちのしたことは正当な行為だったと思われている。たしかに、大半は道理にかなっていたかもしれないが、あの戦場には残酷な行為もあった。戦争を生きがいにしている獣人《じゅうじん》ども。わたしはそういう人間ではないが、やつらの考えもわからなくはない」

父はそこで少年のほうにむきなおると、ぞっとするほど激しく獰猛《どうもう》な目つきで彼を見おろした。虚空から見つめられているようで、ほんの一瞬とはいえ、少年は獣人の姿を垣間見たような気がした。人肉を食らい、自分の子どもたちを売りとばし、死体をレイプする男たち。

「だからそのときが訪れて、おまえがわたしの教えや、教えを説く権利を疑問に思うようになったら、わたしがきょう話したことを思い出しなさい。わたしが存在したからだ。存在し、経験し、知るにいたったからだ。この世に神は存在しない。わたしはそれが真実だと悟った。わたしたちが踏みしめる土と同じくらいまぎれもない真実なんだ。この世には食う者と食われる者しかいない」

父はいぜんとして食い入るようなまなざしで見つめており、少年は父親が物理的に存在するのにそこにいないような錯覚におちいり、汗をかきはじめた。

やがて、自分の声が話しかけてきた。存在しない神の声のように威信と怒りに満ち、あたりに響きわたった。

ぼくはお父さんの子なんだ！

突如として頭に浮かんだ思いで、稲妻のように変則的で力強かった。一度だけひらめいて、少年の心の闇を明るく照らしだすと、彼は自分でも理解できる誇らしい気持ちと、理解できない悲しみを同時に感じた。

まばたきをしたとたん、その思いは消えた。父は少年に背をむけてバーベキューグリルのほうをむいていた。ハンバーガーのひとつがこげて真っ黒になっていた。どこかで爆竹が鳴りひびいた。

「ハンバーガーが焼けた」ふだんどおりの声で、父がいった。「食べよう」

殺人について父親と話したのははじめてではなく、最後でもなかったが、このときの話はいつまでも忘れられなかった。なぜなのかはっきりとはわからないが、その日以来、少年は死の冷たさと、口のなかにひろがる調理された肉の豊かな味わいを同等と見なすようになった。喜びを感じるというのではなく、既視感《デジャヴ》をおぼえるという意味で。

人を殺すときは、かならずといっていいほど爆竹が心に浮かんだ。

19

「スモーキー、そろそろ返事を聞かせてくれ」

その朝一杯めのコーヒーを飲み終えてからまもなく、ラスバン長官が携帯に電話をかけてきて、あいさつもそこそこにいきなり本題に入った。

「まだ起きたばかりで頭がぼんやりしているんですよ、長官」

長官が静かに笑う。温厚だが人を見くだしたような含み笑いを聞いて、不愉快な気分になる。「おいおい、バレット捜査官。決心はもうついているはずだ。どうすることにしたのか、それだけ聞かせてくれればいい」

自信満々な口ぶりがいちいち癪にさわるが、わたしの場合、朝はつねに機嫌が悪く、そのせいでいらついているのはわかっている。わたしの気持ちを察したのか、ボニーが思いやりのあるところを見せてコーヒーをもう一杯もってきてくれる。わたしは礼をいうかわりに目を上にむけてみせる。ボニーはにっこりすると、朝食の支度をしているトミーのところにもどって手伝いをはじめた。

「わかりました、長官。お引きうけします。うちのチームも家族も同意していますが、全員が基本的には同じことをいっています――クワンティコへの移動が本決まりになった場合は、考えが変わるかもしれないと」

「そういうのも無理はない。どこかに移ることになれば、失うものもある。これぱかりはどうしようもない」

「それで、つぎはなにをすればいいんですか？」

「つぎはわたしの出番だ。水面下で準備しておかなければならないことがいろいろあってね。この構想全体の承認を取りつけたり、資金提供をうけたり。いずれにしても、まだ数カ月ある。また連絡するよ」

長官は電話を切る。〝それじゃ〟も〝ありがとう、スモーキー〟ということばもない。ますますいらだつ。わたしはカップをにらみつけ、ふだんはコーヒーをゆっくり味わって飲むのに、腹立ちまぎれにがぶ飲みする。いつものことながら、コーヒーの味とカフェインのおかげでいらいらが少しおさまる。

ドアをノックする音が聞こえ、思わず不満の声をもらす。「なんで？」と、ぼやく。こんな朝っぱらから人の家を訪ねてくる無礼者に、ぼさぼさの髪やぼろぼろのバスローブを見て文句があるならいってみろといってやろうと思い、自分で玄関にむかう。

ドアを開けてみると、四十代前半の女性が立っていた。年齢や物腰に負うところもあると思うが、外見は〝きれいな女性〟と〝品のある夫人〟の中間という感じだ。こんなに早い時間でも、身だしなみをきちんとととのえている。メイクは完璧だし、髪はスタイリングされ、シャツとスラックスに薄手のセーターを身につけている。スラックスはわたしもはきそうなものだが、セーターは祖母を思い出す。ちょっとシュールな感じがする。女性はまばゆいばかりの笑みを浮かべていた。

朝型人間は皆殺しにすべきだと思う。もちろん、トミーとボニーは除いて。

「なんでしょう？」と、どちらかといえば愛想のいい声でいう。

「おはようございまーす」と、彼女がいう。語尾を思いきり伸ばすいいかたで、わたしとしてはどうにも我慢がならない。こういうあいさつは、雑誌の定期購読や宗教の勧誘にやってくる無駄に明るい人たちに好まれるらしい。「ダーリーン・ハンソンと申しますけど？　住宅所有者管理組合の役員をしておりまして？」

これもまた我慢がならない――語尾をあげて話す人たち。

わたしは歯を剝きだしてうなりたい衝動をこらえ、コーヒーをひと口飲む。「ご用件は？」無愛想《ぶあいそう》な応対にひるむことなく、彼女はつづける。「じつを申しますと、わたしたちは組合の役員になったばかりでして、さい先のいいスタートを切りたいと――みなさんといい関係を築いていきたいと思っていますの。前回の役員はちょっといいかげんでしたでしょう？　ごみの容器が道ばたに出しっぱなしになっていても、注意ひとつしませんでした。条例に定められているより一時間も長く放置されていたというのに」

「ええ」

わざとひとことしかいわなかったのに、彼女には意図が伝わらなかったらしい。「とにかく、こんなに朝早くからお邪魔して申しわけありません。でも、仕事に出かけなければならないし、まあ、あなたもそうでしょうけど」——またしてもまばゆいばかりの笑みを、〝みんなで力を合わせていきましょうね〟といいたげな笑みを見せる——「それで、けさはちょっとお願いがあって、こうしてうかがったんです」

「お願い？　というと？」

「いえ、じつはですね、州の条例のひとつに、車はガレージのなかにとめなければならないと記されているんですよ。あちらこちらのドライブウェイに車が出しっぱなしになっていたら、街の美観を損ねるというわけ。あなただってそう思いません？　そこで、きょうからさっそくおたくの車も毎晩ガレージに入れてくださると、とっても助かるんですけど。お願いできるかしら？」そこまでいい終わると、先ほどよりもっとまばゆい大きな笑みを浮かべる。

わたしはドアから身を乗りだしてうちのドライブウェイをうかがう。そう、たしかにわたしの車がある。ドアの内側にひっこむと、返事を待つダーリーンに目を凝らしてコーヒーを口にふくむ。

ここはひとつ礼儀正しくふるまおう。この女性に悪意はない。頼み方も感じよかったし、わたしの顔の傷痕を見ても目をまるくしなかったし、起き抜けのだらしない格好を見ても不快そうにのけぞったりしなかった。

「ねえ、ダーリーン、わたしはFBIの捜査官なの。一刻も早く出発しなければならないこともあれば、ほんの十秒、二十秒という時間が大きなちがいを生むこともあるのよ。だから、車はうちのドライブウェイにとめておきたいの。わかってもらえるでしょう?」

ダーリーンはうなずき、またもやにっこりする。「わかりますとも——それに、びっくり! ご近所にFBI捜査官がいるなんて! とはいうものの、条例は条例ですからね。車はやはりガレージに入れてもらわないと。ご協力に感謝します。心から」

笑みはまだたたえているが、その質はどことなく変化していた。わたしはこの女性を見くびっていた。あの笑顔や目の陰に隠れているのは、霞のようなはかなさではなく、鋼鉄のような強さなのだ。それと、よけいなおせっかいも。

いいだろう。こうなったら徹底的に戦ってやる!

わたしはダーリーンにむかって感じよくにっこりしてみせる。コーヒーをひと口飲み、ウィンクする。「無理」といい、彼女の目の前でドアを閉める。

わたしは引きかえしてテーブルにむかう。トミーとボニーがワッフルや卵やベーコンののった皿を並べている。うれしくなってほのぼのとした気持ちになる。

「いまのは、うまく対処したとはいいがたいな」と、トミーがいう。

「かもね。けど、しょうがないでしょ? このわたしに、毎晩車をガレージにとめろですって?」といって首を振る。「不可能よ」

「同感だ」トミーがにこにこしていう。「でも、あのタイプの女性がどう出るかはおおかた見当がつく。きみは戦争をはじめたんだよ」

わたしはベーコンをひと切れつまんでかじりつき、トミーにむかってにやりと笑ってみせる。「だとしたら、わたしたちの出方はふたつにひとつね。わたしが彼女をぶんなぐっていうことを聞かせるか、あなたがわたしのかわりに住宅所有者管理組合に出むいて、ことをまるくおさめるか。管理組合の役員がみんな女性なら、またたくまに手なずけていいなりにできるはずよ」

「巧みにあやつるわけね」と、ボニーがいう。

「現実に即して処理するだけ」わたしはきっぱりという。

ボニーがクスクス笑いだすと、わたしもつられて笑いだす。トミーはあきれたように首を振ってため息をもらすが、彼もおもしろがっているのがわかる。住宅街のたわいない駆け引きについて話しあっていると、なんというか――日常的な生活を送っている感じがする。わたしたち一家にとって、日常は得がたいものなのだ。

「カービーはきょうから来るの？」と、ボニーがわたしに訊く。

ゆうべ、わたしたちはいま起こっていることについて話しあった。ボニーにどこまで話そうかと悩んだすえに、包み隠さず打ちあけることにした。ボニーなら取り乱すことなく受けとめられると思ったのだ。そのとおりだった。ボニーは冷静に話を聞き、質問をいくつかすると、ボディガードをつける必要があることも、それが賢明な策であることも理解してくれた。

「きみからカービーに電話して、どこかで待ち合わせをするといい」と、トミーがわたしにいう。「会って事情を説明したら、カービーに頼んで、ボニーの学校のそばに車をとめて監視してもらうんだ」

「ボニー、それでどう?」と、わたしはいう。「いいでしょ? それに、目立たないように気をつけてくれると思うの。でしょ?」

ボニーは肩をすくめる。「カービーはイケてるしね。目立たないようにしてもらいたいの?」

「目立たないようにしてもらいたいの?」

ボニーはいいにくそうにしている。「カービーのことは好きだけど……学校では浮いちゃいそうで。わかるでしょ? ちょっと離れたところにいてくれるとすごく助かるの」

わたしはボニーの頭のてっぺんにキスをする。学校の雰囲気に溶けこもうと必死になっているとわかって胸を痛め、気をつかってくれているとわかってうれしくなる。「カービーに伝えておくわ」

「心配しなくてもだいじょうぶだよ」と、トミーがいう。「彼女が近づいてくるのは、なにか起こりそうなときだけだから」

「ねえ、もうひとり来るっていってなかった?」と、ボニーがたずねる。

わたしはうなずく。「一日二十四時間週七日、カービーひとりであなたを監視しつづけるわけにはいかないでしょ？　ねえ、交代要員がだれなのか知ってる？」と、わたしはトミーに訊いてみる。

「いや。腕の立つ人材としか聞いていない」

「その人を紹介するようにって、カービーにいっておくわ」と、わたしはボニーにいう。もちろん、わたしに紹介してからだが。「さあ、出かける時間よ、ボニー。早くしないとスクールバスに乗り遅れちゃう」

ボニーがあきれた表情をする。「バスに乗り遅れたことなんか一度もないのに」わたしをハグするとトミーのところに行ってハグし、バックパックをつかみあげ、最後に「バーイ！」といって外に出ていく。

わたしは閉じたドアを見つめてため息をつく。「きっと、近いうちにハグしてくれなくなるはずよ。そう思わない？」ちょっと残念な気持ちでトミーに訊く。

「むしろ、いまだにハグしているのが不思議なくらいだ」と、彼がいう。

わたしはトミーの背中をにらみつける。「ぜんぜん慰めにならない」彼はなにもいわないが、ただなんとなく、にやにやしているのがわかる。この家ではだれもわたしの話をまじめに聞いてくれない。「シャワーを浴びてくるわ」といって、これ見よがしに歩きだす。

プリンセスよろしくふるまって気分がよくなる朝もある。心がやすらぐ。

目を閉じて、いつものように最高に気持ちのいい水しぶきを楽しんでいると、トミーがドアを開け、湯気が立ちのぼるシャワールームに、裸で入ってきてとなりに立った。わたしの体に腕を巻きつけて抱きしめる。うっとりするような感触だ。あたりにスクラブのアプリコットの香りがただよっている。

「時間ある?」と、トミーが訊く。低い声が耳に響くと、わたしはぞくっとして思わず身を震わせる。

むきを変えてトミーを引きよせると、彼も身を震わせる。

「いまので答えがわかったでしょ?」

トミーがわたしを軽くもちあげる。そうされるたびに、信じられないくらいセクシーな気分になる。彼がわたしのヒップをつかんで抱きあげる。わたしは彼の腰に脚を巻きつけ、シャワーが顔にあたるのを感じながら口づけをかわす。

「六十をすぎてからもこんなことをしてると思う?」と、わたしは訊く。

「おれの腰がもつかぎり」トミーはそうつぶやき、夢中でわたしの首にキスをする。

わたしは彼の返事を聞いてクスクス笑いだすが、それもすぐにおさまる。欲望と笑いはよく似ているけれども、そのふたつがひとつの場に共存することはない。

20

病院に入っていったときは、気分は上々、頭ははっきりしていた。ラスバン長官の電話から住宅所有者管理組合のダーリーンまではさんざんな朝だったが、コーヒーと娘のハグ、出かける前のシャワールームでのすばらしいセックスのおかげで、かなり元気になっていた。

アランとバーンズが受付で待っていた。アランはカービーとしゃべっている。わたしが前もってカービーに電話し、そこで待ち合わせをしていたのだ。少し離れたところに、べつの男性が立っていた。痩身、スキンヘッド、鋭い目つき。だれの話にもくわわらないが、なにもかも聞いている。その雰囲気から、カービーの相棒だと確信した。見かけはおだやかそうだが、〝捕食者〟のにおいがする。

カービーがだれよりも早くわたしに気づき、白い歯をこぼしてビーチバニー・スマイルを見せる。「ハーイ、ボス！」

わたしはにっこりして近づいていく。「おはよう、カービー、アラン、バーンズ刑事」

カービーがけげんな顔をして小首をかしげ、わたしをじろじろ見る。「ふーん」と、彼女がいう。

「なに？」

「いましがたファックしてきましたって顔をしてる」わたしの真横にやってきて、腰をぶつける。「けさ、いい思いをした人がいるんでしょ？」

わたしは自分が赤面していることに気づいていやになる。アランはにやにやしている。バーンズは興味をそそられているように見入っている。「ほっといてよ。ねえ、外で話せる？」

カービーがウィンクする。「オーケー。行くわよ、レイモンド」と、スキンヘッドの痩せた男にいう。「仕事よ」

レイモンドはなにもいわないが、ついてくるのはわかる。

「すぐにもどってくるわね」と、わたしはアランとバーンズにいう。

わたしたちは自動ドアを通って外に出ていく。空一面雲におおわれている。どんよりと曇っているが、昼までには天気が変わるかもしれない。

「スモーキー、レイモンドよ」と、カービーが紹介する。

「お会いできてうれしいわ」と、わたしはいう。ただの社交辞令で、本気でいったわけではない。

レイモンドはなにもいわずに会釈する。というより、かすかにうなずいただけだ。瞳はグリーン。遠くを見ているような目をしており、わたしは気に入らない。

「レイモンドとは中米でいっしょに仕事をしたことがあるの」と、カービーがいう。「勘の鋭い人で、それもあって信用しているのよ」

わたしは信用しない。でも、口には出さずに受け流す。

「じつは、ボニーがあることを気にしているの」わたしはそういって、朝食のときに話したことをカービーに伝える。

「まいっちゃうわね」カービーは口をとがらせ、同時に目をぐるりとまわす。「ボディガードがつくって、子どもなんかにとっては、ステータスシンボルになるはずなのに。でもまあ、とにかく、お安いご用よ。だれかを殺さなきゃならないとき以外は離れてるわ。ね、レイモンド？」

レイモンドがうなずく。いぜんとしてひとことも口をきかない。沈黙を守ることで人を威《い》嚇《かく》するような態度に、わたしは黙っていられなくなる。

「ねえ、声を聞かせて」と、わたしは彼にいう。「声も聞かせてくれないような人に、娘のボディガードを頼む気になれないのよ」

レイモンドはなにもいわない。カービーのほうをむき、眉をあげてみせる。

「うーん……これってすごーく気まずいわね」と、カービーがいう。「レイモンドはしゃべれないのよ。何年か前に喉をかき切られたの。命は助かったんだけど、声帯はめちゃめちゃになっちゃって」

「そうだったの。悪かったわ。ごめんなさい、レイモンド」わたしはやっとの思いでいう。

「失礼なことをいって恥ずかしいわ」
レイモンドがジャケットの内側に手を差し入れる。手帳を取りだし、なにか書きとめる。こちらに差しだす。わたしは読む。

気にしないで。

つづいて――

彼女に襲いかかってくるやつは、かならず殺す。約束する。

わたしは手帳をレイモンドに返す。かならず殺すという約束に、妙な安心感をおぼえる。物騒《ぶっそう》なことばなのに励みになる。「よろしく」と、わたしはいう。ほかになんといえばいいのかわからない。
「クールじゃん」と、カービーがいう。「で、学校の住所は?」
わたしは出かける前に学校の住所を書きとめておいた。メモをカービーにわたす。
「これからレイモンドとふたりで学校に行ってくる。初日はいっしょに仕事をして、だいたいの感触をつかんだら、ふたりの時間を有効に使える方法を考えだすわ」まばゆい笑みを見せる。「それでどう?」

「いい考えね」

「それじゃ、行くわよ!」カービーは大声でそういうと両手をあげ、世界じゅうのロックファンがやるように人さし指と小指を立ててみせる。カービーとレイモンドは、むかしのコミックに出てくるマットとジェフの亡霊よろしく歩み去っていく。口のきけない男と口数の多い女の暗殺者コンビ。わたしはふたりを見送ると、病院に入っていく。アランとバーンズのところに引きかえす。

「ずいぶん妙ちきりんな連中とつきあっているんだな」と、バーンズがいう。「女のほうはこわいけど、かわいいから、まあいいとしよう。葬儀屋みたいなやつは気味が悪くてぞっとしたよ」

「わたしも」と、正直にいう。

悪人たちもぞっとして逃げだしてくれるといいのだが。

ヘザー・ホリスターの目の動きはゆるやかになっていた。コカインを使って錯乱状態におちいったバレリーナのように絶えまなく踊りまわることはなく、ただ見つめているだけだった。いまはあおむけになって胸の下で腕を組み、病院の白い天井を見つめている。口は閉じていた。胸があがったりさがったりして、ときおりまばたきをする。ヘザーが生きていることを示すものといったら、そのふたつくらいしかない。

バーンズは病室に入ってすぐのところにたたずみ、彼女を見つめていた。口は開いたままで、目は生傷《なまきず》と精神的疲労が入りまじった悲しみに満ちている。たぶん、バーンズの目に映っているのは十二歳のヘザーなのだろう。真剣なまなざしで彼を見あげ、父親を殺した犯人をつかまえてと訴えている。バーンズは彼女との約束を果たせなかった。そして、もっと悲惨なことが起こってしまったのだ。

バーンズがヘザーのベッドに近づいていく。椅子を見つけ、枕もとに腰をおろす。動きだけを見ていると、ずっと年上の老人のような感じがする。腕を伸ばし、ヘザーの手をとる。アランとわたしは離れて立ち、葬儀の邪魔をしているような気持ちでながめる。

「ヘザー、おれだよ。ダリル・バーンズだ」といって彼女の手を握りしめる。「聞こえるかい？」

気のせいか、ヘザーの目がぴくっと動いたように見える。

バーンズがため息をもらす。「がっかりさせてごめんよ。ほんとにすまない。それでも、ひとつだけいってやれることがある。おれたちは、きみの夫と自称する卑怯者をつかまえた。ダグラスはこの件に深くかかわっていたんだよ」

こんどは気のせいではない。おだやかな湖面を思わせるヘザーの表情に、かすかな震えが走った。バーンズも気づいたらしい。首を伸ばして身を乗りだす。

「聞こえるんだね。そうだろ？　聞いてくれ、ヘザー。きみがどんなにつらい目にあったか、おれにはよくわかる。耐えがたい思いをしたのはわかっているが、いつまでもこんなふうに自分の殻に閉じこもっているわけにはいかない。きみをこんな目にあわせた男をつかまえるには、どうしてもきみの協力が必要なんだよ」ヘザーの手を強く握ったりなでたりする。娘を励ます父親にしか見えない。「きみのきれいな髪を剃り落としたやつをつかまえたいんだ。父さん譲りの髪だって、おれにそういったのをおぼえているかい？」声をつまらせる。バーンズは旧弊《きゅうへい》な考え方をする人で、男は涙を見せぬものといわれて育てられたはずだが、ばつの悪い思いをしてわたしたちをちらっと見るようなこともない。胸が張り裂けそうになっていて、人目を気にするどころではないのだろう。

ヘザーの表情に間断なく震えが走っていく。落ち葉の山が風に吹きとばされ、輪になって踊っているようで、目的はなくても生気にあふれ、ときには美しく見えることさえある。どんなにゆがんでいようと、生きているしるしであることに変わりはなく、わたしたちが見守るなか、バーンズはそのしるしをつかんで放そうとしない。

「ヘザー？　そう、その調子だ。もどってきてくれ。おれはここにいる。安心していいんだよ」

ヘザーが目をしばたたいたかと思うと、まばたきが速くなる。頬がひくつく。バーンズのほうをむく。骸骨《がいこつ》が首をまわし、きしむドアのような音をたてて振りむくのに似ている。ヘザーは口を開けると、かん高く耳ざわりな声で笑いだす。笑い声を聞くなり、背筋が寒くなった。小鳥たちがそばで聞いていたら、恐れをなしていっせいに飛びたったにちがいない。

「あああああんしん……？」と、ヘザーがしわがれた声でいう。つづいてまた笑いだすが、こんどは涙があふれだし、頬を流れ落ちていく。顔は苦悩の涙に濡れて輝くとともに、じつは悲鳴のべつのかたちでしかない笑いのせいでゆがんでいる。

バーンズはショックをうけ、口を開けて呆然としている。どうすればいいのかわからないらしい。まもなく平静を取りもどす。厳しい表情を浮かべるが、無理をしているのがわかる。心を鬼にして仮面をつけているのだろう。

「ホリスター巡査、いいかげんにしろ！」と、バーンズはヘザーにむかってどなる。「いままでどんなところにいたか知らないが、きみはもうそこにいるわけじゃない。協力してくれないと、おれたちは犯人をつかまえられないんだ。ほら、しっかりしろ！」

期待どおりの効果がある。耳ざわりな笑い声がやむ。涙はこぼれつづけ、白いシーツに指紋のようなしみをつけていく。「ダ、ダリル……」喉をつまらせる。「わからない。なにがなんだかわからないの」ヘザーは両手を動かし、無我夢中でバーンズの手首をつかむ。「助けてくれない？　まともに考えられないの。助けてくれる？　助けて。お願い」

バーンズの素顔がもどってくる。悲しみを急速冷凍したようなしかめ面《つら》。バーンズは立ちあがってベッドにすわりなおすと、ヘザーを抱きよせる。ヘザーはぐったりしたり震えたりしながら、バーンズの腕のなかで身をよじる。

ヘザーのただならぬうめき声を聞きつけて、看護師が病室に駆けこんでくる。ヘザーが金切り声をあげると、看護師は青ざめてあわてて出ていく。精神的苦痛よりも肉体的苦痛に慣れているのだろう。

アランとわたしはなにもいわない。見るとはなしに見守ってじっと待つ。遠慮して少し距離をおくという技は、被害者の自宅に出むいて遺族に悲報を伝える役目を、三回か四回、あるいは五回果たすうちに身につく。愛する者の死が現実だとわかったとたん、わたしたちは邪魔な存在になる。立ち去るわけにもいかないので、しかたなく亡霊になる。悲しい特殊技能なのだ。

しばらくすると、ヘザーのうめき声が小さくなる。そのうち静まるが、深い悲しみは突風のようになんの前ぶれもなく舞いもどってくることもあり、バーンズはそのあいだじゅう辛抱強くヘザーを抱きしめている。うめき声をもらすことが少なくなって間隔があくようになると、まもなく震える声に変わり、そこからさらに弱まって吐息になり、やがて静かになる。

静かになってからも、わたしたちは待ちつづける。やすらぎは、静けさのなかで、べつの人間にしかあたえられない無言のふれあいを通して得るのがいちばんいい。

少ししてヘザーが横になると、バーンズは枕もとの椅子にもどる。

「だいじょうぶかい？」と、彼がたずねる。

ヘザーはうなずくと、肩をすくめ、それから腕や頭を引っかきはじめる。絶えずせわしなく動いている。「たぶん。ええ。だいじょうぶかも。わからない」

「とにかく、こうしてまたしゃべれるようになったんだ。一歩踏みだしたことになる。それで、なにがあったか話せるかい？」

ヘザーは目を大きく見開く。「ええ」と、彼女はいう。右の頬が三回引きつる。「こわいの、ダリル。けど、話せば役に立つかも。わからない。たぶん」

ヘザーの話を聞いているうちに、メタンフェタミン常用者との会話を思い出した。ただし、ヘザーの場合は薬物ではなく恐怖を過剰にあたえられていた。闘争・逃走反応装置は〝オン〟になっていて、スイッチは手のとどかないところにある。

わたしにはその気持ちがわかる。恒常性の問題なのだ。レイプされて入院し、うちに帰ってから一週間はぜんぜん眠れなかった。マットとアレクサを失って苦悩していたせいでもあるが、それだけではない。こわくてたまらなかったのだ。物音がするたび、風がうなるたびに、不安になって心臓がどきどきした。車の警報装置が鳴れば、アドレナリンが体じゅうを駆けめぐった。全身が燃えるように熱くなって、皮膚を脱ぎ捨てたくなったが、当然のことながらそんなことはできず、自分の体という燃えさかる家のなかで悲鳴をあげるしかなかった。

わたしは歩を進め、バーンズの肩に手をおく。ヘザーのほうをむき、自分の顔の傷痕が見えるようにする。

「ハーイ、ヘザー。FBI特別捜査官のスモーキー・バレットよ」

彼女はおずおずと視線を移動し、傷痕を見て目を少しまるくする。

「それ、どうしたの?」と、ヘザーが訊く。その質問には藁《わら》にもすがる思いがこもっていて、わたしには彼女のいいたいことがわかる。〝わたしの身に起こったことよりひどい経験を話して。お願い〟

「連続殺人犯がうちに押し入ったの。その男はわたしをレイプしてナイフで切りつけてきた。そして、わたしの目の前で夫と娘を痛めつけ、殺害したの」

それがヘザーの経験したことよりもひどいかどうかはわからない。精神的苦痛をそんなかたちで評することはできないと思う。

「その男、どうなったの？」こんどの口調にはべつの欲求が加味されている。

「わたしが撃ち殺したわ」

ヘザーは笑い声をあげる。「最高！」唇を舐め、しっかりした声でくりかえす。「最高」ふたたび目をまるくする。「エイヴリー。ディラン。息子たちは？　会わせてもらえる？」

「エイヴリーとディランの件はすみやかに善処《ぜんしょ》するわ。約束する」わたしはなだめるような声で答えながらも、彼女をだましているようで、いたたまれない思いをしていた。「取りあえず、あなたにその気があれば、なにがあったか話してもらいたいの。あなたを拉致した男についてわかることがあったら教えて。どんなことでもかまわないわ。話せると思う？」

また頬が引きつりはじめる。一回、二回、三回。「なんとか。ええ、話せる。どこからはじめればいい？」頭を強めに引っかくと、赤いあとがつく。

「そうね、拉致された夜からはじめてみたら？　おぼえていることはない？」

ヘザーは目をぐっと細める。「あれはずっと前……むかしのことのような気がする。大むかしよ。どれだけ時間がたったのか、ちゃんと把握しておこうとしたの。ほんとよ。でも、むずかしかった。光がいっさいないところに閉じこめられていたから」あたえられなかったものを強調し、もう一度くりかえす。「光がいっさいないところ」

「あなたは駐車場で拉致され、付近の照明は消えていた。そうでしょ？」わたしはヘザーの自由連想から記憶の糸をたぐりだし、本物の記憶に結びつけようとする。

彼女が顔をしかめる。「消えていた？　そう、そう。消えていたと思う。あいつの仕業よ。あの男は頭がいいの。ものすごく頭がいいのよ。それに、冷たい」ぶるっと身震いし、左腕を引っかいているうちに血がにじみだす。

「あなたはカーディオ・キックボクシングのクラスを終えて、外に出たところだった」わたしはなだめるような低い声でいい、ヘザーの記憶を呼びさまそうとする。現在に対して脅威を感じさせないように気をつけ、彼女を過去のその時点に引きもどしたかった。「警察はあなたのキーホルダーを見つけたの。車のそばに落ちていたのよ。なにがあったの？」

ヘザーはまたもやかん高い笑い声をあげる。「あれはわれながら利口だったと思う。利口なのは、たいていあいつだけど、あのときはわたしのほうが一枚うわてだった。キーホルダーを落として、わたしは失踪したんじゃなくて、つれさられたんだって、みんなにわかってもらおうとしたのよ」と、子どもみたいに得意げにいう。

「さすがね、ヘザー」と、わたしはいう。「あのときのあなたは彼より一枚うわてで、あなたの思わくどおりにことが運んだ。あなたは拉致されたんだって、みんなにそれがわかったんだから」

ヘザーは首を縦に振る。何度も。「そう。そうよ。あれは利口だったわ。あいつはわたしをつれさったけど、わたしは利口だった。あいつはわたしをつれさって……」ことばが途切れ、頬がまたひくつきはじめる。

「ヘザー、彼はどうやってあなたをつれさったの？」と、わたしはたずねる。「おぼえている？　話してくれない？」

彼女が首をまわしてこちらをむく。目と口を大きく開けているせいか、不安におびえる少女のように見える。「ささやき声」と、ヘザー自身もささやき声でいう。「あいつはささやいた。わたしの背中に銃をつきつけて、耳もとでささやいたの」

「なんていったの？」

「いうことを聞いてついてこないと、おまえをこの場で殺して、そのあとダグラスとエイヴリーとディランを殺しにいくっていったのよ。あの男はダグラスや子どもたちのことを知っているっていった。ダグラスがどこで働いているかとか、息子たちがどの医者に診《み》てもらっているかとか。ほんとに知っているんだと思った」

「抵抗したの？」

ヘザーはうしろにもたれて吐息をつく。「抵抗しても無駄だった。わたしは作戦を練っていたの。わかるでしょ？」うなずいて自問自答する。「そう、作戦よ。うまい作戦だった。彼についていって機会をうかがうつもりでいたの」唇を嚙みしめる。ほかの人がそうしていたら、思案しているように見えるだろうし、ヘザーもじっさいに考えこんでいるのかもしれないが、彼女の場合はいつまでも唇を嚙みつづけ、そのうち血が流れはじめた。血が細い筋となって顎を伝《つた》っていく。

「ヘザー」わたしは腕を伸ばして彼女に軽くふれる。

ヘザーはこちらをむきはしないが、ふれられるとはっとして唇を嚙みしめるのをやめる。

「なに？」と、たずねる。

「抵抗したことについて話していたでしょ？」

彼女は首を横に振る。「無駄だった」

「なにが？」

「抵抗したこと。彼はわたしを車のトランクに押しこんだだけで、縛りあげるとか、そういうことはなにもしなかったの。車がとまったとたん、わたしは襲いかかる準備をしたわ。トランクが開くと、〝やあああああ〟って叫んで、あいつの腰にカンフースタイルの蹴りを入れようとしたんだけど……」もう一度首を横に振る。ため息をつく。「むこうは攻撃にそなえていた。わたしの顔に催涙スプレーを吹きつけて、それからスタンガンを押しつけたの」

少女の驚愕《きょうがく》の表情が彼女の顔にふたたび貼りつき、頭を剃られていることもあって、いやに無防備な感じがする。「いちばんこわかったのはなにかわかる？　あの男がひとことも口をきかなかったことよ。催涙スプレーを吹きかけて、スタンガンで動けなくすると、わたしを引きずっていって」——大きな音をたててつばを飲みこみ、ささやき声でつづける——「真っ暗闇に放りこんだの」

わたしはべつの質問をしようとするが、ヘザーはそのときのことにすっかり気をとられている。彼女がいまいるのは、ここでもなければ、そこでもない。わたしは黙ったまま、ヘザーが自分から話をつづけるのを待つ。

「真っ暗闇を経験したことはある?」と、彼女が訊く。「そんなところはめったにないわ。むかし、ダグラスといっしょにニューメキシコ州のカールスバッド洞窟に行ったことがあるの。地下数百メートルまでつれていかれるのよ。ツアーの途中で、ガイドがそのことについて——真っ暗闇について話して、そのあと、明かりという明かりを消しちゃうの。もう、びっくり」回想して目をみはる。「なんにも見えないの。まわりに明かりがぜんぜんないのよ。目を慣らそうとしても、なんにもない。あるのは漆黒の闇だけ」もう一度大きな音をたててつばを飲みこむ。「わたしが閉じこめられていた暗闇もまさにそんな感じだった。重いのよ。暗闇に重みがあるって知ってた?」ヘザーはうなずくが、わたしではなく自分自身と会話しているようだった。「そうなの。重みがあるのよ。あそこまで真っ暗だと、闇を感じることができるの。闇が肌の上をすべっていく。口に入ってくる。防ごうとするんだけど、口を閉じると、こんどは鼻や耳から入りこんでくるのよ。最初のうちは、阻止しようとして喉につまらせる。でも、どんどん入ってくるの。思いきってごくりと飲みこむと、おぼれちゃう」頬が引きつる。ぴくっ、ぴくっ、ぴくっ。「ただし、おぼれても死にはしないの。いつまでもいつまでもいつまでもつづくのよ。崖から転落して、そのまま何年も落下しつづけるような感じ。

まる一日くらい、彼はなんにもしなかった。わたしを真っ暗闇に閉じこめていただけ。そのうち、照明をつけたの。すごく明るくて。ほんとに明るかった。まぶしくて、なんにも見えなくて、壁にぶつかったの。マザー・グースに出てくる目の見えないネズミの歌みたい。ごらんよ、あの走りかたってね」ヘザーはクスクス笑う。腕を引っかく。「よろよろ歩いていると、ドアの開く音がして、またスタンガンを押しつけられたの。針で刺すような痛みを腕に感じたと思ったら、つぎの瞬間には気を失っていた。

目をさましてみると、暗闇のなかにいて、裸にされて手足を拘束されていたの。手かせと足かせには鎖がついていて、鎖は壁に取りつけられていた。手かせと足かせ、一、二、三、四。ぜんぶで四つはめられていたから、動きまわれるのはせまい部屋の半分くらいだけだったわ。

部屋にはスピーカーか——なにか——がそなえつけられていたの。ときどき、真っ暗闇のなかから、あいつの声が聞こえてきたわ。〝規則を伝えておく〟と、彼は最初の日にいった。〝病気のときを除き、あたえられた食事を毎回食べる。毎日欠かさず運動をする。腕立て伏せからはじめ、つづいてその場でランニング。規則を守れなかった場合は処罰する〟」

ヘザーは横目でわたしを見る。こそこそしたずる賢そうな目つきをしている。「当然のことながら、最初のうちはあいつのいうことなんか聞かなかったわ。あいつは食べ物を運んでくると、ドアの下にある小さな差し入れ口から押しこんだ。映画でよく見る刑務所のシーンみたいにね」ヘザーは話すのをやめ、宙を見つめる。何秒か経過する。

「ヘザー？」

彼女はびくっとして、なにごともなかったかのようにまたしゃべりだす。レコード盤の溝《みぞ》で跳ねる針を彷彿《ほうふつ》させる。「光を見るのは、彼が食事を運んでくるときだけだった。ドアの差し入れ口の掛け金をはずして、トレーをなかにすべりこませるのよ。腹ばいにならないと食べられないの。わたしはあのときに見える光が大好きだった。光をあたえてくれるなんて、やさしいと思わない？」

胃がむかつく。ヘザーは話をつづける。

「わたしが食べ物を投げかえすと、彼は差し入れ口を閉めたわ。わたしは真っ暗闇のなかに何時間もすわっていた。どれくらいかわからないけど、だいぶたってから、またあの目がくらみそうな照明がついたの。まわりが真っ白になって、なにも見えなかった。あいつはまた同じことをしたの。スタンガン、ちくっとする痛み。目をさましたとき、わたしは腹ばいに寝かされて、台に縛りつけられていた」といって縮こまる。虐待をうけている子どもが身を縮め、相手の目にふれる体表面積をできるだけ小さくしようとするのに似ている。

「〝おまえは規則を破った〟と、彼はいったわ。〝だから処罰される〟って。怒っているふうではなかったの。そんな感じはぜんぜんしなかった。片づけなければならない仕事をかかえている人みたいな口ぶり。そう、まさにそんな感じ」大きくうなずく。ぴったりした表現が見つかって喜んでいるのか、首を何度も縦に振る。「あいつは片づけなければならない仕事をかかえていた」そこでひと呼吸おく。「わたしを鞭で打ったの。焼けつくような痛みが走ったわ。背中にガソリンを筋状にたらされて、火をつけられたみたいだった。一発めから悲鳴をあげずにいられなかったほどよ。

鞭打ちが終わると、彼はわたしの背中の傷に軟膏みたいなものを塗ったの。それから、〝また規則を破った場合は、処罰の時間がもう三分の一長くなる。そのつぎはさらに三分の一。変な気を起こさないうちにいっておくが――どんなに処罰が重くなろうと、けっして死ぬことはない〟といったのよ。

わたしはあれこれ訊いたわ。〝どうしてわたしなの？　なんでこんなことをするの？〟とか、そんな質問をしたのよ」口をとがらせ、肘の内側を引っかく。「彼は答えようとしなかった。なにを訊いても、ぜったいに答えてくれなかったわ。わたしをまたあの暗い部屋に放りこんだだけだった」

ヘザーはまた横目でわたしをこっそり見てから、またもやずる賢そうな笑みをもらす。「そのあともう五回処罰されると、わたしはようやくあいつのことばを真にうけるようになったの」笑みが消え、びっくりしているように目がまるくなっていく。「それから先は、いい子にしていたわ。いい子にしているかぎり、彼はぜったいにわたしを痛めつけたりしなかった」

ヘザーは落ちついてきたらしい。わたしはそっとうながしてみる。「ヘザー、あなたはずっと真っ暗な部屋に閉じこめられていたの？」

彼女はまた宙を見つめている。

「ヘザー？」

彼女がびくっとする。「えっ？　ああ、そうよ。たいていはね。部屋にはトイレがあるんだけど——どこにあるのか暗闇のなかで探りだし、暗闇のなかで用をたさなければならなかったの。時間を知る手がかりといったら、食事だけだった。食事をもとに日数をかぞえていったのよ。食事が三回出ると、一日たったことがわかる。そうやってかぞえていったの。困ったのは、あいつが長いあいだいなくなるときで、そんなことが何度かあったわ。彼が出かけるときは、一食ぶんずつに分けたドライフードをおいていくの」顔をしかめる。「わたしは小分けにされた食事の数をかぞえて三で割り、何日たったかおぼえておこうとしたんだけど……」ため息をつき、無駄な努力だったといわんばかりにがっくりとうなだれる。「そのうちわからなくなって。ひとりごとをいうようになってからはとくに。そして、ふたりと話をするようになってからは、ますますおぼえていられなくなったの」

「ヘザー、〝ふたり〟って、だれのこと？」と、わたしはたずねる。

彼女の顔に清らかな笑みが浮かぶ。錯乱や苦悩の表情が消え去り、やすらかな喜びにあふれていく。「息子たちよ」と、ヘザーはいう。「光のなかから声が聞こえてきて、そうすると心がなごむの。あの声を聞くことができなかったら……どうなっていたか」腕を引っかきつづけ、とうとう血がにじみだす。「正気を失っていたかもしれない」

ふたたび胃がむかむかしてくる。嫌悪をもよおしたからではない。恐怖におののいているせいだ。わたしが子どものころからなによりも恐れていたのは、まさしくこれ——正気を失い、それでいて自覚できないことなのだ。何年か前に、天才数学者ジョン・ナッシュの半生を描いた映画『ビューティフル・マインド』を見て、その夜は一睡もできなかったのをおぼえている。

「ヘザー」と、わたしは呼びかける。「あなたを監禁していた男を見たことはないの？　顔とか、身元を割りだすのに役立ちそうな特徴とか、なにかおぼえていない？」

頬がまたひくひくする。四回。ヘザーは首を振る。「一回もない……わたしが見たのは真っ暗闇だけ。暗闇と、ドアの差し入れ口からもれてくる光しか見ていない」顔をゆがめる。「真っ暗でも、目は見えるのよ。味もわかる。どの感覚も鋭くなるの。わたしの耳はもうコウモリ並みになっているのよ。知ってた？」ヘザーがいきなり高い声を発し、わたしは虚をつかれてぎょっとする。コウモリの鳴き声をまねたようだが、それもやがてかん高い笑い声に変化していく。「この皮膚も……」彼女が両手で自分の腕をさすると、そこに鳥肌が立つ。「とっても敏感になったわ」目を細くしてわたしを見る。「でも、いまは目が見えるの。わたしはほんとうに見ているの？　それとも、これは夢？」肘の内側の出血しているところを引っかく。

「夢じゃないわ。どれも本物よ」と、わたしはいう。

ヘザーはあたりを見まわし、病室にあるものひとつひとつに目を凝らす。肩をすくめる。「本物には見えない」吐息をつき、うしろにもたれかかる。「疲れちゃった。寝る時間ね」不安そうな顔をしてあわてて起きあがる。「それとも、食事の時間？」ぶるぶる震える手をわたしのほうに差しだす。「食事の時間を忘れていたとしたら、ごめんなさい。気づかなかったの。たたいたりしないわよね。そうでしょ？」

わたしはこみあげてくる涙をやっとの思いでこらえ、腕を伸ばしてヘザーの手を握る。

「もうだれもたたいたりしないわよ、ヘザー。だいじょうぶだから心配しないで」

ヘザーは落ちついたものの、彼女の目を見て、わたしのいったことを信じていないのがわかった。


「あの状態じゃ、これ以上話を聞きだすのは無理だよ」と、アランがいった。

わたしたちはヘザーの病室の外にいた。バーンズは沈痛な面持ちで黙りこんでいる。わたしはすでに疲れきっていた。まだ午前中で、犯人が遺棄していった被害者からやっと話が聞けるようになったばかりだというのに。しかも、ヘザー・ホリスターはまだましなほうで、もっと恐ろしい目にあっている被害者がいたとしても不思議ではない。

「そうね」と、わたしはいう。「それでも、話が聞けてよかったわ。ヘザーがどんな手口で拉致されたのか、どんな扱いをうけていたのかわかったんだから。犯人のプロファイリングをするさいに役立つわ」

「プロファイリング？」と、バーンズがしわがれた声でいう。「犯人が今後どうなるか分析してやろうか？　おれがあの世へ送ってやる」

アランもわたしも聞き流す。わたしたちの前で殺人をほのめかすのがいかにまずいことか、ほんとうならこの場で注意すべきなのだが、いまはそんな気になれない。わたしたちも同じように感じているからだ。

「これからどうする?」と、アランがたずねる。

「取りあえずキャリーに電話して、ジェレミー・アボットの身元が確認できたかどうか訊いてみる。そのあと、三人で彼とデイナのようすを見にいかない?」

「おれはパスするよ」と、バーンズがいう。「しばらくヘザーの相手をしようと思うんだ。必要なことがあれば電話してくれ」

バーンズはまた老けこんでしまったようだ。年とって焼きがまわった人のように見える。バーンズはわたしが〝昔気質の男〟と呼んでいるタイプ、いまや絶滅しかけている人種のひとりなのだ。ひとつの型でつくられているわけではないが、全員が石でできている。どっしりとかまえ、強くて、山のごとく泰然としている。アランはこの素質をもっている。トミーとジョーンズ支局長も。バーンズは精神的にまいってって心に亀裂が入り、土台からくずれそうになっている。

「ヘザーのようすになにか変化があったら、連絡して」と、わたしはいう。

バーンズはうなずき、ヘザーの病室に入っていく。

「彼女の場合、見通しは明るいとはいえないな」と、アランが低い声でいう。「息子のひとりが死んだと知ったら、どうなると思う?」といって首を振る。

わたしならどうするだろう? 手かせ足かせをはめられ、年月の経過もわからず、人とのふれあいもないまま、漆黒の闇に八年間も閉じこめられたら?

「彼女しだいでしょうね。わからないわよ。みごとに立ちなおる可能性だってあるんだから」

自分でいいながらも、説得力は感じられなかった。

「身元が確認できたわ」と、キャリーがいう。「病院に運びこまれた男性は、たしかにジェレミー・アボットよ」

気が滅入る。ヘザーにとって悪い知らせがまたひとつ。

「ありがとう。わたしはこれからアランといっしょに、デイナ・ホリスターとジェレミー・アボットのようすを見てこようと思っているの。そっちはどう？　ほかになにかある？」

「ジェームズは事件ファイルを調べて、起こったことを時系列順に整理しているんだけど、その作業ももう少しで終わるみたい。例の自動車事故についておもしろいことがわかったっていってたわよ」

「オフィスにもどってから聞かせてもらうわ。それまでのあいだに、ロス市警の鑑識に連絡して、ダグラス・ホリスター宅の現場検証で見つかったものについて聞いておいてくれない？　あっ、そうそう――レオ・カーンズを呼んで。今回の捜査には彼の専門知識が必要になると思うの」

「ほかには？　やたらと長いリストにつけたすことはもうないの？」と、キャリーがぼやく。「わたしが〝つくすことを生きがいにしている〟というときは、〝人がわたしにつくすこと〟という意味でいってるのよ」

思わず笑みがもれるようなことばを、ようやく聞くことができた。「じゃ、またあとでね」

デイナ・ホリスターとジェレミー・アボットのふたりを担当している医師は、老人の目をしたティーンエイジャーのようだった。ブロンドの髪や童顔もその一因になっている。ひげも生えないうちに手術ができるのかと、しょっちゅうからかわれているにちがいない。

「患者はふたりとも前頭葉白質に重大な損傷をうけています」医師はそういって、わたしがすでに知っていることを裏づける。

「自己流のロボトミー」

「本質的には」

アランが身震いする。「信じられない!」

「こういうのは前にも見たことがあるの」と、わたしはアランにいう。「医師が自分の奥さんに手術をしたのよ」

「でしたら、予後についてもご存じですよね」と、医師がことばを継ぐ。「回復の見込みはまったくありません。損傷の程度についていえば、ミセス・ホリスターのほうがひどい。とはいうものの、ミスター・アボットも大差ありません。ミセス・ホリスターは植物状態になっています」

「『カッコーの巣の上で』か」と、アランがつぶやく。

「まさに。昏睡《こんすい》状態の患者と同じケアが必要になるでしょう。自分では食べられない、口もきけない、排泄をコントロールすることもできない。自分がどこにいるのかもわかっていないと思います」

「ジェレミー・アボットは？」と、わたしはたずねる。

「幼児と同じレベルで機能しています。言語構成能力はなく、おむつをしている。それでも、自分で食べたり這ったりすることはできますから、身体的にはミセス・ホリスターより見通しが明るい。まあ、それを明るいと呼べるかどうかはべつですが」

「犯人はどんな器具を使ったのかわかりますか？」

「おそらく、かつて使われていたロイコトーム――俗にいうアイスピックでしょうね。直径も合っているようだし、手に入りにくいものでもありません。手術の手順は簡単ですが、ある程度練習する必要があります。ロボトミー手術を考案した医師は、解剖用の死体を使って練習したんですよ。自宅のキッチンにあった本物のアイスピックをもっていったそうです」

わたしはうつむいて、ベッドにじっと横たわるデイナ・ホリスターを見おろす。

「彼女はなにもわかっていないんですか？」

「たぶん、わかっていないと思います。断言するのはむずかしい。長年にわたり昏睡状態におちいっていた患者が覚醒《かくせい》し、昏睡中に自分のまわりでかわされた会話の断片をおぼえていたという例もあります。脳や意識に関しては、まだ明らかになっていないことがたくさんあるんですよ」

医師のいうとおりであってほしいと思った。デイナは闇のなかをひとりきりでただよっているのではなく、無の世界で生きていると考えたかった。

21

「役に立ちそうな話を聞かせて」と、わたしはいう。

昼近くで、わたしはアランといっしょにオフィスにもどり、チームのメンバーを集合させていた。ダグラス・ホリスターの事情聴取やヘザーのようすをはじめ、報告はすべてすんでいた。

病院からオフィスにもどる道すがら、エイヴリー・ホリスターのことを考えた。あの子はバスルームの毛羽だったカーペットに顔を埋めて永遠に叫びつづけている。ジェレミー・アボットのことを考えた。彼はつぎの食事が待ちきれずに、赤ん坊のように泣き叫んでいる。デイナのことを考えた。彼女は自分の胸のなかで悲鳴をあげ、なにをしても無駄なのに、両のこぶしで闇をたたいているのかもしれない。

もちろん、ヘザーのことも考えた。犯人はヘザーを解放したが、彼女はいまもまだ閉じこめられていた。彼女には本物とは思えない光にかこまれて病室にすわり、傷だらけの皮膚を引っかいている。

殺人は殺人でしかなく、どんな場合でも冷酷非情な仕打ちであることに変わりはないが、わたしの追跡するモンスターたちは、死という最終的な結末よりも、相手がどこまで苦しむかということに関心をもっている。わたしにとっては、犯人が被害者を苦しめることに成功したときがいちばん身にこたえる。いまから十年たっても気にかかるのは、エイヴリー・ホリスターよりもジェレミー・アボットのことだろう。エイヴリーを忘れることはないが、彼はそれほど苦しんでいない。だから、わたしの世界で偶像的地位を得ることはない。

「このあいだ話した車の衝突事故だけど、おもしろいことがわかったんだ」と、ジェームズがいう。

「話して」

「事故を起こした車は四台。それぞれの事故に関する報告書を手に入れて、くわしく調べてみたんだ。どのケースでも突然ブレーキが故障、どの車も十年から十五年と若干古めだった」

「ひとつの駐車場にしては、事故発生率がやけに高いな」と、アランがいう。

「異常だよ。ありえない」と、ジェームズがいう。「事故を起こした四台のうち、二台については追跡調査がおこなわれた。二台とも関連損害保険会社の賛助のもとで点検され、意図的にいじられた形跡があると判明したんだ」

「それも彼の仕業だと考えているの?」と、わたしはたずねる。「どうして？　まわりの注意をそらすため?」

「ぼくなりの仮説は立てているけど、まだ話すつもりはない。取りあえず最後まで聞いてくれ。デイナ・ホリスターの件をVICAPで検索した結果、類似事件が三つ見つかったことは伝えたはずだ。被害者たちは脳の前頭葉白質の一部を破壊され、死体袋に入れられて遺棄されていた。けさ、三つのうちふたつのケースを追跡調査してみたんだ。ここロサンゼルスの件とポートランドの件を。被害者はふたりとも身元が確認され、どちらも長年にわたって行方不明になっていたことがわかったんだ」

「つまり、彼の関与が裏づけられるわけね」と、わたしはいう。「犯行の手口が一致する」

「その二件の被害者はいずれも女性で、ふたりとも夜間に駐車場で拉致されている。ひとりは大型スーパーマーケット、もうひとりはボーリング場の駐車場だ」ジェームズはそこで顔をあげる。「さらに調べてみたところ、それぞれが拉致された当日の夜に、どちらの駐車場でも複数の自動車事故が起こっていることがわかった。事故を起こした車両に関するデータはまだ手に入れていないけど、ぼくはどの車についても細工されていたことが判明すると確信している」

「不思議ね」と、わたしはいう。「そんなことをしても、百パーセント確実に人の注意をそらせるわけじゃないわ。その車がいつ走りだすかなんて、どうやってわかるの？　動かない可能性だってあるのに」

「彼にはわかっていない」と、ジェームズがいう。「理屈に合っていないいんだよ。犯人は細心の注意を払い、入念な計画を立てて犯行におよぶ男と思われる。事故は人の注意をそらすための手段としてあてにならないばかりか、そもそも不必要なんだよ。女性たちを駐車場で拉致するというのも、同様に危険をともなう。自宅からつれさったってかまわないじゃないか。程度の差こそあれ、不合理は心神喪失《しんしんそうしつ》の一種なんだ。じゃなかったら、わざわざそんな危険をおかすはずがないだろ？」

「それを必要としているから」と、わたしはいう。「拉致犯としてではなく、個人として、危険をおかさずにいられないのね」

しっくりくる答えはそれしかない。常習犯によくみられる習性でもある。連続殺人犯は戦利品を蒐集《しゅうしゅう》する。つかまった場合、その戦利品が有罪判決の決め手のひとつになるとわかっていても、持ち帰らずにいられないのだ。キャシーちゃんのバービー人形（血が点々とついている）とか、バーバラおばあちゃんの結婚指輪（夫に先立たれて以来、ネックレスに通して肌身離さず首からさげていたのを、犯人が死体からむしりとった）とか。

「やつはなにを必要としているんだ？」と、アランが訊く。「車の衝突事故？」

「大規模自然災害《シンフォフィリア》フェチって呼ばれているのよ、ハニー。大災害に遭遇したり事故を見たりすることで、性的興奮を感じる人たち」

「うそだろ？　そんなことでほんとに欲情にかられるのか？」

「じっさいにある性的倒錯の一種なんだ」といって、ジェームズがキャリーのことばを裏づける。「むろん仮説にすぎないが、調べてみる価値はある。それを除けば、犯人はあらゆる点で注意ぶかく、綿密な計画を立てるタイプに思える。個人的な性的倒錯趣味でもからんでいないかぎり、あんなに不合理なことをするわけがない」

「そうね」と、わたしは相づちを打つ。「その点も可能性のひとつにくわえることにする。それじゃ、犯人をさらにくわしく分析していきましょう。わかっていることは？」指を立てて数えていく。「ひとつ――非常にきちょうめんで手ぎわがいい。さっきの可能性――なんだっけ？」

「シンフォフィリア」と、ジェームズがいう。

「そうそう。それを除けば、無秩序型の犯罪者にみられる特性はまったく示していない。ふたつめ――彼の動機。ダグラスの供述によると、動機はお金とみられる」

「金が動機だと考えれば、やつが標的をどうやって選んでいるのかがわかる」と、ジェームズがいう。「ホリスターの事件では、ヘザーを選んだのは犯人じゃない――夫のダグラスだ。個人的な関係を裏づける証拠はないし、調べたところで見つかるとは思えない」

「被害者たちの扱いについても、これまでにわかったことを考えると、〝感情が欠如している〟ということばがぴったり合う」と、アランがいう。「もちろん、まだヘザーの話しか聞いていないが、彼女のことばを額面どおりに受けとっていいんじゃないかな。罰として鞭で打たれたという話をしたときの口ぶりからすると、やつがそれで快感をおぼえていたとは思えない」

「医師がいってたわ――職人って」と、キャリーがいう。

わたしはうなずく。「この線で考えていく場合、その表現は手がかりになりそうね」ホワイトボードに歩みよって書きだす。「綿密、きちょうめん、ある目的のために動いている。これが現在の仮説。いまのところ、目的として考えられるのは、お金を手に入れることらしい。でも、お金は口実にすぎないんじゃない？」わたしは首を振る。「被害者を真っ暗な部屋に放りこんで、七年以上閉じこめておくのは？　サディズムとか？」

「いや、ちがうと思う」と、ジェームズがいう。「ぼくは――」不意にことばを切って考える。「あの表現は、たしかにうまくいいあてていると思う」ホワイトボードに目を凝らし、低い声でいう。「職人。やつにとってはそれがすべてなのかもしれない。実用主義。無駄な動きはしない。無駄は許しがたいものなんだ」わたしを見る。「暗闇に閉じこめておけば、とらわれている人間は正気を失いかけ、時間がたつにつれて御しやすくなっていく。とてつもなく効率がいい。節電になるし、他者の助けを借りる必要もない。そのうえ、囚人たちは気力を失って逆らわなくなる。ヘザー・ホリスターはやつに、毎日欠かさず運動しろと命じられたといった。なぜ？　彼女を生かしておかなければならないとわかっていたからだ。なぜ？　ダグラス・ホリスターが約束を破るおそれがあったからだ」ジェームズは首を振る。「サディズムは関係ないと思う。犯人は最小限の労力で最大限の利益を生みだそうとしているんじゃないかな」

「ヘザーの話では、彼は処罰のあいだじゅうひとことも口をきかなかったそうよ」わたしはそういいながらも、いぜんとして慎重な態度をとっている。「ヘザーを部屋からつれだし、鞭で打ち、また規則を破った場合は処罰の時間が長くなると告げ、部屋につれもどした。そんなことをして楽しんでいたとは思えない。そうでしょ？」

「楽しんでいたわけじゃない」と、ジェームズがいう。「やつがそんなことをしたのはおそらく、それが〝やらなければならないこと〟だったから、ヘザーがたんなる〝必需品〟にすぎなかったからだろう」

「かもね」と、わたしはつぶやく。ふと、べつの考えが頭に浮かぶ。「夫たちに約束を守らせる保険として、彼女たちを生かしておく必要があるのはなぜ？　効率が問題だとしたら、手間ひまかけて囚人たちを生かしておくより、さっさと殺したほうがよっぽど効率的だと思わない？」

「その点はぼくも考えた」と、ジェームズがいう。「それでもやっぱり道理にかなうと思うんだ。金目あての犯行という線で考えた場合、被害者を解放するのは、約束を守らない夫たちを罰するためと思われる。夫たちが容疑者としてふたたび捜査の目をむけられるようにするためだよ。ダグラス・ホリスターの身に起こったことと同じように。だとしたら、金を手に入れるまで被害者たちを生かしておいたほうがはるかに手がたい。生かしておけば、夫たちの妻を解放して密約を暴露するか、密約を暴露すると脅すことができて、約束の金が入る可能性は残る。だが、殺してしまえば、その可能性は完全に消えてしまう」

「なるほど」と、アランがいう。「考えてみると、ふつうなら被害者はもう死んでいると思いこんでいるはずだ。そうだろ？」

「でしょうね」と、わたしはいう。

女性が拉致されて行方がわからないまま何年もたった場合は、すでに殺されている確率が高い。単純な誘拐からレイプまで、たいがいの事件にあてはまる。

「つまり、七年か八年後に被害者の遺体が見つかったら、びっくりして捜査が開始されるが、死んでいたというのは予想されていたことでもある。けど、生きていたら?」アランは目をまるくしてみせる。「そりゃあ、注目されるよな」

「たしかに、筋が通るわ」と、わたしはいう。「でも、まだほかにもなにかあると思う。密約を暴露するためというのは、被害者たちを生かしておく理由のひとつかもしれないけど、それだけじゃないような気がするのよ。なぜなのか、よくわからないんだけど」

ジェームズがうなずく。「同感だ」

わたしはメンバーの意見をまとめて書きだし、ジェームズと自分が感じとりながらも立証できずにいる事柄をあらわすクエスチョンマークもつけくわえる。どれもはっきりわかっていることではなく、感じることばかりだが、わたしたちはいつもこんなふうに進めていく。

「ロボトミーはなんのため?」と、キャリーが訊く。

わたしは首をかしげて考える。「それも実用主義にもとづいているのかもしれないわね」

犯人の考え方に関するジェームズの仮説を受けついでいう。わたしはまだ納得しているわけではないが、そう考えるとますます道理にかなっているように思えてくる。「ロボトミーをほどこされた被害者は、証言できない」

アランがいぶかしげな顔をする。「けどそんなことをしたら、約束の金を払わなかった夫がまちがいなく処罰されるという保証はなくなるんじゃないか？　被害者たちは犯人についてなにも話せないが、かといって配偶者を名指しで非難することもできない。金を受けとれる可能性が残されるという考えと矛盾するような気がする」

「発見させる目的で彼が遺棄していった被害者はほかにもいるから、その人たちに関するデータを収集しないと」と、キャリーが忘れないようにいう。「おそらく、彼は被害者の夫がなんらかのかたちでかならず身を滅ぼすように、抜かりなく手を打っていると思う。運まかせにするたぐいのことじゃないもの」

「ヘザーはどうなの？」と、わたしはたずねる。「いいだしたのが自分だというのはわかっているけど、ロボトミーをほどこすのは証言できないようにするためだとしたら、ヘザーはどうして脳を傷つけられないまま解放されたの？　逆に、デイナはどうして傷つけられたの？　犯人はこれまでのところ、わたしたちの知る範囲では、巻きぞえ被害者はひとりも出していなかったはずよ」

「キーワードは〝おれたちの知る範囲では〟だ」と、アランが指摘する。「それに、デイナは巻きぞえ被害者じゃないのかも。彼女も一枚噛んでいたのかもしれない」

わたしは考えてうなずく。「可能性はあるわね」

「やつはこわいものなんかなにひとつないと考えているのかもしれない」と、アランがさらにつづける。「だってほら、ヘザーを八年も監禁していたのに、彼女はやつについてどんなことをおぼえている？ なにもおぼえていないじゃないか。正気を取りもどせば、なにか思い出すかもしれないが、その可能性はきわめて低い」

「けど、いくら可能性が低くても、ぜったいにないということにはならないよ」と、ジェームズがいう。「そもそも、ぼくらが仮説として取りあげてきた犯人のプロファイルに合致しない。実用主義者で論理的な考え方をするやつだとしたら、発覚のリスクのあることはいっさい認めないはずだ」

「いえ、認めるんじゃないかしら」と、キャリーが異論を唱える。「実用主義者で論理的な考え方をする人間だからこそ、漸進《ぜんしん》的な変化を認めるのよ」

ジェームズが眉を寄せる。「つまり？」

「動機がお金だとしたら、犯人はとりわけリスクと報酬に注意を払って、そのときどきの自分の考え方をつねに吟味しているはずだわ」

「もう一度訊く――つまり？」

「つまりね、ジェームズ、約束のお金を受けとれなかったら、犯人はハイリスク・ゼロリターンの仕事をしたことになるわけ。そうなると、約束を破る相手がつぎつぎに出てきて、彼が手にする金額は少なくなっていく。支払いを拒まれたことは過去にもあるけれど、ここに来てまたダグラス・ホリスターにはねつけられた。そこで、犯人は現況を検討し、べつの手立てを講じる必要があると判断したのかもしれないわ」

「たとえば？」

「ヘザーは〝自由の身〟になったのよ。精神状態がどうであれ、いまはもう監禁されているわけじゃない。一方、ダグラスはまずまちがいなく刑務所に送りこまれることになる。考えてみて。男たちは女性たちに対する憎悪につき動かされているのよ。彼女たちと立場が入れかわるなんて、それ以上身にこたえる処罰はないわ。そうでしょ？」キャリーはホワイトボードのほうをむく。「犯人はEメールなり電話なり携帯メールなりで現在のクライアントに連絡をとり、ダグラス・ホリスターがどんなことになっているか知らせ、ニュースをチェックして確認するようにと伝えたんじゃないかしら。当然のことながら、リスクは高くなるけど、報酬も高くなるわ」

「なかなかおもしろい仮説だな」と、ジェームズがしぶしぶ認める。

「すばらしいということばのほうがぴったりしているわよ、ハニー。さあ、いってごらんなさい――〝すばらしい〟って」

「もっとも重要な逸脱行為については、まだ話しあっていない」と、ジェームズがキャリーを無視していう。

わたしは片方の眉をあげる。「というと？」

「やつが携帯メールを送ったり、ヘザーを遺棄するときにメッセージをつけたり、あんたのうちにカードをおいていったりして、自分の存在を知らせるようなことをするのはなぜなのか？　ダグラスにダメージをあたえることだけが目的だとしたら、自分の存在を明らかにする必要なんてまったくないはずだ。そうだろ？」

卓越した質問だ。いちばんいい質問だろう。

「先に見つかっている被害者たちについて調べていくうちに、どういうことなのかわかってくるかもしれないわね」と、わたしはいう。「キャリー、被害者たちに関する情報を集めて。捜査を担当した警察署に電話して、事件ファイルを送ってくれるように説得できるかどうかためしてみて」

「喜んで」

「無秩序型の犯罪者について手っとりばやく知るには、彼がなににつき動かされているのかをつきとめなければならない」と、ジェームズがいう。「被害者学だ。この種の犯罪者にいちばん早く近づくには、手口を調べるべきだろう」

「そうね」と、わたしは同意する。「それじゃ、犯人が必要としているものについて考えていきましょうよ」ホワイトボードに歩みより、あいている部分に近づく。〈手口／必要条件〉と書く。「お金が動機だという仮説は変えずに、もっとも基本的な要素に注目してみない？　彼の犯行に必要なものは？　なくてはならないものといったら？」

「クライアントだ」と、ジェームズがいう。

「たしかに」わたしはホワイトボードの〈手口／必要条件〉の下に〈クライアント〉と書く。「クライアントを見つける方法は？」

アランが頭をかく。「ダグラス・ホリスターのことは、女性に嫌悪感をいだいている男たちのチャットルームで見つけた。インターネットで見つけているのかな？」

「近ごろでは、それがいちばん道理にかなった方法でしょうね」わたしはそういってボードに書きだす。「インターネットは広大な空間よ。どこから手をつけるべきか、どんな方法で決めているの？」

「ありとあらゆる方法があります」だれかの声が聞こえて、話が中断する。

声のしたほうを見てレオ・カーンズの姿が目に入ると、わたしは頬をゆるめる。「レオ！久しぶりね」彼に近づいて抱きしめる。上司にあるまじき行為だが、レオは友だちなのだ。FBIでもっとも優秀なコンピューター犯罪課捜査官のひとりでもある。

「どうやら、ピアスはやめたようね」といって、キャリーがからかう。

レオが照れくさそうに左の耳たぶを引っぱる。「トミー・リーとかはべつとして、いまじゃもうクールでもなんでもないから」

「賢明だな」と、アランがいう。「おかえり」

レオはわたしたちがボニーの母親アニーの事件を扱っているときに、捜査を手伝ってくれた。当時はもっと若く見えた。いまもまだ二十七か八なのに、捜査官特有の用心ぶかい雰囲気をすでにただよわせている。わたしは彼に人生初の殺人現場を見せ、真の悪にそっと近づく方法を教えた。そのせいで、彼は変わった。変わった点はほかにもある。いまはネクタイを締めているし、こげ茶色の髪もずいぶん短くなっている。

レオはいつのまにかすっかりFBI捜査官らしくなった。そう思うと、ほほえましいような、それでいて寂しいような気持ちになる。

「それはともかく」と、レオがいう。注目されて面映《おもは》ゆい思いをしているらしい。「犯人がどうやってインターネット上でクライアントを見つけているのか、その方法が知りたいんですよね。時間と根気さえあれば、それほどむずかしいことじゃありません」

「そのふたつなら、やつはまちがいなくもちあわせている」と、アランがいう。

「ぼくがなにか検索するとしたら、たとえば……」レオはそういってワークステーションに腰をおろす。キーボードの上ですばやく指を動かしていく。わたしがたばこをはさんでいたころと同じようになじんでいる。インターネットにアクセスしてブラウザーを開く。

「〝反男女同権主義《アンチフェミニズム》フォーラム〟というキーワードを入れて検索してみましょう」といってさっそく入力すると、検索結果がロードされる。「ほら、見てください。候補が一万八千四百件もある。これをスクロールしていって……こいつはどうかな。〈fightmisandry.com《ファイト・ミスアンドリー・ドット・コム》〉」

「ミスアンドリー？」

「男嫌い」と、ジェームズがいう。「もしくは少年嫌い。ファイト・ミスアンドリー、つまり〝男嫌いをぶっとばせ〟という意味になる」

「フェミニズムとどんな関係があるの？」と、わたしは訊く。きのうのダグラス・ホリスターの暴言を思い出す。「ああ……わかった。フェミニストは男を憎悪している。そういうこと？」

「それは単純化しすぎだよ」と、ジェームズがいう。「ファイト・ミスアンドリー・ドット・コムのようなサイトの陰にあるのは、フェミニズムはもはや男女平等の実現を主張する思想ではなく、〝反男性〟を露骨に主張する場になっているというコンセプトにもとづく考えなんだ」

「ゲイのあなたがそんなことを知っているのは、いったいどういうわけ？」と、キャリーがたずねる。

ジェームズがカミングアウトしたのはまだ最近のことで、これがキャリーとジェームズのあいだのやりとりでなければ、セクハラ訴訟を提起されるのではないかと、わたしは内心ひやひやしていたにちがいない。けれども、ジェームズが傷つくとわかっていたら、キャリーはそんなことはぜったいにいわないはずだ。

「だれかさんとちがって」と、ジェームズがいう。キャリーを見ようともしない。「ぼくはつねに勉強しているんだ。知的活動を停滞させる人間は、怠惰なだけでなく、魅力もまったく感じられない」

キャリーが笑いだす。「いってくれるわね」

「これを見て」わたしは小声でいい、レオが表示させたウェブサイトのメニューに目を通す。「オプションがあるわ。リアルタイムチャット、フォーラム、ソーシャルグループ、バディリスト――びっくり」わたしは腰を伸ばして背中をさする。「ずいぶん熱が入っているわね」

「そのテーマについて熱く語りあいたくなる気持ち、おれにはわかるよ」と、アランがいう。「平等は平等だし、おれはむかしから冷静に受けとめてきた。けど、男を悪者扱いするのはどうだ？　そんなのは平等じゃない。憎悪だよ。近年のラディカル・フェミニズムはその方向に進んでいるらしい」

「あんなにいろんな事件を目のあたりにしてきたっていうのに」と、キャリーがいう。「よくそんなことがいえるわね。男をレイプして殺害する女性を、わたしたちが最後に追跡したのはいつ？」

キャリーは憤然《ふんぜん》としているし、アランが反撃しようとしているのもわかる。これだ。わたしはぼんやりと考える。この手の議論がきっかけになって、ダグラス・ホリスターはわたしたちが追う謎の人物のもとへ導かれていったにちがいない。ここはひとつ、見物して学びとろう。

アランがぶっとい人さし指をキャリーにつきつける。「ほら、やっぱり。おれがいっているのは、まさにこのことなんだよ！　連続殺人犯は男性人口の代表格じゃない。だが、たいていは男だ。だから男はみんな、根は獣《けだもの》なんだっていいたいんだろ？」

「まあ……そんなところね」キャリーがそういって肩をすくめる。

アランは必死に血圧をさげようとしている。そうやって頭を冷やそうとするところが、アラン・ワシントンとダグラス・ホリスターの決定的なちがいなのだ。

「なあ」と、アランがいう。分別のある口調だが、なだめようとしているふうではない。

「おれは法執行機関にありがちな男性優位主義に賛同したことは一度もない。警察官や捜査官がだれだろうとかまわない。男だろうと女だろうと、肌の色が黒、赤、白だろうとかまいやしない。女性大統領も女性CEOもけっこうだと思っている。受け入れられないのは、自分の性別《ジェンダー》で分類されることなんだ。あんたが女性だからといって、おれに類推されるのとたいして変わらない。そうだろ？」

「そうね」と、キャリーが譲歩する。

「とにかく、ラディカル・フェミニズムは考え方がゆがんでいって、そっちにむかってしまったわけだ。おれの意見ではね」アランは最後のことばを強調し、少なからず皮肉をこめていう。

「愛してるわ、ハニー」キャリーが腕を伸ばし、アランの頰を軽くたたく。「いままでも、これからもずっと。それにしてもわたしとしたことが、いまになってようやく偏見のない考え方ができるようになるなんて。でも――わたしたちが追跡している犯人の例にならって実用的に考えると――フェミニズムを批判する男性はみんなうさんくさいってことになるわ。どんな黒人運動も批判する白人と同じようにね」

「それはわかる」アランが茶目っ気たっぷりににやりとしてみせる。「つまり、あんたがいっているのは、おれたちはじつのところ同胞だっていうことだ。おたがいにその白人に虐《しいた》げられてきたということだろ？」

キャリーはべそをかくふりをする。「いっしょにしないでよ」

ふたりのいざこざはすぐに解決する。心の闇という要素がふくまれていないからだ。キャリーとアランなら、白熱した議論を戦わせたところで、ふたりの関係に亀裂が入ることはない。思い入れの深い話題について論じあっても、やはり友だちのままでいられる。ダグラスと仲間たちの場合は、そうはいかなかった。

「事例をライブで見せてくれてありがとう」と、わたしはふたりにいう。「それじゃ、このへんで話をもどすわよ。レオ、あなたがいっていたのは、クライアントを見つける方法はいくらでもあるということよね」

「そうです」レオがこっくりとうなずく。スーツを着てネクタイを締めていても、うなずき方のせいで年若に見える。「インターネット上にあるものの種類はかぎられている——情報、コミュニケーション、コミュニティ。どうやってさがせばいいか、どこをさがせばいいか、それがわかっていれば、あとは根気強くさがしつづけるだけで、なんでも見つかるんですよ。なんでも」と、彼がいう。

「日ごろの鬱憤《うっぷん》をぶちまけるのと、行動を起こすのとでは大ちがいだ」と、ジェームズがいう。「そういうフォーラムに参加している男の大半は、文句をいっているだけで、じっさいに行動を起こそうとしているわけじゃない。調べる範囲をこういったサイトにしぼりこんだとしても、クライアントを見つけるのは、至難のわざなんじゃないかな」

レオはそれについて考える。「彼としては、プログラムを書くこともできます。チャットでよく使われるキーワードをいくつか設定し、そのプログラムに検索させるんですよ。たとえば、〝くそ女〟、〝売女〟、〝死ね〟、〝彼女を殺す〟——相手を傷つけたがっているとか、危害をくわえるつもりでいるとか、そんな気持ちがあらわれていることばならなんでもいい。

あと、餌をまくこともできる――フォーラムにメッセージを投稿したり、ライブチャットでその話題をもちだしたり。自分の妻を始末したいとほのめかし、同じ考えの持ち主たちからの連絡を待つんですよ」

「考えられるけど、可能性は低いと思う」と、わたしはいう。「足跡をたくさん残すことになるもの」

「だったら、ボットの線が有力だと思います」と、レオがいう。

「ボット？」

「あっ、すみません。ロボットのことですよ。この場合は、自動ソフトウェアプログラムです。タイマーがセットされているか、X秒ごとに特定の機能を果たすように設定されているか、入力に反応するかして、自分で動きだすんですよ。ボットをチャットルームに送りこむこともできます。生きている人間みたいに思えるけど、じつはちがう。ただのプログラムにすぎない。問い合わせなどのクエリーに応答するように設定しておけば、だれかがコンタクトをとろうとした場合、あらかじめ用意された答えでボットが応じてくれるんです」

「どんな？」

「アダルトサイトではよく使われるんですよ。たとえば、二十歳の爆乳美女のプロフィールをつくりだすとか」レオが顔を赤らめる。「あっ、すみません」

「いいのよ。専門用語では〝爆乳〟っていうんでしょ」と、キャリーがいう。「つづけて」

レオは咳払いをする。「まず、魅力的な女の子のプロフィールをつくりだす。実在の人物じゃない。架空です。つぎに、女の子をさがしている独身男性だらけのチャットルームにボットを送りこみ、つくりだした女の子のプロフィールをボットにアサインする」

「みんなはそのプログラムが女の子だと思いこむわけか」と、アランが理解していう。

「そのとおり。すると当然のことながら、チャットルームに参加している八十人の男たちが彼女あてに、〝やあ、ここにはよく来るの？〟といったインスタントメッセージを送る。

どんなクエリーをうけても、ボットは決まった答えを返すようにプログラミングされているんです。〝ハーイ、悪いんだけど、いまちょっとコンピューターから離れているの。でも、あたしのヌード写真を見たければ、それかライブチャットする気になったら、ここに連絡して……〟とかってね。わかるでしょ？」

「男はばかだっていっているの？」と、キャリーが訊く。「もっともな意見ね」

「そんなことをして、やつにはどんな利益があるんだい？」と、アランがいう。

「まあ、じっさいに利益があるわけじゃありません」と、レオが認める。「でも、ボットはいったんチャットルームに入りこむと、ほかにもいろんなことができるんですよ」

「検索とか」と、ジェームズがいう。

「そうです。タイマーをセットするというコンセプトに話をもどしましょう。ボットはチャットルームに送りこまれ、千分の一秒ごとにつぎのキーワード――〝くそ女〟、〝売女〟、〝淫乱〟、〝殺し屋〟、〝死〟――で検索し、チャットでだれかがどれかひとつでも使った場合は、プログラムオペレーターにアラートするように命じられている。彼がその点を本気で進化させたいと思っているとしたら、ボットからキーワードの発信者あてに、ありきたりな返信を送らせることもできます。〝メッセージを受けとりました〟とか。それほどむずかしいことではありません」

「彼にとって、危険はないの？　どの程度安全なの？」

「慎重にやったら？　きわめて安全です。ぼくらが監視して待ちつづけ、しかもインターネット・サービス・プロバイダーの協力が得られれば、あるところまでは追跡できるかもしれない――場合によっては。ただ、断っておきますが、プロバイダーのほとんどはチャットのログをまったく残しておかないんですよ。プライバシーは重大な問題で、保護できないようでは競合他社と張りあえない。近ごろは、インスタントメッセージ・サービスを提供しているプロバイダーもたくさんあります。オプションセッティングでデータを完全に暗号化することもできるんですよ。完全にといいましたが、政府レベルでの完全にという意味です」

「とはいえ、必要があれば盗聴《とうちょう》することだってできるんだろ？」と、アランがたずねる。

「いや、かならずしもできるとはかぎりません。いまのところ、インスタントメッセージの業界には、アランのことばを借りれば〝盗聴〟が、実質的に不可能なサービスがふたつあるんです。どちらも暗号とP2P――ピアツーピア方式――を組みあわせて使っていて――」

レオはもういいというように両手を振る。「あまり専門的な話はやめておきます。結論だけいうと、かりにそういった会社が捜査に協力したいと考えたとしても、できないということです」

「あててみましょうか」と、わたしはいう。「そのふたつがいちばん人気のあるサービスなんじゃない?」

レオがうなずく。「なによりも重要なのは匿名性なんですよ。大半は違法じゃない。世間の人は、とにかくプライバシーを重視しているんです。だれかと話をしたいけど、ビッグ・ブラザー――ぼくらFBI――に盗み聞きされる心配はしたくない。問題は、それが小児性愛者やテロリストにも支持されていることなんです」

「インターネット以前はどうなんだ?」と、ジェームズがいう。

レオは肩をすくめる。「その分野はぼくの専門外です。すみません。いずれにしても、彼の場合はかなりむかしからネットを使っている可能性がある。チャットルームはだいぶ前からあるし、BBS――電子掲示板システム――は、七〇年代後半からすでに普及していました。ほんとうにハイテクに精通している人間だとしたら、彼はぼくらがここで話題にしているシステムの初期バージョンで、二十五年くらい前からコンピューターを使っていた可能性がある。ことによると、もっと前から」

モンスターたちが情報の海に投網《とあみ》を打つ。そして、憎悪に満ち、飢えた獲物がいっぱいかかった網を引きあげていく。

「ありがとう、レオ」と、わたしはいう。「このあとは、あなた自身の仮説にもとづいて追跡調査をしてもらいたいの」

「なんでもいってください」

「ダグラス・ホリスターのパソコンは、ロス市警のコンピューター犯罪課《CCU》がもっていったの。市警に行って、解析作業を見てきてくれない？　あなたの仮説を市警の人たちに話して、ダグラスのパソコンを徹底的に調べ、仮説を裏づける証拠を見つけだして。それと、ダグラスが訪れていたウェブサイト名を教えてほしいの」

「ぜんぜん問題ないと思いますよ。ロス市警のCCUは優秀なんです。仕事を心得ているし、ぼくは親しくしているんです。オタクどうしって、対抗意識は強いんですけど、縄張り意識はそんなに強くないんですよ」

「拉致されて……返されてきた被害者は、ほかに三人。わたしたちは同一犯の仕業とみているの。関連のある警察署に連絡をとることにしているんだけど、そしたらまたあらたなダグラス・ホリスターが見つかるかもしれない。見つかった場合は、その人たちのパソコンも徹底的にチェックしなければならないの」

「そのときは連絡してください。ってことでしょ？」

「わたしたちはここで仕事をしているのよ」と、キャリーがたしなめる。「本物の仕事を。椅子にゆったりすわってコーヒーをちびちび飲みながら、アダルトサイトを閲覧《えつらん》するなんてことはさせてもらえないの」

　レオは同情するような笑みを見せる。「人をうらやむのも楽じゃないっすよね」

「そこで、考えていたんだ」と、アランがいう。

レオが立ち去ると、わたしたちはふたたびホワイトボードのそばに集まって、リストづくりを再開した。黒やブルーのマーカーで走り書きされた文字はまとまりがなく、いささか乱れていて、コーヒーテーブルに投げだされたジグソーパズルのピースのように見える。完成されたパズルはつねに同じ——顔があり、その下に名前が書いてある。

「犯人はことを複雑にしない。妻を片づけたがっている男たちをさがす」と、アランがいう。

「夫を片づけたいと思っている満たされない妻たちはどうなの?」と、キャリーが口をはさむ。

「可能性はあるわね」と、わたしはいう。「でも、ほんとの意味で実用的とはいいがたい。配偶者殺しのおよそ六十パーセントは男による犯行なんだから、統計から考えても、やっぱり男のほうが多いのよ」わたしはアランにむかってにっこりする。「公正を欠いた意見だというのは認めるけど、男性を嫌っているわけじゃないの」

「問題ないさ。おれの考えたことに話をもどさせてもらうよ。犯人は、そんなふうにもう一歩踏みこんで妻を葬りたがっている男たちを見つけだす。妻と別れたければ離婚という手もあるが、それではなんだか割りきれない。財産を分けたくないからとか、子どもを手放したくないからとか、妻のことが憎くてしかたがないからとか、理由はいろいろあるだろう。犯人はそんな夫たちに取引をもちかける——妻に生命保険をかけていないなら、すぐにかけろ。そしたら、おれが彼女を拉致してとらえておく。遺体が発見されることはない。遺体そのものがないからだ。七年たったら妻の死亡届を出して保険金を受けとり、分け前を寄こせ」

「いかにもありそうな筋書きね」と、わたしはいう。

「けど約束の七年が経過したら、やつは拉致した女性たちをどうするんだろう？」

ジェームズが相手をばかにして見かぎるようなため息をもらす。「殺すんだよ。きまっているじゃないか。殺害して、まちがいのない方法で遺体を処分し、ぜったいに発見されないようにするんだ。焼却するとか、切り刻んで豚に食わせるとか。やつがどう始末をつけているにせよ、有意義な質問とはいえないね」

「へえ、そうかい？　そんなに生意気な口をたたくんだったら、どんな質問が有意義なのか教えてくれよ」

「さっきと同じ——方法論だ。やつが被害者を選ぶ方法は、おおかたわかってきた。ヘザー・ホリスターの話から、被害者たちがどんな扱いをうけているかもわかった。つぎの必然的な疑問は——被害者たちをどこに監禁しているのか？」

「そうね……」わたしは考える。「これまでのところ、脳に損傷をうけた被害者が三人、三つの州で見つかっている。カリフォルニア、ネバダ、オレゴン。それぞれの州に監禁場所があるのかしら？」

「当然だよ」と、ジェームズがいう。

「なぜ？」

「もっとも実用的な解決策だからだ。被害者をつれて移動する時間が長くなればなるほど、つかまる危険性が高くなる。被害者を地元に監禁したほうがはるかに楽だし安全だ」

「わたしもプリンセス・ジェームズのいうとおりだと思うわ」と、キャリーがいう。

「だとしたら、彼が自分で所有している不動産でしょうね」と、わたしはいう。「借りている物件だと危険だから。家主がコーヒーを飲みにひょっこり顔を出したりして、斧を振りおろさなければならないなんてことになったらまずいもの」

「同感だ」と、ジェームズがいう。

「どんな場所が考えられる？」と、わたしは質問する。

「辺鄙《へんぴ》なところだろうな」と、アランがいう。「文字どおり辺鄙な場所。片田舎とか。あるいは比喩的に辺鄙なところ。まわりに人がいないとか、人がなにをしていようとだれもかまいやしない場所とか」

「倉庫？」と、わたしは訊く。

「それはないと思う」と、キャリーが答える。「倉庫が建ち並ぶ一帯は、不測の事態が起こりやすいわ。不法居住者が入ってきたり、火災が発生したり、だれかが不適切な苗木を育てていて、麻薬の手入れで警察が踏みこんできたり。犯人は自分の目的にかなう場所を求めるはずよ。ぜったいに邪魔が入らない場所を」

「その条件を満たす場所ならいくらでもある」と、アランがいう。「けど、おれなら建てるだろうな。自分の土地にコンクリートの建物だけつくってもらって、あとは自分で手をくわえ、スティール製のベッドを運びこんだり、手錠をつなぐ輪っか状の金具をつけたりする」

「出かけているあいだは、監禁している人たちをどうやって監視するの？」と、わたしはたずねる。

「ビデオ監視よ。インターネットにアクセスすれば、いつでも見ることができるわ」と、キャリーがいう。「サムがうちに監視カメラをたくさん取りつけているから知っているの。カメラからコンピューターに映像が送られてきて、インターネットにつながっていれば、世界のどこにいても見ることができるのよ」

「サムはやけに神経質なんだな」と、アランがいう。

「用心ぶかいの。わたしはそう考えているわ」

「これじゃまだ範囲が広すぎて、しぼりこんだとはいえないわね」と、わたしはいう。「アランのいうとおりだとしても、だからどうするっていうの？　どうやって州全体でコンクリートの建物をさがせばいいのか、さがしだせたとしても、どんな収穫があるのかわからない。犯人の所在がつかめないんだから」

「地理的プロファイリングが役に立つかもしれない」と、ジェームズがいう。「やつは通勤犯行型で、いつも同じところにいるわけじゃないが、ためしてみる価値はある」

地理的プロファイリングとは、本質的には数学的な捜査手法で、連続凶悪犯が居住している可能性のもっとも高い場所を推定する。考え方はわたしたちと同じ基本原則にもとづいている――行動がすべてなのだ。

一説によれば、犯罪者は基本的にふたつのタイプに分けられるという。通勤犯行型と拠点犯行型だ。拠点犯行型はひとつの地域にいつづける。局限された地域でつぎつぎに罪を犯す。地理的プロファイリングで所在をつきとめやすいタイプといえる。

通勤犯行型はつねに移動するか、一時的に滞在して移動し、広い範囲で罪を犯す。文化的・心理的境界線を越えて活動できる複雑な犯罪者なのだ。このタイプは、地理的プロファイリングで所在をつきとめるのがきわめてむずかしい。サムの息子は拠点犯行型で、駐車違反切符がもとでつかまった。テッド・バンディは通勤犯行型で、殺人をやめようとしなかったため、犯行を裏づける証拠が見つかったため、そして正常な心的防衛機制を維持する能力を失ったために逮捕された。

地理的プロファイリングは比較的新しい捜査手法だが、人間の行動に関する興味ぶかい話を集めたデータベースが着実に構築されている。たとえば、人が道に迷った場合、男性は坂をくだっていくが、女性はのぼっていく。その話を聞いたときは信じる気になれなかったが、いまは事実だと思っている。もうひとつ——あわててその場から逃走しなければならないとき、右ききの犯罪者は右に走って武器を左に捨てるという。地理的プロファイリングは議論の的になっているうえに複雑だが、有効なツールになることもある。

「この事件でどの程度役に立つのかはわからないわ」と、わたしはいう。「被害者はたったの四人、しかも三つの州で見つかっているのよ。可変要素が多すぎて、地理的プロファイリングで手がかりが得られるとは思えない」

ジェームズが肩をすくめる。「それでも、ためしてみるべきだ」

「心あたりがあるの？」

「ドクター・アール・クーパー。ちょっとうっとうしい男だけど、その分野では一流だ」

わたしはホワイトボードを見つめる。ホワイトボードが見つめかえし、まだじゅうぶんに書かれていない顔を見せ、無言でわたしをあざ笑う。わたしはまだ見ぬヘザーたちのことを、暗闇に放りこまれ、希望の光が見えなくなるまで監禁されている女性たちのことを頭に浮かべる。

「アール・クーパーに会いにいこう」

行動は行動。不動は死に等しい。

22

やかましい音が聞こえた。騒音はいつまでたっても消えなかった。だれかがひとつの音符を選び、四十の口でハミングしているみたいだった。デイナ・ホリスターの世界はその音に征服されていた。

たいていは自分の上を水のように流れていき、デイナはその下に沈んでいる。光は見えるし、音も聞こえるが、思考力はまったくない。

ときどき、騒音は途切れることがある。

ごくわずかな間があく。騒音が途切れたときに、一回だけだが、ひとつのことばが頭に浮かんだことがある。

〝わたし〟と、彼女は考えた。

まもなく、またやかましい音が聞こえてきて、そのあとにつづく考えまで押し流してしまった。

いま、騒音が途切れそうになって、いつもより長い間が訪れようとしていた。デイナは自分のなかにあるシロップで満たされた湖の底から浮上する。

〝あの男〟と、彼女は考える。

〝あの男が腰をかがめ、わたしの目に針をつきさす。なにか見えた〟

いつものうるさい音が近づいてくる。遠くで轟音が鳴りひびいている。

〝重要なものが見えたのをおぼえている。男に関係のあるもの〟

〝あの人たちに伝えないと〟

〝あの人たちってだれ？〟

〝わたしはだれ？〟

〝わたしは――〟

デイナは騒音にのみこまれ、ふたたび無になった。

23

結局、アール・クーパーのほうから会いにきてくれることになった。いまはわたしたちのオフィスに立っているが、とてつもなく場ちがいな感じがする。

アール・クーパーはカウボーイハットをかぶり、フランネルシャツにすりきれたブルージーンズを身につけ、ウェスタンブーツをはいている。小柄で、背丈は百七十センチほど。胸板は厚いが、ウエストは細い。六十二歳で、どこから見てもその年齢にみえる。いかつい顔、大きな鼻。そのうえ、自転車のハンドルみたいな口ひげをたくわえ、先端をワックスでかためている。立派というか、独特な顔をしており、顔が人柄をつくったのではなく、本人が顔をつくりあげたような感じがする。

知的にきらきら輝く奥ぶかい目から、いろんなものを見て、いろんなことを経験し、せちがらい世をしたたかに生きるすべを、苦労して身につけたことがわかる。

容姿や服装にとらわれなくなったとき、その人についてなによりも多くを語ってくれるのは目なのだ。クーパーは活力にあふれた知識人だが、一匹狼的なところや悲しみも多少もちあわせている。

「どうぞよろしく」アール・クーパーはそういって大きな笑みを浮かべ、わたしと握手をかわす。「きみの仕事ぶりについては聞いていますよ。ご家族と顔のことは残念だったね」

簡潔で偽りがなく、いやな気はしない。「ありがとうございます」

年長者の大半と同じように、アール・クーパーも丁寧なことばづかいで話すべき相手に思える。年上で、耳をかたむけるべき経験をもつ教師でもあり、そういった雰囲気を、彼はものをいわない確実性のマントのように身にまとっている。

「ジェームズ坊やは生意気な口をたたくが、頭は切れる。だからこそ、口答えされても目をつぶっているんだ。彼はわたしが講演をしていた科学捜査シンポジウムにやってきたんだよ」

「ご出身はどちらで？」と、アランがたずねる。

「テキサスだ。ダラスの近くに住んでいてね。だが、一年のうち三カ月はこちらに来て、コンサルティングと講義をしている。生活費を稼げるうえに、暇をもてあまさずにすむ」

「ねえ、アール、あなたってカウボーイなの？」と、キャリーがからかう。

クーパーがキャリーにむかってにやりと笑うと、顔がぱっと明るくなる。「カウボーイ？いやぁ、とんでもない。ウェスタンブーツをはいているただの学者さ。とはいえ、射撃はたしなむよ」

「どんな銃を使っているんですか？」わたしは興味をそそられて訊く。

「拳銃だよ」と、彼がいう。「お気に入りは9ミリだ」目をぐるりとまわす。「同年配の連中のなかには、邪道だというやつもいるが、なんといわれようとかまいやしない。自分の好きな拳銃をさがしているうちに、そいつと出会ったんだよ」

「わたしはグロックを使っているんです」といい、ジャケットをめくって彼に見せる。

クーパーが同意してうなずく。「いい銃だ」目をぐっと細めてわたしを見る。「腕はいいのかね？」

「いいなんていう程度じゃないわ」と、キャリーがいう。「この人は生まれながらの拳銃使いなのよ、ハニー」

「ほんとに？」

「腕はたしかです」なんであれ、わたしは自分の能力をひけらかすようなまねはしないが、射撃の腕前はべつで、あえて謙遜していうことはない。「射撃練習場でのスコアをもとに、自分をランクづけしてみたんです。競技会に出場すれば、世界で百位以内には入ると思います」

「女性部門の？」

「全世界で百位以内です」

クーパーはうれしそうにまたにやりと笑う。「それはぜひともお手並み拝見といきたいものだな。射撃の競技会に出場する男のほとんどは、そうとう力がある。それでも、女性に負けたりしたら歯がみして悔しがるやつもいるだろう。いつか競技会に出場するといい」

わたしはにやりと笑みを返す。アール・クーパーのことが好きになった。「ええ、いつか」

「ふれあいタイムはもうじゅうぶんだろう？」と、ジェームズがいう。毎度のことながら、皮肉に満ち、いらついている。わたしたちがジェームズを嫌うのは――嫌うことがあるのは、わたしたちの本音を代弁するせいかもしれない。「そろそろ当面の問題について話してもいいかな？」

アールが残念そうに口もとをゆがめる。「まあ、そうあわてなさんなよ、坊や」

「ぼくは坊やじゃない」と、ジェームズがいいかえす。「こうしているあいだも、ヘザー・ホリスターと同じく真っ暗闇に監禁されている女性たちがいるんですよ」

アールが真顔になってうなずく。「たしかに」と、低い声でいう。「せっかちなハンター。いつだって銃をおくこともブーツを脱ぎ捨てることもできない。若いころはわたしもきみと同じだったんだよ、坊や。年がら年じゅう神経をとがらせていると、そのうち燃えつきてしまうぞ」

「当面の問題について話しましょう」と、ジェームズがいう。いらだって歯ぎしりしているも同然だった。

「なにをいっても無駄よ、アール」と、キャリーがいう。「これがジェームズなの。残念だけど、事実なのよ」

「知っているつもりだったんだがね。よかろう、ジム。本題に入るとするか。それで、わたしにできることは？」

わたしはアール・クーパーに事件のことをくわしく話す。アールは口ひげの先をつまんでひねったりメンバーに質問したりしながら、熱心に耳をかたむける。話が終わってからも、彼は無言でホワイトボードを見つめ、サンスクリット並みに不可解な文字に目を凝らしている。

「まあ、そうだな」と、南部人特有ののんびりした口調でいう。「どれくらい力になれるかわからんが、ひとまずここでわたしなりの見解を話し、あとはデータを持ち帰って分析してみよう」

「そうしていただけると助かります」と、わたしはいう。

「地理的プロファイリングについては、どの程度知っているのかな？」

「だいたいの流れだけです。キャリーは犯罪学者で、科学捜査全般に精通していますが、わたしたちは専門的な意見が必要になると、そのつどあなたのような専門家を迎えているんです」

「なるほど。地理的プロファイリングとは、プロファイリングのやっかいな連れ子のようなもので、冷遇《れいぐう》されているんだよ」と、アールはいう。「いいかえれば、大半にとって、結論はまだ出ていないということだ。それも、もっともな理由があってな。地理的プロファイリングをぶちこわしにするおそれのある要因はいくらでもある。この事件における主たるぶちこわし要因はデータ不足だ。地理的プロファイリングはデータがすべてなんだよ。複雑な計算をして、可変性を考える。きみたちの追っている男は、三つの州で四人を遺棄していった。インターネットを通じて被害者を選びだす。それだけでは助けにならんよ。

地理的プロファイリングは、犯罪者を基本的に四つのタイプに分けておこなう。ひとつめは狩猟型だ。このタイプは自宅を拠点にして獲物をさがす。地理的プロファイリングをするにはもってこいのタイプだ。ふたつめは密猟型。このタイプは自宅から離れた場所を拠点にして狩りをする。こちらのほうが利口で、自分の裏庭で糞をするのはまずいと知っているんだ。つぎは流し釣り型。このタイプは出来心で動く。無秩序型の犯罪者である可能性が高い。なにかしているあいだに気に入った獲物を見つけ、衝動的に犯行におよぶ。最後は罠《わな》仕掛け型だ。このタイプは獲物を自分のところに誘いこんで襲いかかる」

「四つのタイプには重複する部分がたくさんありますね」と、わたしはいう。

アールが同意してうなずく。「きみは目がきくね、バレット捜査官。そのとおりなんだ。流し釣り型は狩猟型と同様に自宅付近で獲物をあさることもあれば、自宅から離れた場所でしか釣りをしない場合もある。出張先でレイプをくりかえす外交販売員がその例だ。密猟型はあらたな〝ホーム〟をつくることもある。自分の居住地とはべつの場所で獲物をあさるという理由で、自分は抜け目がないと考えているが、やがてその特定の地域になじんでいき、そこでしか狩りをしなくなるんだ。また、その〝アウェイ〟地点を選ぶ気になったのはなぜなのか、それを意識していない場合もある。

それも地理的プロファイリングをささえる原則のひとつだ。知ってか知らずにか、われわれはそれぞれの安全地帯で活動する傾向がある。となると、その場所——拉致と遺棄の両方のあった地点——から、犯人の居住地に関する重要な手がかりが得られると考えられる。単純かつよく知られた例に、遺体がどれも鉄道の線路のそばで発見された事件がある。そこからわかったのは、犯人は住居や職を転々としないと気がすまないたちの人間だということだ。要因はまだほかにもあったが、それがわかったおかげで捜査範囲がしぼりこまれ、犯人をつきとめることができたんだよ。強制送還を何度も経験している不法入国者だった」

アール・クーパーの話を聞いているうちに、彼は引っぱりだこの講師なのだろうと思った。話しぶりはおっとりしていながら人を惹きつける力があり、聞き手はのんびりと会話をしている気分になる。リビングルームにすわり、コーヒーテーブルに足をのせてくつろいでいるような気がする。

「わたしにできることがあるとすればだが、きみたちの追っている犯人を見つけだすのに重要なのは、要は距離なんだよ。知覚される距離とじっさいの距離にはちがいがある。地平線上に見える山脈にむかって歩いたとか、湖を泳いでわたろうとした経験があれば、どういうことかわかると思う。目的地は近そうに見えるが、山脈につくまでに何日も歩きつづけなければならない場合もあれば、泳いでいるうちに溺《おぼ》れてしまい、結局対岸にたどりつけない場合もある。

逆もまたしかり。犯人はそこが遠く離れていると思いこんでいても、じつは自宅からそんなに離れていないこともある。こういったことから犯人の移動範囲がだいたいわかり、移動手段――今回の事件では車だが――を知る手がかりをつかめるんだ」

「地理的プロファイリングでは、車で移動するやつより、車をもっていない犯人のほうがつかまえやすいんでしょうね」と、アランがいう。

「それはたしかだ」と、アール・クーパーが同意する。「きみたちの追っている犯人が三つの州で動いているというのは、こちらにとっては不利なんだよ。とはいえ、距離という要因からなにかがわかる可能性もある。つまり、拉致に関係のあるなにかという意味だが」

「どうしてですか?」と、アランがたずねる。

「拉致した場所、拉致の方法。犯人は実用主義者だという。そこからなにがわかる?」

答えがわかってきて、わたしはうなずく。「何百キロも離れたところまで移動することはない」

アールが笑みを浮かべる。「そのとおり」

「けど、移動距離はかならずしも思いどおりになるとはかぎらないわ」と、キャリーが疑問を口にする。「被害者選びは、クライアントの――クライアントたちの要求によって制限されるはずよ。クライアントになるかもしれない相手がどこに住んでいるのか、その場所を前もって知る方法はないわ」

「いい意見だ」と、クーパーがいう。「けど、結論を出す前に少し考えてみよう。ロサンゼルス――ここでは市内という意味だが――の幅は、六十五キロくらいかな。ロサンゼルスの千二百九十平方キロメートルに対し、ポートランドの面積は三百七十六平方キロメートルしかない。街を出れば、まもなく森のどまんなかに行きつく」

クーパーはホワイトボードのほうをむく。

「駐車場に注目して考えるのはいいことだ。きみたちのいうとおりだと思う。犯人が被害者を駐車場で拉致するのは、車の衝突事故を引き起こして性欲をちょっぴり満たす必要があるからだろう。それは習性だ。地理と結びつけてみると、なにがわかる？　見落としているのはなんだろう？」

それとなく探りを入れる。教師が生徒たちの注意を引こうとするときに似ている。全員がホワイトボードを凝視し、なかでもジェームズとわたしは目を皿にして見る。わたしがまっ先に気づく。はたと思いあたった。

「彼は衝突事故をどうやって見るのか？」と、わたしはいう。

クーパーがにっこりする。

「そうだ」と、ジェームズがいう。「やつは被害者をとらえている。その場にじっとすわって、事故が起こるのをひと晩じゅう待ちつづけるわけにはいかない。かといって、メディアをあてにするわけにもいかない——可変要素がたくさんあって、事故がニュースで取りあげられるかどうかわからないからだ」

「だから？」と、キャリーが訊く。

「だから」と、わたしはいう。「事故を録画できるように準備しておくのよ」

クーパーが同意してわたしのほうに首をかたむける。「装置のことはくわしくないんだが」と、彼がいう。「選択肢はかぎられていると思う。バッテリーを使う装置だと、何時間くらいもつ？　自分のコンピュータをネットワークに接続することができず、独立型の装置を使うとしたら、何時間くらい録画できる？　わたしなら、地元のホテルや近隣の公共施設で無線LANを利用できるところをさがすだろう――ごく最近の犯罪についてはね。むかしの犯罪については……」肩をすくめる。「さあ、なんともいえないな。おたくの専門家に訊いてもらうしかないだろう。

わたしは自分の領域で調べておくから、資料を残らずコピーしてわたしてくれ。ここロサンゼルス、オレゴン、ネバダの事件ファイルを。メモも頼む。関連性があると思われるものはもとより、関連性がないと思われるものでもかまわない。『マクベス』の魔女たちよろしくなにもかも大釜《おおがま》に放りこんでかきまわし、そこにイモリの目玉やコウモリの羽をくわえて成功を祈り、どんな答えが出てくるか見てみようじゃないか」

「きょうじゅうに用意しておわたしします」と、わたしはいう。「お力添えに心から感謝します」

クーパーはカウボーイハットを軽くもちあげてあいさつする。「約束はできんよ」

「もう力になっていただいています」と、わたしはいう。「おかげさまで、いままで視野に入っていなかったものが見えるようになりました」

アール・クーパーが立ち去ると、わたしは彼にわたす資料のコピーをまとめる作業をジェームズに頼む。ジェームズはその仕事を快く引きうける。あくまでも、ジェームズにしてはという意味だが。

「空間的距離の視点から考えるというのはおもしろいな」と、ジェームズがいう。「シンフォフィリアの仮説と結びつけるのも」

「たしかにおもしろいわね」と、わたしは同意する。「ここからはそれを役に立つものにしていかないと。キャリー、ジェームズの資料集めを手伝ってあげて。アラン、レオに電話して、ロス市警との作業がどこまで進んでいるか確認して」腕時計に目をやる。「わたしはジョーンズ支局長のところに行って、現況を報告してくる」

この件についてだけではない。別件についても話す必要がある。近い将来、どんな変化が起こるかわかってきただけに、そろそろだれかに秘密を明かしたほうがいいだろう。

（下巻につづく）

遺《い》棄《き》　上

著者　コーディ・マクファディン

訳者　長島《ながしま》水際《みぎわ》

2011年10月20日　初版第1刷発行

発行人　鈴木徹也

発行所　株式会社ヴィレッジブックス
〒108-0072 東京都港区白金2-7-16
電話 03-6408-2325(営業) 03-6408-2323(編集)
http://www.villagebooks.co.jp

印刷所　中央精版印刷株式会社

ブックデザイン　鈴木成一デザイン室

 ISBN978-4-86332-345-2 Printed in Japan

ヴィレッジブックス好評既刊

「強盗こそ、われらが宿命《さだめ》　上・下」

チャック・ホーガン　加賀山卓朗［訳］　〈上〉777円（（税込）〈下〉735円（税込）
〈上〉ISBN978-4-86332-915-7 〈下〉ISBN978-4-86332-916-4

全米一銀行強盗の発生率が高い街に生まれ育ち、自らも銀行強盗に精を出してきたダグたち一味。しかしある銀行を襲ったときから、何かがおかしくなりはじめた――

「流刑の街」

チャック・ホーガン　加賀山卓朗［訳］　903円（税込）ISBN978-4-86332-303-2

イラク帰還兵メイヴンは、ある男の手引きで麻薬組織を壊滅させる"仕事"を始める。だがその歯車はいつしか狂いはじめ……徹頭徹尾、胸鷲づかみ！のクライムノベル。

「犯罪小説家」

グレッグ・ハーウィッツ　金子浩［訳］　945円（税込）ISBN978-4-86332-222-6

犯罪を知り尽くした作家が、ある日突然殺人犯に…。本当に殺したのはぼくなのか?!
M・クライトンの後継者、新サスペンスの帝王がおくるジェットコースター・ノベル！

「ショパンの手稿譜《しゅこうふ》」

ジェフリー・ディーヴァーほか　土屋晃ほか［訳］　819円（税込）ISBN978-4-86332-300-1

幻のショパンの楽譜をめぐる謎と陰謀……J・ディーヴァー、L・チャイルド、L・スコットラインら総勢15名の豪華作家陣が贈る、傑作リレー・ミステリー！！

「法人類学者デイヴィッド・ハンター」

サイモン・ベケット　坂本あおい［訳］　966円（税込）ISBN978-4-86332-123-6

イギリスの片田舎で医師をしているデイヴィッド。実は死体の状態や発見現場の様子などから事件を分析する専門家だった。彼を現場に引き戻した連続殺人事件とは？

ヴィレッジブックス好評既刊

「あなただけに真実を」

リサ・ガードナー　前野 律［訳］924円（税込）ISBN978-4-86332-880-8

州警の狙撃手ボビーが射殺した男の妻キャサリン。以前から夫の暴力に悩んでいたと証言するが、どこか様子がおかしい。ボビーは謎めいた彼女の周囲を探りはじめるが——

「愛しき人は雨に消されて」

リサ・ガードナー　前野 律［訳］945円（税込）ISBN978-4-86332-172-4

忽然と姿を消した最愛の妻。妻の身を気遣う元FBI犯罪心理捜査官のもとへ、身代金要求の電話が入る。そこへ捜査のプロたちが集結、必死の捜査が始まるが……。

「ささやきの囚われ人」

ケイ・フーパー　長島水際［訳］945円（税込）ISBN978-4-86332-804-4

不可思議な連続殺人事件の極秘捜査のため12年ぶりに帰郷したネル。しかし、ネルの周囲で不思議な現象が起きはじめた。いったいその正体とは？

「赤き手の狩人」

ケイ・フーパー　長島水際［訳］903円（税込）ISBN978-4-86332-117-5

人の心が読めるという能力を持つFBI捜査官のイザベル。長年のあいだ追ってきた邪悪な連続殺人犯の動きを察知した彼女は、すぐに現地へ飛ぶが……。

「嘆きのプロファイル」

ケイ・フーパー　小林浩子［訳］　924円（税込）ISBN978-4-86332-327-8

人の恐怖を感知できるFBI捜査官ルーカス。猟奇的な連続誘拐犯を追い、現場に赴く彼を待っていたのは、今回の事件を予言したというかつての恋人だった——

「死者に抱かれた女」

エイミー・マッキノン　長野きよみ［訳］　945円（税込）ISBN978-4-86332-261-5

エンバーマー（遺体に処置を施す技術者）のクララはある事件をきっかけに児童性愛犯罪者の捜査に関わるようになる。死と花の香りがただよう、異色ミステリ！

ヴィレッジブックス好評既刊

「彷徨《さまよ》う絆」

エリカ・スピンドラー　林啓恵［訳］　966円（税込）ISBN978-4-86332-212-7

最愛の者たちの命を奪った、冷酷無情な殺人鬼――凶悪犯罪課の熱き女刑事たちの捜査中に浮上した謎の言葉“ブレークネック”が意味する驚愕の犯人像とは!?

「乾杯は緋色のワインで」

エリカ・スピンドラー　酒寄晴子［訳］　924円（税込）ISBN978-4-86332-313-1

カリフォルニアの名門ワイナリーを襲う死の連鎖と、25年前の嬰児誘拐事件。謎を追う刑事と過去を消された美貌の女の間に、ある“秘密”が危険な愛を招く――

「いつも天使は夢の中に」

カレン・ロバーズ　高田恵子［訳］　966円（税込）ISBN978-4-86332-278-3

女性検事補サラ。7年前、当時5歳だった彼女の娘は忽然と姿を消した。が、ある夜、愛娘から電話がかかってくる……動揺するサラを待つ戦慄の陰謀とは!?

「真昼の非常線」

リサ・ブラック　酒井裕美［訳］　945円（税込）ISBN978-4-86332-144-1

厳重警備の連邦準備銀行で起こった白昼の立てこもり事件。大胆不敵な犯行の裏に隠された死角と、絶体絶命のタイムリミットに、女性法科学者と敏腕交渉人が挑む！

「死は聖女の祝日に」

リサ・ジャクソン　富永和子［訳］　987円（税込）ISBN978-4-86332-836-5

若く美しい女性ばかりを狙った猟奇連続殺人――孤独な刑事と美貌の“目撃者”の決死の反撃がいま始まる！ 全米ベストセラー作家の傑作ロマンティック・サスペンス。

「アトロポスの女神に召されて」

リサ・ジャクソン　富永和子［訳］　987円（税込）ISBN978-4-86332-912-6

アメリカ南部の美しい町サヴァナを襲ったスキャンダラスな連続殺人事件――封印された過去と錯綜する愛、謎が謎を呼ぶ展開に、誰ひとり信じることはできない……。
